Bernd Imgrund, geboren 1964 in Köln, arbeitet als Autor und Journalist, unter anderem für die Kölner StadtRevue, in der seine Kolumne »imgrunds abgrund« erscheint. Letzte Veröffentlichungen: »Das Skat-Lesebuch« und die Romane »Korrupt« und »Quinn Kuul«. Im Emons Verlag erschienen das »Kölner Sammelsurium« und der Fake-Reiseführer »Ölle. Die Stadt am Niehr«.

Umschlaggestaltung: Barbara Thoben
Illustration Seite 1: Bernd Imgrund
Druck und Weiterverarbeitung: Clausen & Bosse GmbH, Leck
Printed in Germany 2008
ISBN 978-3-89705-548-3

Dieses Buch ist ein Roman. Handlungen und Personen sind frei erfunden. Ähnlichkeiten mit lebenden oder toten Personen sind rein zufällig.

Bernd Imgrund

Fränki

Roman

emons:

Ist nicht mein Tag heute.

Ist auch kaum jemand hier, sechs, sieben Leute vielleicht. Keine Ahnung, wieviel noch hinter mir stehen. Dreh ich mich nicht nach um, und im Spiegel kann ich die auch nicht sehen. Dabei mach ich das sonst immer: mich so setzen, dass ich in den Spiegel kucken kann. Nur heute nicht, manchmal läuft aber auch alles schief. Jetzt hab ich doch glatt das verdammte Nüsschenbord vor der Nase. Und alles nur, weil da der höhere Hocker stand und es mir zu blöd war, den auszutauschen.

Ich kenn die sowieso alle nicht. Keinen Einzigen, außer dem Wirt. Der zapft mir halt mein Bier, der Spacken. Und manchmal reden wir n bisschen. Grade hat er gemeint, dass ich müde aussehe. Aber was soll man da schon drauf antworten. Klar, müde, viel gearbeitet. Das Leben ist hart, und nur die Harten kommen in den Garten. Aber jetzt ist Feierabend. Feierabendbierchen, da quatscht man nicht viel. Da lässt man alles son bisschen sacken und trinkt sich einen dabei.

Wenn nur diese verdammte Unterhose nicht wär. Bin wohl schon wieder leicht vornübergesunken, noch krummer der Rücken, und das Unterhemd hat die Hose nach oben gezogen. Jetzt klemmt die wieder in der Arschritze, nicht zum Aushalten. Am besten geh ich mal aufs Klo. Hose runter, Hemd raus, und alles neu geordnet. Alles schön glatt übereinanderlegen, das Unterhemd in die Unterhose und dann die Jeans drüber und so.

Aber ich rauche ja grade. Das sehe ich jetzt schon kommen, wie ich da am Pissoir stehe und mir der Qualm in die Augen zieht. Horror, und dann krieg ich einen von den Knöpfen nicht zu und das Auge, das Nichtzugekniffene, fängt an zu brennen, und dann mach ich alles zu schnell und nix passt mehr. Nee, hat nochn bisschen Zeit. Ich rauch erstmal gemütlich zuende und versuche das solange anders zu lösen. Dass ich also quasi meinen Hintern so vor- und zurückschiebe auf dem Hocker. Vor und zurück, den so fest auf das Holz drücken, bis sich die Lage ein bisschen entspannt.

Und so gehts jetzt auch einigermaßen. Die Unterhose sitzt wieder astrein. Nur dass bei der ganzen scheiß Aktion das Unterhemd rausgerutscht ist. Son weißes Feinrippteil, komplett ausgeleiert, und mein Pullover dadrüber ist kurz. Da glotzen jetzt bestimmt alle drauf. Wenn ich nur wüsste, wies hinter mir aussieht. Sehn die jetzt alle mein Unterhemd? Und son Stück Rückenfleisch kurz über der Arschritze? Aber soll mir egal sein, wenigstens fühl ich mich wohler.

Man könnte sich vielleicht doch mal kurz umdrehn. Da findet sich schon ein Grund. Vielleicht wenn die Tür das nächste Mal aufgeht. Da sieht man sich doch schonmal um, wenn ein neuer Gast reinkommt. Ich normal nicht, aber man könnte ja mal ne Ausnahme machen. Schulterblick, überfahr keinen Radler und so. Aber dann dreht man sich um, womöglich, und sieht prompt irgendwem in die Augen. Und dann muss man ja irgendwas machen, macht aber nix. Dreht sich wieder nach vorn und das wars. Und dann fängt das Grübeln an: Was war das nun. Was denkt der jetzt wohl von mir. Neenee, starre ich lieber weiter das Nüsschenbord an.

Da geht einer zum Klo. Ein Hocker ist über den Boden geschrappt, und ich hör Schritte. Ich seh den jetzt auch, links im Augenwinkel, wie der nach hinten durchgeht. Wusst ichs doch, dass da welche sitzen. Mit dem geh ich nicht, das steht mal fest. Da warte ich lieber nochn Weilchen, eh ich mit dem an der Pissrinne stehe. Womöglich kommt nix. Ich muss ja auch garnicht. Will mir doch nur die Klamotten sortieren. Das wärs noch, da mit so einem stehen, den man nicht kennt, und dann kommt nix. Wär nicht das erste Mal. Du musst pinkeln wie verrückt, du kannst kaum noch gehen, so drückt dir die Blase. Und dann steht da schon einer, irgendein Arsch, und strullt vor sich hin. Dann hast du verloren, wenn du dich neben so einen stellen musst. Kuckst nach unten, kuckst zur Wand, schielst auf den Pimmel von dem und drückst dir die Augen aus dem Kopf. Aber kommt nix. Kein Tropfen. Drückst und drückst, aber kommt kein einziger Tropfen. Nie wieder.

Nie mehr, hab ich mir gesagt, da wart ich lieber. Wasch mir die Hände, das gibts ja. Dass man zwischendurch mal so ein Bedürfnis hat. Dass man nur deswegen zum Klo gegangen ist: um frische Hände zu haben, und ein Blick in den Spiegel vielleicht. Obwohl. Das nun nicht grade. Mach ich nicht, jedenfalls nicht, wenn einer dabei ist. In den Spiegel sehen, voll affig, und womöglich sich noch durchs Haar gehen. Besser wärs, da wär ein Kippenautomat. Hab ich auch schon gemacht. Mir Kippen gezogen, wenn ich einen gesehen hab. Dabei dreh ich doch selbst. Ich hab bestimmt noch fünf Packungen zuhause, alle von solchen Gelegenheiten. Ernte, HB, Reval, Rote Hand und so. Wenn schon, dann irgendwas Originelles. Was man sonst nicht so oft sieht. Aber schmeckt alles scheiße. Zuhause fliegen die in die Ecke. Kannst du nicht rauchen, den Kram, da muss man schon breit sein. Ich bestell mir einfach noch eins. Noch ein Bier, bis der wiederkommt.

Wie lange der braucht. Das wird so einer sein, der sich vor den Spiegel stellt. Nochn bisschen Gel nachlegen und paarmal mit dem Kamm durch. Und dann mit der Hand alles schön kraus machen. Dass es wie zufällig aussieht. So richtig ordentlich durcheinander, da kümmert sich einer komplett null um sein Äußeres, so ein süßer kleiner Knuffi.

Bestell ich mir lieber erstmal noch was. Heh! Heh-eh, Holger! Kuck mal rüber, Alter. Wie wärs mit nem Blick in meine Richtung. Aber ist ja klar, wenn einer schon Holger heißt. Ich bin der Holger, sagt der immer, wenn einer neu reinkommt. Da könnt ich im Boden versinken, allein wegen dem bescheuerten Namen. Was ein richtiger Wirt ist, der hat 360-Grad-Augen. Der riecht leere Gläser, und meins ist leer. Das passt zu heute. Dass der das jetzt nicht schnallt. Wie sieht das denn aus, ich mit nem leeren Glas. Soll ich jetzt was sagen? Hab ich doch schon, der hört mich nicht. Ich kann doch nicht schreien hier. Ich fang doch hier nicht auch noch zu schreien an, wer bin ich denn. Das wäre ja megapeinlich.

Alle haben hier was zu trinken, nur ich nicht. Ich möchte wetten, dass hinter meinem Rücken alle versorgt sind. Der Typ von grade, der will bestimmt diesen Nüssen imponieren, die um den rum stehen. Der säuft sich schön einen, und ich sitz hier auf dem Trockenen.

Als wenn ers mit Absicht täte: nicht hochkucken. Als wenn er mich absichtlich am Ignorieren wäre. Ich klingel jetzt mal an meinem Glas, oder besser doch nicht. So, wie heut alles läuft, zerbricht mir das nur. Kein Gefühl heute, ich hab kein Timing, aber dieser Wirt auch nicht. Ich verdurste, Holger, verstehst du. Ich sitze nicht gern vor nem leeren Glas inner Kneipe, da denkt noch einer nachher, ich wills nur schön warm haben. Ich säß hier rum und wär knauserig. So Leute gibts ja, die kann ich nicht leiden. Vor allem Ischen. Bestellen sich nen heißen Kakao und dann lassen sie den den Abend über kalt werden. Und sagen auch noch »Schokolade« dazu. Wie lächerlich das klingt: Heiße Schokolade! Die sind doch auch mit Nesquik groß geworden. Na ja, die Besseren von denen haben dann wenigstens n bisschen braunen Siff in den Mundwinkeln. Das schau ich mir gerne an.

Da kommt einer rein, pass auf. Der setzt sich jetzt bestimmt direkt neben mich. Ich sehs doch kommen. Da. Sitzt der schon auf dem Hocker neben meinem. Ich kenn den, der hat sie nicht mehr alle. Der singt immer alle Lieder mit. Alle, die er kennt, nur vom Schlechtesten. Und immer so halblaut, dass er grade so die Anlage übertönt, wenn du neben dem sitzt. Grässliche Stimme, trifft keinen Ton, und das Englisch! Unglaublich, alles falsch. Singt immer, was er grad versteht, wie son Kleinkind.

Und ausgerechnet der Typ pflanzt sich jetzt neben mich, ich fass es nicht. Da singt er schon, summt sich so warm, und seine fette weiße Hand patscht aufm Tresen rum. So eingewachsene rosa Fingernägel. Das ist ein simpler Viervierteltakt, Mann! Direkt vor meinem Aschenbecher. Direkt an dem Aschenbecher, den ich jetzt den ganzen Abend benutzt habe. Das ist meiner, du Trottel! Zum Glück steht noch einer rechts von mir, unbenutzt. Da greif ich jetzt mal rüber, so ganz beiläufig, dass die tumbe Nuss das nicht merkt. Sonst quatscht der mich womöglich noch an, Mann, ich hab Probleme genug. Mein Ausschnitt hinten ist größer geworden, das kommt von der Rumrutscherei. Und ich muss jetzt so langsam wirklich pinkeln. Dringend! Die Unterhose hängt schon wieder scheiß schief, die muss irgendwie hochgerutscht sein an den Seiten. Rechts, da bin ich mir fast sicher, kuckt die schon überm Gürtel raus.

Willst du noch eins, fragt Old Holger, und ich nicke. Bist du sicher, fragt der, wofür hält der sich eigentlich? Der soll zapfen unds Maul halten. Ich hab noch immer bezahlt hier, was will der von mir. Ich warte noch auf das Bier, und ich nehm nochn Schluck. Soviel Zeit muss sein. Weil wenn ich wiederkomme, ist der Schaum runter, das sieht nicht aus. Ein jungfräuliches Bier ohne Schaum rühr ich nicht an. Das tut keiner, der was auf sich hält. Wenn ein Schluck fehlt – okay. Dann ists angetrunken, dann nimmt das seinen Lauf mit dem Schaum. Aber nicht ein volles.

Ich sick mir gleich in die Hose. Warum zapft der nicht weiter. Fummelt an seinem CD-Player rum, was jetzt wohl kommt.

Nicht dass das was zum Mitsingen ist. Dann ist alles zu spät, wenn der Penner wieder mit Singen anfängt. Nur nicht. Immerhin ist der Holger fertig. Jetzt stell schon hin das Glas, gib schon her. Und dann ab. Ich platze gleich, ich würd mir den Bauch halten, wenn das nicht so auffällig wär. Ich kann mir doch nicht den Bauch halten wien Schussverletzter, wenn ich zum Pissoir gehe. Womöglich sitzen Ischen hinter mir, wenn die das mitkriegen. Dann könnte ich nie wieder zurück.

Wenn ich schon nur ein Bein hebe. Wenn ich das von dem Ring unten am Hocker nehme, läuft mir die Brühe fast raus. Ich werde schleichen müssen. Wie son Wattefuß ausm Altersheim. Nur keine Erschütterungen, schleichen.

Wie ich mich auf den Pinkelpott freue. Wie wunderwunderschön das sein wird, wenn ich da fertig bin. Dann ist der Abend gerettet. Nie mehr werd ich mich beschweren über dieses verflixte Unterhemd und diese Schlabberunterhose. Das sind Kinkerlitzchen gegen das hier, diese Folter.

Hat die grade rübergekuckt? Die muss schon ne ganze Weile da hinten an der Theke sitzen, ist mir garnicht aufgefallen. Ich hätt ja wirklich gerne ne Freundin so langsam. Hätt ich auch verdient, irgendwie, weil ich eben nicht son Blödmann bin wie die andern hier. Aber wahrscheinlich ist das genau das Problem. Ich glotz doch nicht direkt jede Alte an, wenn die in den Laden kommt. Dass die sich direkt angemacht fühlt. Außerdem wartet die bestimmt sowieso nur auf ihren Macker. Frauen allein, hier in dem Laden – vergiss es. Jedenfalls keine Schüsse. Aber angesehen hat sie mich. Ich fand schon immer, dass ich in dem Pulli ganz nett rüberkomme. Dunkelgrün steht mir einfach gut. Wenn ich nicht so dringend pinkeln müsste, könnte ich einfach mal rübergehen und ein lockeres Gespräch anfangen. Aber so, wies jetzt aussieht, kann ich noch nichtmal zurückkucken. Oder ein Lächeln dazuwerfen. Nee, dann müsste ich früher oder später rübergehen, und dann würd ich mir womöglich in die Hose machen. Kann ich für heute vergessen, irgendwelche Frauengeschichten. Sollte besser mal endlich aufs Klo gehen. Meine Sachen in Ordnung bringen. Ich weiß garnicht, was inzwischen noch alles zwickt.

Ich könnt mich zerreißen. Diese scheiß Unterhose. Schief und quer, alles komplett durcheinander, die Naht sitzt nicht mehr mittig, das spür ich genau. Die läuft nicht mehr durch die Ritze, sondern quer über die rechte Arschbacke. Ich habs heute mit rechts, der Knubbel am Gürtel hat sich auch noch nicht gelegt. Die muss unbedingt gerichtet werden, diese Hose. Die verschiebt und verzieht ja alles mit, wenn die noch weiter wandert. Das ist so, hier im Sitzen, auf dem Barhocker nicht mehr zu regeln. Ich denke, ich geh jetzt gleich, mal ne Stange absetzen, und dann bring ich Ordnung in meine Angelegenheiten. Dann lässt sich doch alles ganz anders an, wenns einen nicht mehr überall zwickt und zwackt.

Wenn alles sitzt, wie es soll. Nur mal kurz austreten, ich glaub, hier war jeder schon pinkeln, nur ich nicht. Dabei trinken die doch alle nix, die trinken noch nichtmal richtig. Gleich geh ich, nur nochn Augenblick. Immerhin hat die grade rübergeschielt. Und die sieht garnicht mal schlecht aus. Für hier. Bisschen zu aufgetusst vielleicht, mit dem Spaghettihemdchen. N bisschen zu snobby vielleicht, nicht dass die womöglich verwöhnt ist. Das hätte mir grade noch gefehlt, sone Erbsenprinzessin. Mit so Ischen kann ich nix anfangen, die für Kakao Schokolade sagen und wegen jedem Furz hysterisch werden. Da vertust du dich manchmal. Denkst du, die ist patent, die steht mit beiden Beinen aufm Boden. Und dann lässt du dich auf was ein, quatschst n paar Runden mit der und fragst sie dann vollkommen folgerichtig, ob sie noch mit zu dir will. Und dann wächst der plötzlich die Nase hoch: Ob du sie nicht mehr alle hättest. Sone blöde Kuh. Manche

Jungs sehen sowas ja direkt, aber ich merk das nie. Genau wie bei der Dicken damals, das war auch nur wegen dem scheiß Licht hier.

Die hat bestimmt hohe Absätze. Hohe Absätze, in so einem Laden, also echt. Aber immerhin trinkt sie Alkohol. Ich werd da jetzt mal drauf achten, wenn die nochmal kuckt. Dann kuck ich zurück. Heb ich langsam den Kopf und kuck sie kurz an. So: Klar, Baby, ich hab dich wohl wahrgenommen, aber ist heut nicht der Tag für uns zwei. Nur mal so eben, damit sie Bescheid weiß. Damit sie nicht denkt, ich bin schwul.

Jetzt liest die in irgendwas rum, das ist bestimmt nur Getue. Spiel du dein Spielchen, Mädel, ich bleib am Ball. Ich kann warten. Irgendson Flyer vonner Kinderpunkband, da war vorhin einer hier und hat die verteilt. Hab ich direkt zerknüllt und ab unter die Theke damit. Sollen mal schön ohne mich schrömmeln, die kleinen Möchtegerns. Als wenn Karottenhaare schon Aufstand wären. Nie im Leben würd ich mir sowas reinziehen. DIN A6, und die studiert das jetzt schon gut fünf Minuten. Ich könnte ja mit ihr zusammen da hingehen. Mal wieder n bisschen Krach, und dann muss man ganz nah ans Ohr gehen, wenn man sich unterhalten will. Das wär was, der Kleinen am Ohr rumschnuppern aufm Pumucklkonzert. Einmal ankucken, und dann geh ich aufs Klo. Nicht dass die dann denkt, sie soll mir hinterherkommen, bewahre. Besser nach dem Ankucken noch kurz sitzen bleiben, hier auf dem Klo könnt ich nie. Das muss schon im Bett sein, schön warm und kuschelig und im Liegen, nicht auf soner verratzten Toilette.

Ich kenn den Schlag, die hats faustdick. Sonst säß die nicht hier. Ganz allein, in dem Laden. Wir sehen uns gleich an, und das wars. Das wars dann, Baby, sei mir nicht böse. Ich will nur einen trinken, ich bin nicht gut drauf heut. Ein andermal vielleicht, jetzt leg doch endlich den bescheuerten Flyer weg!

Man kanns auch übertreiben, was denkt die sich denn. Dass ich ewig hier warte, nur für nen Blick. Ich muss pinkeln, meine Liebe, so richtig dalli inzwischen. Ich hab Besseres zu tun, als hier rumzusitzen wegen dir.

Bestimmt ist der ihr Freund aufgetaucht, wenn ich vom Klo wiederkomme. Oder der Trottel steht neben ihr. Da wartet der nur drauf. Dass ich aufs Klo gehe und er sich an die Lady ranschmeißen kann. Kaut der der bestimmt ein Ohr ab mit seiner Musik und seinem Grottenenglisch und so. Den Gefallen tu ich dem nicht. Ich bleib hier sitzen, da kann der alt und grau werden. Hat mans stundenlang neben dem ausgehalten, dem quasi Gesellschaft geleistet in seiner Jämmerlichkeit, und dann nutzt er die erstbeste Gelegenheit, um mir die Lady auszuspannen. Nicht mit mir, Alter. Am besten, ich bestell mir noch eins. Ein großer Schluck, und das Glas ist leer. Ein normaler, und es wär nur noch son Rest drin. Son bisschen Spülwasser, das hasse ich. Dann lieber alles auf einmal runtergekippt. Und nachbestellt. Hoffentlich checkt der Wirt das jetzt schneller. Dass der mich nicht nochmal so hängen lässt wie vorhin. Grade bei der Lady säh das jetzt blöd aus, ein Kerl mit nem leeren Glas. Der hier nur rumsitzt und nix zu tun hat.

Wahrscheinlich geilt der Holger auch an der rum. Lässt sich nix anmerken, aber geilt nur da drauf, dass die endlich ausgetrunken hat und er zu ihr hinkann. Dieses kreuzdebile Grinsen, wenn der was vor die hinstellt. Und immer noch zwei Sätzchen drangehängt, das macht der bei mir nie. Du bist neu hier wo kommst du denn her was studierst du. Kotzekotze. Ein Schleimer, zum Glück sitzt der hier fest. Du hängst hier bis drei, Alter, vergiss es! Und dann tuste erstmal schön die Gläser spülen und die vollgereiherten Klos schrubben. Der kann hier nicht weg, und wenn er ihr tausendmal ums Maul streicht. Festgenagelt, Dienstleister, Lohnsklave. Da ist unsereiner flexibler.

Ich könnte mal lauter bestellen jetzt, dann hört sie meine Stimme. Das fanden sie alle bisher, dass ich ne schöne Stimme habe. Wie Marlon Brando in echt, hat mal eine gesagt, die war mal in den Staaten. Machst du mir noch ein Bier, könnt ich sagen, am besten wenn die Musik mal kurz aussetzt. Und stell der Lady auch noch eins hin, geht auf meine Rechnung. Nichts für ungut, Kindchen, der Fränki hats doch. Das war nur ne Geste, das heißt nix. Das verpflichtet dich zu garnix, und dann kuck ich auch direkt wieder weg, als wär nix gewesen. Immer noch besser, als Rosen zu kaufen. Diese Rosenverkäufer. Schlimm. Dieses Untertänige, könnt ich im Boden versinken. Aber noch schlimmer sind die andern, die Rosenkäufer. Voll abgeschmackt, da fällt einem echt nix mehr ein. Wer glaubt denn heut noch an Rosen, das ist doch voll letztes Jahrtausend. Stell ich ihr lieber n Bier hin, dann hat sie was Handfestes.

Kann sie wenigstens trinken und ihre Finger ans Glas legen und die Lippen aufmachen. Deine Finger würd ich auch mal gern sehen, du Röschen dahinten. Meine sind schon wieder zum Hosenstall runtergewandert. Die drücken meinen Schwanz ein, das schafft eine gewisse Linderung. Dann muss man nicht mehr so doll, wusstest du das? Am besten: die Beine eng übernander und den Schwanz dazwischengeklemmt. Das hilft.

Eigentlich sollte ich gehen. Das wär wohl am besten. Direkt nach Hause, und dann erstmal voll abstrullen. Zuhause ist sowieso am besten. Und dann zieh ich mich komplett aus. Diese Unterhose. Ich weiß garnicht, was das ist. Wien loser Lendenschurz, das linke Bein von der ist komplett hochgerutscht, die ganze linke Arschbacke liegt frei unter der Jeans. Wie kommt sowas nur. Wenn ich hinten in die Beule vom Gürtel greifen würde. Dann könnt ich die Hose vielleicht wieder runterschieben. Wenigstens, dass die dann nicht mehr in der Ritze hängt und mir das linke Ei abquetscht. Aber so groß ist die Beule auch wieder nicht. Hab mir halt ne kleine Wampe angesoffen in letzter Zeit, die spannt ganz schön, die Jeans. Wenn der Knopf jetzt auf wäre, ja. Dann wär das kein Problem, hinten mal eben reinzugreifen. Im Prinzip ist hinter mir ja auch totale Ruhe inzwischen. Vielleicht sind die gegangen, die Spacken. Bleibt mir wenigstens das ewige Gegacker erspart, immer im Rücken. Die hatten bestimmt noch was vor. Die wollten bestimmt noch in den Keller zu diesem Open-Mike-Scheiß.

Jetzt könnte ich glatt noch eins vertragen.

Da kommt es schon, na schau an. Holger-Baby hat seine Lektion gelernt. Wenn dem Fränki sein Glas leer ist, dann will er noch eins. Der kennt mich. Dem kannst du immer nachfüllen, dem Typ mit dem grünen Pullover. Ist ein anständiger Trinker, der Fränki Kattwinkel. Wo der solche Urteile hernimmt. Nach den paar Sätzen, die wir hier gewechselt haben. Um irgendne Ecke gedacht hat der bestimmt noch nie. Na ja, wer nix wird, wird Wirt, sagt der Volksmund, so ist das wohl auch.

Jetzt könnte mans wagen. Einfach mal aufzustehen und ordentlich pinkeln zu gehen. Da hält mich jetzt nix mehr von ab. Und das mit der Hose bring ich gleich danach in Ordnung. Der Schwachmat links von mir scheint schon völlig breit zu sein. Der verträgt nix, um den hätt ich mir gar keine Sorgen machen brauchen. Der schleppt heut keine Alte mehr ab. Sagt keinen Ton mehr, und die Musik ist jetzt sowieso von nach neunzehnachtzig. Da kennt der nix von. Hab mir schon gedacht, dass die Kleine nicht allein hier ist. Sowas traut die sich garnicht. Immerhin war sie nicht mit nem Kerl verabredet.

Sitzt jetzt mit ner Freundin da, die sieht auch nicht übel aus. Für hier. Nur diese dämliche Krawatte stört, ist ja lächerlich, was die Ischen sich heute alles einfallen lassen. Die würd ich ihr als Erstes ausziehen, Komm, zieh aus den Scheiß, Mädel. Aber da ist jetzt fürs Erste nix mehr zu holen, zwischen zwei Weiberfreundinnen passt meistens kein Sackhaar. Die sabbeln jetzt von hier bis Mexiko. Weiber können das, in einem fort sabbeln. Nur mal anständig schweigen können die nicht. Quatschen und quatschen, und nur über Typen, ich sehs denen an. Ach, der Sowieso, der ist so ein Süßer, wenn der nur nicht mit der doofen Britta gehen würde. Die hab ich ja gefressen, die ist dermaßen prollig, das glaubst du nicht! Und son Zeug. Statt die mal die Klappe halten zwischendurch, nee. Geht immer weiter, sabbelsabbelsabbel.

Aber rübergekuckt hat die vorhin, soviel ist klar. Und dann starrt sie stundenlang diesen idiotischen Flyer von den Kinderpunks an. Bis ihre Freundin kommt. Vorher war ich noch gut genug, was, und jetzt bin ich gestorben für die. Ich verreck aber auch wirklich gleich, höchste Eisenbahn so langsam. Vielleicht frag ich den Wirt, ob er mir n Taxi ruft. Der wird schön blöd kucken, der Fahrer, wenn ich fünfhundert Meter weiter wieder aussteige, hehe. Aber dann die ganzen Treppen hoch, das wäre hart. Da zerklumpts mir die Eingeweide, hoch zu meiner Bude. Besser, ich gehe doch gleich hier pinkeln. Dann wär auch wieder Platz, könnt ich noch nen Absacker nehmen. Zuhause wär scheiße. Ich kann ja nicht abhauen, und fünf Minuten später steh ich wieder auf der Platte. Wie sähe das denn aus. Wie einer, der unter der Brücke pennt. Der sich nicht entscheiden kann. Ich seh jetzt schon den Blick von dem Wirt, wenn ich wieder in der Tür stehe. Das tu ich mir nicht an, und bestimmt sitzen die beiden Ischen noch an der Bar. Die werden sich dann auch ihren Teil denken, Ah, kuck dir diesen Schlappschwanz an, der musste mal eben an die Luft, weil ihm schlecht war. Soll er halt nicht soviel saufen, der Loser.

Wenn die das von mir denken würden, das wär schrecklich. Da könnt ich zum Tier werden, wenn einer was Schlechtes von mir denkt. Und wenns noch nichtmal stimmt. Immer wird einem alles falsch ausgelegt. Das kommt davon, weil die Leute sich einfach keine Gedanken über ihren Nächsten machen. Weil die nur an sich selbst denken. Man kann mir echt vieles vorwerfen, aber das nicht. Dass ich mich nicht auch mal für meine Mitmenschen interessiere. Nur im Moment ist eben schwierig. Weil ich mich so unwohl fühle. Weil diese scheiß Hose verrutscht ist und das Unterhemd raushängt. Wenn die Lady nochmal rüberkuckt, werd ich ihr ein Lächeln schenken. So ein ganz einfaches, freundliches, warmherziges Lächeln. Und dann geh ich pinkeln. Und dann sehen wir weiter.

Was weiß ich, warum die Leute mich manchmal für unfreundlich halten. Unfreundlich, klar, geht mir vollkommen am Arsch vorbei. Herr Kattwinkel, sagt der Chef, Herr Kattwinkel, ich muss mal mit Ihnen reden. Sie sind zu unfreundlich zu den Kunden und so. Und ich zu dem, Ja, das sind ja auch alles Spacken, hab ich natürlich nicht gesagt. Sondern dass das logo mal sein kann, dass man nen schlechten Tag hat und so. Also dass man quasi aufwacht und denkt, ohgott, wenn ich jetzt nen Menschen sehe, muss ich reihern. Sagt der, das wär aber bedenklich und so und dass ich gefälligst an mir arbeiten soll. Und dann hat der Sack sone Pause gemacht, in die genau das Wörtchen »sonst« reinpasste. Hab ich natürlich direkt gecheckt und gesagt, dass ich mich ändere. Und das hat er dann auch gefressen, der weiß ja, was er an mir hat. Der hat BWL studiert, das ist ein richtiger Schwachmat, aber dass er sonen Holzzuschneider nicht zweimal findet, das rafft der wohl.

Soll der sich doch mal hinstellen und sonen richtigen Irren bedienen. Sie wollen also diese drei Meter sägeraue Fichte in zweimal 1,50? Und ob ich ihm das nichtmal schnell glattmachen könnte. Klar, Meister, sag ich, aber warum verticken wir die gehobelten Teile dann für den dreifachen Preis, hm? Darf ichs dir einwickeln, du Spacken? Da möcht ich den Obergertz echt mal sehen, in soner Situation. Wie der dann versucht, freundlich zu sein. Alles im Dienste der deutschen Kellerbar, is klar, gehobelt, abgelängt und gefast. Aber ich kann das einfach nicht, diese bescheuerten Gesten. So Danke ins Gesicht grinsen. Und die ganze Zeit den Eindruck machen, ich wär nur für die Kunden da. Wenn einer n Brett will, dann kriegt der das. Auf den Milli genau. Aber muss ich den dafür auch noch freundlich angrinsen?

Oder dieser Spacken neulich an der Pommesbude vorm Baumarkt. Is ja Sommer, kann man seine Currywurst draußen essen. Mach ich natürlich nie, ich bin ja nicht blöd. Ich kuller mir doch nicht vor allen Leuten die Currymedaillons rein. Mitten aufm Parkplatz und so. Und das sind ja auch alles meine Kunden. Womöglich hat da irgendson Doof grade was bei mir zuschneiden lassen, und jetzt sieht der mich da mit der Wurst. Denkt der sich, Schön, hat die arme Sau n bisschen Geld verdient, hat er sich direkt ne Wurst für gekauft. Als wenn ich von dem seinen Brett abhängig wäre und so. Ich kann mir so viele Currywürste kaufen, wie ich will. Und wenn der nochmal beim Zuschnitt auftaucht, schneid ich ihm alles son bisschen falsch, damit er zuhause beim Einpassen so richtig verzweifelt.

Jedenfalls der Typ direkt nach draußen mit seinem Teller, fand der herrlich. Mit der Sonne auf den Pommes und der Soße, alles fettig am Glitzern und so. Und dann hat er eben seinen Teller und das Besteck wieder reingebracht und dabei dieses Gesicht macht. Was ich nicht kann. Dieses Beflissene und Ergebene und Stolze in einem. Diese elende Spackenvisage. Der war tatsächlich stolz auf sich, weil er den Teller zurückgebracht hat. Fürs Normalste von der Welt also, aber der tat so, als wär das was ganz Großes. Der hat den Teller gehalten wien kleines Mädchen, das er vorm Ertrinken gerettet hat. Und dass ihm jetzt alle zujubeln müssten und so, das sagte dem sein Gesicht. Seht her, Leute, beinahe wär ich selbst draufgegangen, so stürmisch war die See. Ich war echt am Ende meiner Kräfte, und jetzt trage ich die kleine Gans schon seit sechs Stunden auf meinen bloßen Armen, weil das so weit war bis in die Zivilisation und so.

Und dann war er ganz enttäuscht, weil der Pommeskümmel von unserer Baumarktbude nichtmal Danke gesagt hat, als er ihm das Tablett aus der Hand genommen hat. Den könnte man genauso anscheißen wie mich, den Kümmel. Der ist auch unfreundlich, so, Hey Pommeskümmel, bedank dich gefälligst, wenn der Mann seinen Teller zurückbringt. Oder so.

Ich kann das einfach nicht ab, wenn die Leute so dämlich sind. Ich mein, man bringt seinen Teller zurück und der Kümmel spült den dann. Wenn son Kümmel bei ner Kümmelbude isst, bringt der den Teller zurück, ohne zu grinsen. Die Türken sind echt cooler als die Deutschen, die können so normale Gesten auch normal ausführen. Aber die Deutschen, diese komplett verblödeten Spacken, die können das nicht. Die machen immer son lächerliches Getue draus wie der Idiot in der Pommesbude.

Da isses ja eigentlich klar, dass man sich so langsam Sorgen um Deutschland macht. Auch in meiner Position, weil das betrifft doch alle. Deutsche Ischen werfen nicht mehr, und wenn, dann nur die Asis. Da kommen dann natürlich wieder Asis bei raus. Sone arbeitslose Nuss ausm Ghetto, die hat locker die Zeit, alle neun Monate schwanger zu sein. Und ihr arbeitsloser Macker poppt sie eben mal schnell zwischen zwei Büchsen Bier. Und dann liegen sie alle vorm Fernseher rum und winseln, Ach Gott, was geht es uns schlecht, der Staat tut aber auch garnix für uns, komm, lass uns noch ne Runde poppen.

Und da kommen dann so kleine Deutsche bei raus, die nichtmal vernünftig nen Teller zurückbringen können.

Gibt einfach zu viele Frauen, die erst Karriere machen wollen. Und dann sind die vierzig und kriegen langsam Muffensausen, weil sie alt und allein sind. Und dann wollen die doch noch schnell n Kind, aber nix da. Ist längst alles zu kompliziert geworden. Dann haben sies den Männern so gründlich gezeigt, dass sie keinen mehr abkriegen. Sagt der Typ sich doch, Was soll ich mit der alten Karrierefrau, ich geh jetzt ins Ghetto und such mir ne knackige Asinuss. Die ist auf der Suche, gibt ja genug von denen. Ich finde, die Ischen haben echt keinen Grund, sich zu beschweren. Wenn ein Mann sich ne Blöde sucht, dann ist das genau die Quittung, die die Karriere-Ischen verdient haben. Dumm fickt gut, das is ja quasi ne ewige Wahrheit. Was willst du mit ner vierzigjährigen Steuerberaterin, die beim Poppen Gütertrennung schreit. Da nimmst du doch lieber n halb so altes Prollmädel, das richtig brav is und fünfmal am Tag abgeht wie die Luzzi. Und die womöglich auch noch kochen kann undsoweiter. Da wird einem die Entscheidung doch quasi abgenommen.

Eigentlich bin ich ja genauso dran schuld. Fränki Kattwinkel, kinderlos und so. Sagt dieser scheiß Arzt bei der Musterung, sagt der: Tja, Fränki, du hast da ne Krampfader am Ei, die würd ich mir aber schnellstens wegmachen lassen. Und ich zu dem, Ja wie Krampfader, und dann sagt der, Ja Krampfader eben, da wird das Blut zu heiß, wenn sich das da durchzwängt, und die Spermien dann eben auch, du, das ist garnicht gut für die. Ich dann also nach Hause und direkt da unten rumgetastet. Und leider hatte der recht, der Spacken. Voll die Krampfader am linken Ei, wie son massives Bündel steifer Gelee. Total eklig, und warm wars auch. Immer total warm da unten, das konnte man fühlen. Aber was will man machen. Ich geh doch nicht zum Arzt und sage, Hey Doc, ich hab ne

Krampfader am Sack, mach die mal grade weg. Das ist mir echt zu peinlich, da warte ich lieber. Irgendwann steht mal was in der Zeitung, son Hausmittel oder so. Krampfadern am Sack wurden schon im Mittelalter mit der und der Pflanze behandelt. Einfach den Saft rauspressen und paar Tage die Klöten damit einschmieren. Dann gibt die scheiß Krampfader den Löffel ab.

Oder dass das vielleicht mit der Zeit von selbst weggeht, hab ich mir gedacht. Aber nix da. Immer noch da, die Krampfader, killt meine Spermien wie Regenwürmer im Backofen.

Das macht mich manchmal richtig fertig, wenn ich dran denke. Dass es nie nen kleinen Fränki geben wird. Dabei würde ich sogar ne bisschen ältere Karrierenuss nehmen. Also sagen wir mal, Karin, fünfunddreißig, Steuerberaterin, ledig und voll auf der Suche. Und dann treffen wir uns, und wenn die noch einigermaßen in Schuss ist, nehm ich die. So, Alles klar, Karin, Hauptsache, das Kind heißt Frank. Soll mir ja keine Ische mit Max oder Leon kommen, der soll Fränki heißen. Das ist ein schöner, deutscher Name, der kommt auch in allem Möglichen vor: Frank und frei zum Beispiel, das ist doch was Gutes. Oder Frankfurter Würstchen, deutsche Spezialität, oder Frankreich, da essen sie auch gerne. Und am besten finde ich Frankieren. So hab ich mir das immer überlegt: Wenn ich mal ne Lady dick mache, dann hab ich die frankiert, das ist doch genial.

Aber leider wird das ja nun nix. Mit der Frankierung. Krampfader und aus, stattdessen sollte ich wenigstens mal sicken gehen jetzt. Dass einem aber auch die einfachsten Dinge manchmal so schwerfallen. Also sagen wir jetzt mal Pinkeln. Das ist immer derselbe Scheiß hier. Dass mir quasi der Bauch platzen muss, bevor ich das erste Mal aufs Klo gehe. Später gehts ja dann. Wenn man son paar Bierchen drinhat, dann ist das alles kein Problem mehr. Dann sagt man sich:

Okay, ich muss pinkeln. Dann geh ich mal. Und dann steht man im Prinzip schon halb am Pissoir, weil man einfach vom Hocker runter und losgegangen ist. Aber so nüchtern denk ich immer, ich darf das noch nicht. So wie mitten beim Essen aufstehn und so, dass einen dann alle ankucken und den Kopf schütteln. So, Mein Gott, hat der Spacken denn überhaupt keine Erziehung? Und logo auch, dass man danach immer schneller wieder muss. Am Anfang kann man locker zwei Liter tanken, ohne was zu merken. Aber einmal gesickt, ist die Sache am Laufen. Das ist quasi, als öffnet man ne Schleuse, und danach ist die nicht mehr ganz dicht. Dann tropft der Hahn oder so. Oder die scheiß Blase hat sich dann eben einfach dran gewöhnt, dass die prompt bedient wird. Dass die dann Zicken macht und einen die ganze Zeit piesackt, So, du Spacken, ich weiß doch, dass du mir helfen kannst. Hast mir doch schon wieder zwei Einheiten eingetrichtert, jetzt bringst du die gefälligst auch zum Klo. Und dann latscht man den ganzen Abend lang quasi ohne Pause von der Theke zum Pisspott. Immer hin und her, und die scheiß Blase lacht sich schlapp.

Weil die weiß, dass man eben keine Chance gegen sie hat. Genau wie jetzt, ich glaub, ich bin schon halb vom Hocker runter. Zum Klo, abstrullen, und die Sache ist geritzt. Brennt richtig beim Laufenlassen, so viel Druck ist da drauf. Wenn jetzt einer reinkäme, wärs mir egal. Wenns einmal läuft, läuft es, da kann mich kein Spacken der Welt mehr von abhalten. Und ist immerhin auch noch einigermaßen früh, da wird sich bestimmt keiner auf meinen Hocker pflanzen in der Zwischenzeit. Also schnell wieder zurück, und dann direkt n Bier bestellen und so. Vielleicht hat das noch nichtmal irgendwer mitgekriegt. Dass ich also jetzt quasi wieder hier sitze und die denken alle, Boah ey, der Fränki. Der kann aber was aushalten. War der überhaupt schonmal pinkeln und so?

Ich glaub, das hat echt keiner gemerkt. Die sind aber auch zu blöd, die Spacken. Mir könnts ja eigentlich egal sein, wenn die Deutschen aussterben. Die Deutschen sind genauso blöd wie sagen wir mal die Belgier. Aber trotzdem riechst du jeden Tag deutlicher, wie die Kacke am Dampfen ist. Meine Bäckerin zum Beispiel, die ist bestimmt hundert. Voll der Methusalem und so. Wenn die n Brot wäre, wär sie steinhart. Und als ich noch klein war, waren die Bäckerinnen eben total jung. Das waren knackige Ischen mit engen Kittelchen. Da dachtest du schon beim Brötchenkaufen an die Fortpflanzung. Ein Paderborner bitte, du kleine Schlampe, und dann dreht die sich um und streckt sich zum Brotregal hoch und ihr Kittel rutscht über den Slip. Heutzutage, die Alte, die klettert die Leiter hoch fürs Brot. Ächz und Kühm und so, da vergeht dir alles. Und mit dem Kittel hat sie schon den Adolf bedient.

Da kommt einfach eins zum andern. Ein Volk, das morgens um sieben schon seine Überalterung vorgehalten kriegt, das verliert auf die Dauer einfach seine Potenz. Genau wie hier im Kosmos. Hier läuft absolut garnix, wer könnte das besser beurteilen als ich. Jahrelang komm ich jetzt schon hierhin, jeden verschissenen Tag, und hier sind die Hosen so tot wien Palästinenser nachm Selbstmordanschlag.

Das ist ja das Schöne, wenn man selbst nicht soviel redet. Dass man dann die anderen belauschen kann. Und dann kriegt man eben mit, dass alle nur über Probleme quatschen. Wenn hier n Typ mit ner Frau aufkreuzt, reden die garantiert über die Bauchschmerzen vor der nächsten Klausur oder dass man kein Fleisch mehr essen sollte. Dass mal einer sagt: Mensch, Baby, mir gehts richtig gut und so, ich könnte dir jetzt glatt n Kind machen – das hab ich noch nie gehört. Im Gegenteil, weil die Ischen ja genauso sind. Hach, du hast recht, kein Fleisch mehr am besten, und poppen ist auch nicht gut, krieg ich schlechte Haut von.

Irgendwann laufen hier nur noch Wattefüße und Kümmels rum. Das wird ein Anblick, das kurbelt bestimmt den Tourismus an. Da kommen sie dann aus aller Welt, um sich anzusehen, wie die Deutschen ihr Land gegen die Wand gefahren haben. Dann gehört hier alles den Kümmels, und die deutschen Achtzigjährigen sitzen im Türkencafé rum und saufen schwarzen Tee aus Bonsaigläsern. Was gibts denn heute zu essen, Mehmet? Was, Döner mit Krautsalat, ist ja prima, Mehmet, dann mach mir mal ne Portion. Aber nicht zu scharf und schön kleine Häppchen, weißte, der Ali hat ja grade mein Gebiss in Reparatur. Und deine Aische ist echt schon wieder schwanger, Mensch, Mehmet aber auch, alter Schlawinerkümmel! Ich wollt auch immer Kinder haben, aber meiner Frau war die Karriere wichtiger, weißt du was: Ich nehm noch eins von den Haschischplätzchen, mir kommen grade die Tränen.

Und dann schickt der Mehmet eins von seinen dreißig Blagen in die Küche und lacht sich ins dreckige Fäustchen. Haha, ihr deutschen Bockwürste, wenns euch nicht gäbe, man müsste euch züchten. Ein Haschischplätzen gegen die Kinderlosigkeit, und wenn sie dann alle schön breit sind, schlurfen sie nach Hause und kucken Ötzmötz-TV.

Aber so scheiße, wie heutzutage die Brötchen schmecken, kann man imgrunde auch direkt Fladenbrot kaufen. Alles schlechter geworden in Deutschland. Wenn ich Politiker wär, würd ich als Erstes ein Brötchengesetz erlassen: Jeder, der miese Brötchen verkauft, wird erschossen. Sonen Bäcker sollte man am Ohr aus seiner Backstube ziehen. Komm mal her, Alter, siehst du meine Plemm hier? Wenn du mir noch ein Mal son Brötchen andrehst, kannst du dir deinen verstrahlten Weizen von unten ankucken, du Arsch.

Genauso wie ich nie mehr jemandem Geld leihe. Da hinten sitzt der wieder, ist grade reingekommen. Dieser große Typ, der immer Ringelpullover anzieht. Fünf Euro hat der sich von mir geliehen. Und ich Doof hab die dem gegeben. Statt dass ich sag, Frag doch den Wirt, du alter Spacken. Locker drei Monate ist das jetzt her, und der gibt mir die einfach nicht wieder. Völlige Leere in dem seiner Fresse, wenn der mich ansieht. Wahrscheinlich war der breit damals, und wahrscheinlich hat er vergessen, dass er mir noch was schuldet. Da ist das Gedächtnis einem ja immer treu, wenns ums Vergessen von Schulden und so geht. Und wer is wieder der Gelackmeierte, weil er noch alles weiß? – Fränki Kattwinkel. Der Ringelspacken weiß nicht, dass er mir was schuldet, und deshalb hat er auch kein schlechtes Gewissen. Der fühlt sich 1a. Und ich weiß noch alles, und ich krieg mein Geld nicht wieder, und ich muss andauernd überlegen, ob ich den jetzt auf die fünf Euro ansprechen soll oder nicht.

Ist ja irgendwie uncool, sowas zu tun. Und auch das ist nur dieser Arsch schuld, dass ich womöglich in sone Situation komme. Dass ich den wegen dem Geld anmachen muss. Alles bei der Sache bleibt an mir hängen, das ist so eine Sauerei. Ich hab das Geld nicht, ich muss grübeln, und wegen dem seiner Vergesslichkeit komme ich inne uncoole Situation.

Sitzt der da einfach. Mit irgendnem Kumpel, der genauso groß ist und genauso affig angezogen.

Ich würd sagen, ich bestell mir jetzt nochn Bier, und dann quatsch ich ihn an, so, Hey Kollege, lass mal die fünf Ocken von neulich rüberwachsen. Oder so. Oder, Boah, übrigens, Alter, ich brauch unbedingt die fünf Ocken zurück. Wollts ja eigentlich garnicht ansprechen, aber jetzt häng ich hier und hab meine Kohle vergessen, tut mir echt leid, Mann, aber kannste mir die Euros vielleicht genau jetzt zurückgeben?

Damit hätt ich ihn bei den Eiern.

Oder ich lass es einfach.

Eigentlich brauch ich das Geld ja garnicht. Jedenfalls nicht heute. Geht mir ja nur ums Prinzip. Ich hab noch nie vergessen, wenn ich Schulden hatte. Genau genommen hab ich mir sogar noch nie was geliehen. Ich hasse Schnorrer. Schnorrer sind die größte Plage, die auf der Welt rumläuft. Direkt nach den Belgiern, und ausgerechnet ich bin jetzt das Opfer von so einem. Der Kohle schnorrt und die nichtmal zurückgibt. Den man drauf ansprechen muss, dass er einem noch was schuldet. Am besten geh ich zu dem rüber und hau ihm wortlos eine in die Fresse. Dann würde bei dem bestimmt der Groschen fallen. Ich geh da hin, hau den um, und dann nehm ich meine fünf Euro und setz mich wieder an mein Bier. Das wär angemessen, und dann könnte mich auch keiner uncool finden.

Oder dass ichs vielleicht dem Wirt sage. Der ist doch quasi hier für die Ordnung zuständig, der könnte mir doch mal n bisschen helfen. Hey Holger, von dem dahinten krieg ich noch fünf Euro. Und dann geht der zu dem hin und sagt, Jetzt gib dem Frank aber mal sofort die fünf Euro wieder, sonst kriegst du hier kein Bier mehr. Das wär eigentlich am schönsten, wenn das so offiziell über den Wirt geregelt werden würde. Aber so läuft das natürlich nicht, und mein Bier ist immer noch alle.

Fünf Euro, ich mein, das ist auch Geld. Und wenns nur fünfzig Cent wären. Das sieht der bestimmt genauso. Wenn der sich dran erinnern könnte, würde der auch sagen, Fünf Euro, das ist garnicht mal so wenig. Die muss ich dem Fränki unbedingt zurückgeben, Moment, ich kucke direkt mal in mein Portemonnaie, ob ich die klein hab.

Aber tut er nicht. Jetzt kriegt der Spacken sogar n Bier gebracht und trinkt und so. Ich glaub fast, der hat mich angegrinst, übern Glasrand hinweg. So, Hey Fränki, du auch hier, schön, dich zu sehen. Oder dass er sich vielleicht in Wirklichkeit doch noch erinnert, aber nix sagt. Weil er denkt, ich habs vergessen. Oder weil er weiß, dass ich mich nicht traue, ihn wegen den paar Euros anzulabern. Das wär dann natürlich extrem gemein, dafür sollt ich dem direkt noch eine verpassen.

Oder am besten, dass ihm irgendwas passiert. Dass er sich hier die Hucke vollhaut und aufm Heimweg überfahren wird. Oder meinetwegen dass er kacken geht und ihm dabei das Portemonnaie aus der Hose fällt. Und ich finde das dann, So, Boah ey, stinkt zwar voll hier, aber dann nehm ich mir zehn Euro raus und geb ihm das Portemonnaie wieder. So, Hey Ringelspacken, du hast da was verloren. Hab mir auch direkt die Kohle von neulich rausgenommen, ist doch okay so, oder? Dann wär der natürlich total sauer, das wär schön.

Aber wahrscheinlich geht der heute irgendwann einfach nach Hause und hat kein einziges Mal an meine Kohle gedacht. Wenn alle so wären wie der, könntest du Deutschland in die Tonne kloppen.

Wenn jetzt sagen wir mal ein Marsmännchen hier reinkäme. Einer, der grade eben erst auf der Erde gelandet ist, und der käme als Erstes hier ins Kosmos rein. Der würde die Menschheit für komplette Spacken halten. Total erschrecken würde der. Wenn der sich zum Beispiel den Schnorrer mit dem Ringelpullover ansieht. So ein riesiger Typ, der mir meine fünf Euro nicht wiedergibt und Ringelpullover trägt. Völlig wahnsinnig, würde das Marsmännchen denken, Der gibt dir echt dein Geld nicht zurück? Weil sowas kann man doch keinem erklären. Da würde sonem Marsmännchen doch glatt die grüne Birne platzen, wenn der das zu verstehen versucht. Oder die Ischen halt. Dass mich da quasi eine angestiert hat wie blöd und seitdem den ganzen Abend nicht mehr. Das ist einfach nicht logisch, das verstehe ich nicht und schon garnicht son Marsmännchen.

Mit dem würd ich mich echt gern mal unterhalten. Dem n paar Fragen stellen. Son Typ wie ich zum Beispiel, dass der immer nur arbeiten geht und danach einen trinken und dass der einfach keine Alte abkriegt. Fränki Kattwinkel, anständiger Kerl. Verdient sein eigenes Geld, bretthharter Arbeiter, und ansonsten tut er keinem was. Aber dass so einer keine Frau abkriegt, ob er das normal findet, würd ich den gerne fragen. Die dümmsten Spacken laufen mit ner Ische rum, nur ich nicht. Dabei ist es hundertpro nicht so, dass mich keine will. Ist nur so, dass man sich irgendwie nie übern Weg läuft. Oder dass immer der falsche Moment ist.

Ich würde auch mal gerne ein bisschen was erzählen. Wies auf der Arbeit war und so. Oder dass mir mal jemand den Tisch abräumt. Manchmal krieg ich totale Depressionen, wenn ich den Kühlschrank aufmache und das Marmeladenglas sehe. Jeden verdammten Morgen in meinem Leben mach ich den Kühlschrank auf, und das Erste, was ich sehe, ist das verfickte Marmeladenglas. Und dann nehm ich das und stell das fürs Frühstück auf den Tisch. Und nach dem Frühstück stell ichs wieder zurück. Dass das immer so weitergehen wird. Bis ich sterbe. Das ist das, was mich verrückt macht. Und deshalb wär ne Freundin schon gut. Einfach mal jemand anders, der das Marmeladenglas rausholt. Oder ders vielleicht sogar wieder einräumt und an einen anderen Platz stellt. Das kann ich nämlich auch nicht. Jeden Tag denke ich, Fränki, gleich nachm Frühstück stellst du das Glas mal woanders hin. Vielleicht unten zu den Bierbüchsen oder so. Aber ich pack das nicht. Dann seh ich das Glas in meiner Hand und kucke zu, wie die Hand das wieder an genau dieselbe Stelle stellt wie immer.

Das ist auch schrecklich. Da könnte man fast denken, ich hab sie nicht mehr alle.

Aber wenn das doch wenigstens mal jemand denken würde. Ne Freundin eben, die mir zusieht, wie ich das Marmeladenglas wegbringe, und die dann vielleicht hinter mir herkommt und das Glas ganz woanders hinstellt und dabei n bisschen lacht und mir übern Kopf streichelt, Mensch, Fränki, du Knallkopp, jetzt lass das scheiß Marmeladenglas in Ruhe und wir gehen noch ne Runde poppen. Okay? Ich bin deine Freundin und du bist mein Freund, und wir können poppen, sooft wir wollen. Die ganze Nacht poppen, die ganzen nächsten vier Wochen wird jetzt nur noch gepoppt, bis die Marmelade verschimmelt ist.

Ich muss unbedingt zusehen, dass ich ne Freundin kriege.

Marsmännchen hin oder her, son grüner Schwachmat, wer weiß, ob der überhaupt nen Dödel hat. Der schnallt doch überhaupt nicht, wovon ich rede. Was, du willstn Rohr verlegen, Fränki, geht doch alles drahtlos heutzutage und so. Aber vielleicht sollte ich mal den Laden wechseln. Dass ich mein Feierabendbier mal woanders trinke, wo vielleicht n paar mehr Schüsse rumlaufen als im Kosmos. Ischenmäßig kannst du die Bude doch echt vergessen. Die da reinkommen, haben doch alle nen Schlag schräg. Die sind alle irgendwie verschädelt, sonst würden die hier niemals auflaufen.

Klar, die wollen alle mit einem ins Bett. Aber genauso klar ist, die stehen dann nicht mehr auf. Und dann hat man die an der Backe. Kommst du von der Arbeit, und die liegen da unter deinem Plumeau. Vorratskammer leer und alle Kippen weggeraucht und so, Hey Fränki, mach mal den Aschenbecher sauber.

Und mit der Popperei ist wahrscheinlich auch schnell vorbei. Dass die einen eben einmal ranlassen, und dann ist finito. Weil dann haben die sich ja breitgemacht. Was, du willst schon wieder poppen? Geh erstmal neue Fluppen holen, du Spacken.

Ist doch klar, dann verpisst man sich natürlich so schnell wie möglich ins Kosmos. Schnell aufm Klo einen abkloppen und möglichst viel Bier trinken. Weil die Ische einen so enttäuscht hat. Und weil man jetzt ja quasi kein Zuhause mehr hat, weil die da rumliegt und so. Nee echt, im Kosmos ne Alte anmachen, das geht auf keinen Fall. Da macht man besser direkt auf krank, so, Hey Baby, tut mir leid, aber wird heut nix mit uns. Ich hab Durchfall.

Da muss man eben einfach mal woanders hingehen, wenn man ne Freundin sucht. Also dass ich mir vielleicht mal sone Ausgehzeitung vorknöpfe und nen richtig angesagten Schuppen raussuche. Und dann setz ich mich da mal nen Abend an die Theke und kucke, was da läuft. Ob da nicht eine aufkreuzt, die vielleicht mit mir gehen will. Das wär superpraktisch, dann wär ich mit der zusammen, und ab dann könnte ich ja wieder ins Kosmos gehen.

Vielleicht sollte ich das morgen wirklich mal versuchen. Woanders hingehen und nach ner Freundin Ausschau halten. Sone fremde Umgebung, da benimmt man sich ja auch automatisch ganz anders. Wer weiß, wie ich in sonem Modeschuppen draufkomme. Dass ich da vielleicht viel lockerer bin. Weil hier im Kosmos ist ja irgendwie alles eingefahren, da sind die Rollen verteilt. Da sitzt der Fränki, der redet nicht viel. Deshalb spricht mich hier auch keine an, weil alle davon ausgehen, ich sag nix. Aber morgen wird das dann eben total anders. Ich geh in den neuen Schuppen, komme da rein und fange direkt n Gespräch an. Am besten mit ner Ische, und wenn alles klappt, wird die dann meine Freundin. Son ganz einfaches, ganz stinknormales Gespräch, so, Hi Ische, schöner Tag heute. Oder so. Darf ich dir n Bier ausgeben? Ich bin der Fränki. Ich arbeite beim Baumarkt im Holzzuschnitt, also wenn du mal günstig an Regalbretter kommen willst. Du siehst echt spitze aus, weißt du. – Oder irgendsowas eben. In dem neuen Laden. Aktion Freundin. Morgen.

Wobei man das natürlich noch genau checken müsste. Vielleicht will die ja garnicht angelabert werden. Oder dann sagt die, Na super ey, mein Freund heißt auch Frank, oder so.

Das wär natürlich megapeinlich, und dann glotzen alle zu einem rüber womöglich. Woanders trinken ist ja eigentlich garnicht so gut. Das ist wien Auswärtsspiel, meistens verliert man. Schon beim Reinkommen, dass einem dabei total die Sicherheit fehlt. Dass man sich erstmal umschauen muss, obn Stuhl frei ist. Und wenn womöglich nicht, ob man wenigstens bis vor an die Bar kommt. Ist ja völlig ausgeschlossen, sich innem fremden Laden alleine annen Tisch zu setzen. Da könnte man direkt bei irgendwelchen Wildfremden klingeln und nach Abendbrot fragen. Nee, Theke ist das Mindeste, und am besten mit Hocker. Dann hat man sich schonmal son bisschen verankert. Und dann schnell n Bier, Hey Spacken, mach mir mal n Bier, aber dalli. Und wenn das dann vor einem steht, dann ist das wiene Eroberung: Den Laden hier, den hab ich geentert. Ab dann kann man sich mal in Ruhe umsehen, ob man hier ne Freundin findet.

Gibt hier im Viertel durchaus so zweidrei Läden, die ich noch nicht kenne. Hundertpro sind die kacke, aber man weiß ja nie. Beschissener als im Kosmos kanns eigentlich nirgendwo sein, und da renn ich immerhin jeden Tag hin. Ist schon was Komisches mit der Offenheit. Ist einem völlig klar, dass man ab und zu mal offen sein sollte für Neues. Ist man aber nicht. Ist man zu schissig für, sagt man sich, lieber den Spatz in der Hand als die scheiß Taube aufm Dach. Was ich hab, kann mir keiner mehr nehmen, und is ja auch so: Einen Abend nicht im Kosmos, sitzt am nächsten irgendeiner auf meinem Lieblingshocker. Und meint, das wär jetzt seiner. Vielleicht könnt ich dem Wirt sagen, dass ich fürn paar Tage weg bin. Dass ich dem quasi ne Entschuldigung schreibe, wie in der Schule: »Der Fränki kann drei Tage nicht kommen, der hat Fieber, ich bitte Sie, dem seinen Thekenhocker bis dahin freizuhalten. Er kommt auch auf jeden Fall wieder.« Unterschrift: »Fränkis Mutter«.

Das würde das Problem lösen. Dann könnte ich drei Tage völlig sorgenfrei in andere Kneipen latschen und mir ne Alte anlachen. Und am vierten Tag geh ich dann mit der ins Kosmos und sage: Da, kuck mal, Baby, das is Fränkis Hocker da, den hamse mir freigehalten.

Wär dann nur wichtig, dass ich die Ische einweihe vorher, damit die mich nicht verpetzt. Damit die dem bescheuerten Holger nichts verrät von meiner Fremdgeherei. Was, Fränki, jetzt muss ich aber mal n ernstes Wörtchen mit dir reden. Von wegen angeblich Fieber und so, dabei haste dich einfach woanders rumgetrieben. Neenee, das wär echt gefährlich, wenn die sich versabbelt. Das is ja nun so bei Ischen, dass die vor lauter Sabbeln auch schonmal was fallen lassen, was sie besser für sich behalten hätten. Komm ich da den ersten Tag mit meiner neuen Freundin rein, und schon gibts Ärger. Dass dann quasi der Holgerspacken mit mir schimpft, weil er dachte, ich hab Fieber und so. Da würd direkt der erste Ehekrach anstehen, da würde die mich aber direkt mal kennenlernen. So, Hör mal, Baby, Frauen findeste wie Sand am Meer, aber nicht sonen Hocker. Der ganz für einen allein ist. Und der immer da ist, wenn man ihn braucht. Das ist Zuverlässigkeit wien Fels, das kann sone hergelaufene Ische garnicht leisten. Und son Hocker läuft einem eben auch nicht so schnell weg wie Fräulein Labertasche aus der nächsten Kneipe links. Das erste Mal mit im Kosmos und dann direkt, Hallo, Herr Wirt, wussten Sie, dass der Fränki in Wirklichkeit gar kein Fieber hatte? Huch, hätt ich das wohl besser nicht gesagt, Fränki? – Ach, macht doch garnix, Kleines, hast mir doch nur den Stuhl meines Lebens unterm Arsch weggesabbelt. Am besten, du gehst schonmal nach oben.

Wer innem Baumarkt gearbeitet hat, der kennt sich mit Weibern sowieso aus. Dass die entweder dämlich oder zickig sind. Und denken, die könnten den Molli mit einem machen.

Soner Ische bin ich ja mal hinterher. Das war auch son Fall. Kam mit ner total verranzten Spanplatte an und wollte die beschnitten haben. Ich das erledigt, die weder Danke gesagt noch was rüberwachsen lassen, und ich der also hinterher. Verfolge die bis zu ihrem Polo, und an dem Tag hatte ich richtig Schwein. Weil die nämlich das Brett aufn Beifahrersitz legt und dann nochmal zurückmuss, den Einkaufswagen wegbringen. Und ich dann schnell das Brett und übers Knie gebrochen. Da ist mir echt einer abgegangen, als ich der ihr Gesicht beobachtet hab. Wie die in ihrem scheiß Polo sitzt und die zwei Bretthälften hochhält. Super!

Für ne Frau ist es ja letztlich auch nie zu spät. Das kann man ja jederzeit angehen, die wachsen ja nach. Also morgen bestimmt nicht. Morgen gehe ich bestimmt nicht inne andere Kneipe. Um mir ne Frau zu suchen und so. Das ist einfach sone große Überwindung. Sowas muss geplant und durchdacht sein, und da muss auch der richtige Tag für kommen. Dass man morgens aufwacht und sich sagt, So, heute such ich mir ne Frau. Heute nach der Arbeit gehe ich mal ganz woanders hin, und irgendwie wird das dann schon fluppen. Weil alles andere ist Krampf, ich hab da jetzt schon wieder viel zuviel drüber nachgedacht. Das sind so Probleme, die muss man sich nach Feierabend echt nicht antun. Frauen und so. Mit dem Barhocker im Kosmos fängt das ja nur an. Und zuhause geht das weiter, man hat schließlich seine Eigenarten. Seine festen Regeln, was zuhause die Abläufe betrifft. Dass ich womöglich die Kaktee abstauben soll oder so. Wacht die am ersten Tag auf und fängt an, Du, Fränki, da klebt son kleiner Streifen Kacke innen in deiner Kloschüssel, vielleicht sollte man die mal putzen. Und die Fenster und so, die Kaktee da, also ich weiß nicht. Am besten, ich such mir nen anderen.

Ist doch sowieso alles relativ mit der Sauberkeit. Weiße Seife zum Beispiel, kauf ich immer. Aber kannst du dir die

Hände mit waschen, sooft du willst, ist immer dunkler Schmand im Wasser. Kompletter Beschiss, weil die Seifenfritzen da eben was reintun. Dass man immer denkt, Boah, hat sich ja voll gelohnt, dass ich mir die Hände gewaschen hab. Ist ja total dreckig, das Wasser. Aber in Wirklichkeit verarschen die einen, damit die scheiß Seife schnell alle ist und man sich neue kauft.

Aber wenn ich das jetzt der Lady erkläre, klar, das kapiert die nicht. Hat die sich logo noch nie nen Gedanken drüber gemacht. Aber meine Bude dann schmutzig finden. Diese Undankbarkeit, ich mein, nur wegen ner Kaktee. Die hatte es doch gut bei mir. Die hat doch keine Krankheiten bei mir gekriegt, nur wegen sonem bisschen Kacke im Klo und ner alten Kaktee. Is sowieso meine einzige Blume. Die hatte n warmes Bett, was zum Vögeln und immer n kaltes Bier im Kühlschrank. Und dann schmeißt sie alles hin wegen ner Fensterpflanze, das fasst man doch nicht. Das kapiert selbst der ihre Freundin nicht, Mein Gott, Caro, du hast den Typ wegen ner blöden Kaktee verlassen, du hast sie wohl nicht mehr alle. Denkste, sone Partie kriegste so schnell nochmal wieder? N Typ mit Job und Stammkneipe und allem Pipapo. Der sogar seinen eigenen Hocker hat und so. Du bist echt bescheuert, dass du den sausen lässt, ich sag dir was: An dem seiner Stelle hätt ich dich auch rausgeschmissen. Wer sich so anstellt, der verdient nix anderes.

Genau so würds laufen, und dann käm die heulend zu mir zurück und so, Hey Fränki, bitte gib mir noch ne Chance. Bitte nimm mich zurück, ich sag auch nix mehr wegen der Kaktee. Und dann geht der ganze Mist wieder von vorne los. Da bestell ich mir lieber erstmal nochn Bierchen.

Also sagen wir mal, wenn ich noch eins kriegen würde von dem Spacken hier. Ich meine, was ist denn so ein Kneipenwirt? Was macht denn son Typ schon außer zapfen. Den ganzen Tag zapfen. Jeder Doof muss doch mehr können als der, mehr als diese zwei Handgriffe zum Glas und zum Hahn. Muss man ja nur mal mich nehmen. Im Baumarkt, beim Zuschnitt. Was man da alles können muss. Diese ganze große Maschine beherrschen. Das ist ne Killeranlage, die kann einem Arme und Beine absemmeln. Während am Zapfhahn, da kriegste höchstens ne Sehnenscheidenentzündung. Da lach ich mich doch schlapp drüber, Berufsrisiko Sehnenscheidenentzündung. Ist doch so, kann man jede Ische fragen: Je gefährlicher der Job vonnem Typ, desto geiler finden die den auch.

Muss man sich doch nur mal son Autorennen ansehen. Was da für Ladys rumlaufen, die wollen alle mit ins Cockpit. Gefährlicher Job, heiße Bienen, komplett logische Nummer. Aber dann, auf der anderen Seite: Nehmen wir mal nen Versicherungsangestellten. Das ist das Gegenteil. Das ist überhaupt das härteste Gegenteil, das man zu Rennfahrer finden kann. Versicherungsfritze zu Rennfahrer, das ist imgrunde wie Schankwirt zu Holzzuschneider. Lauer Job – gefährlicher Job. Ich halt meine Rübe hin, jeden Tag. Für Deutschland letztlich, damit es dem deutschen Heimwerker gutgeht. Damit dem alles nach der Nase läuft und der deutsche Partykeller der beste von der ganzen Welt ist. Dank Fränkis millimetergenauen Brettern. Der deutsche Heimwerker verlangt Qualität, millimetergenau, und die kriegt der von mir.

Son Wirt dagegen, was tut der denn für sein Land? Absolut nada, der produziert nur Säufer. Nur mal angenommen, ich würde jetzt Alkoholiker werden. Dann gäbs im Baumarkt keinen Holzzuschnitt mehr, erstmal jedenfalls nicht. Oder nicht mehr jeden Tag die volle Zeit. Und dann täte da die deutsche Partykellerwirtschaft drunter leiden und schuld wäre nur dieser Wirt. Weil er mir immer und immer wieder Bier vor die Nase gestellt hat, bis ich n richtiger Säufer war und nicht mehr arbeiten konnte. Wirte sind Spione, Undercoveragenten. Die werden von den Chinesen bezahlt. Je mehr Wirte die in Deutschland installieren, desto mehr Säufer gibts. Und je mehr Säufer, desto schlechter gehts der deutschen Wirtschaft. Der Chinese dagegen: malocht immer weiter, trinkt sich höchstens mal nen Eierbecher voll Reisschnaps. Und alles, was vorher die Deutschen in die Welt exportiert haben, kommt jetzt vom Schlitzauge. Magneteisenbahnen oder so. Ha, sagt sich der Chinese, haben sich die deutschen Konstrukteure von den Magneteisenbahnen kaputtgesoffen, jetzt bauen wir die.

Oder direkt Bier, das würde mich garnicht wundern. Dass die großen Brauereien heimlich längst den Chinesen gehören. Und dass die wahrscheinlich mit den Belgiern unter einer Decke stecken, das wär überhaupt die geile Allianz. China und Belgien, zwei komplette Spackenländer unter einer Decke. Willste ne Fritte von mir, Hopsing? – Klal, van Amstel, kliegsten Stück Tofu dafül. Und dann mischen die heimlich so Zeug unters Bier, dass man immer süchtiger davon wird. Hey van Amstel, was hältste davon, den deutschen Idioten mal oldentlich Opium untels Biel zu mischen? – Kein Problem, Hopsing, tu 4711 dazu, das merken die garnicht. Stinkt sowieso das ganze Land nach.

Und irgendwann sind die einzigen Nüchternen und Arbeitsfähigen auf der Welt nur noch Chinesen und Belgier, und dann haben wir den Salat. Dann sind wir gefickt, ich kann mir echt nicht vorstellen, dass son kleiner Fidschi sone große Säge wie meine bedienen kann. Dann is auch im Holzzuschnitt nichts mehr, wie es mal war, obwohl andererseits: Die Chinesen sind ja dermaßen klein, die kämen dann auch mit ner kleineren Sägemaschine aus. Kleine Leute, niedrigere Theke vom Partykeller, is ja klar, könnte man alles kleiner machen, für die Chinesen. Was wollen die mit nem Schrank von zwei Metern, wenn sie nicht an die Kleiderbügel kommen. Bei denen könnte man bei den Frühstücksbrettchen anfangen. Dass man schon die son bisschen kleiner macht. Hey Hopsing, altes Frettchen, willste noch ne Bonsaistulle? Supel, van Amstel, schmiel mil noch eine.

Und auf die Art zocken die dann die Kohle ab, die jetzt noch der Obergertz verdient. Und die Spacken, denen der ganze Baumarkt gehört und die anderen Filialen auch und so. Die kennt man ja garnicht, die Typen, dumm und dämlich verdienen die sich. Wenn die von jedem von meinen Brettern nur die Sägespäne bekommen, sind die schon saniert.

Sagen wir so: Mehr als zweitausend Euro im Monat sollte niemand verdienen. Weil das nämlich reicht. Und den Rest kriegt der Staat und renoviert dafür dreckige kleine Kneipen. Fortbildung für lahmarschige Wirte oder meinetwegen dass auch scheiß Spielplätze gebaut werden oder so.

Und dann natürlich die ganze Klauerei, das müsste auch aufhören. Da haben die im Ausland n völlig falsches Bild von den Deutschen. Also sagen wir mal irgendson schwarzer Opa. Sitzt vor seiner Bambusbude im Dreck und schiebt sich Reis untern Gaumen. Der hat keine Zähne und keine Schuhe und nix, aber denkt, dass die Deutschen total zuverlässig sind. Und dann kommt der vielleicht mal nach hier. Dass der vielleicht bei nem Preisausschreiben gewinnt oder so, wo man nur drei Kreuze machen muss. Oder dass den irgendson Unicefspacken entdeckt und den mal nach Europa einlädt. Hey, du alter Reisopa, jetzt mach ich dir mal ne Freude in deinem Leben, Hotel mit richtig Bett und so. Kriegste mal Schweinebraten statt immer die vertrockneten Datteln. Und dann wird der also hier eingeflogen und soll hier alles kennenlernen, und dann gehen die mit dem in unsern Baumarkt. So ins pralle deutsche Leben rein, und klar, der Typ is naturverbunden, der geht also zuerst mal zum Holzzuschnitt.

Und dann stellt der mir Fragen, wies so läuft und so, und dann muss ich dem die bittere Wahrheit sagen. Dass zum Beispiel viele was in Auftrag geben und das dann nicht abholen. Oder dass hier volle Motte geklaut wird, alles, Nägel und Werkzeug und Klobürsten und alles.

Weiß der alte Reisfresser natürlich nicht, was ne Klobürste ist. Aber wird der trotzdem ganz schön staunen, was die Deutschen so draufhaben. Dass das ganz gemeine Diebe sind, die sich nen Scheiß um den Holzzuschnitt kümmern. Wenn ich aus ner großen Platte zehn kleine Bretter schneide, dann is die Platte logischerweise hin. Wäre Zufall, wenn einer käme, der was noch Kleineres will, und ich die zugeschnittenen Stücke dafür verwenden könnte. Und irgendwann is nach unten hin ja auch Schluss, weniger als zehn Zentimeter geht nicht mit unserer Maschine. Also ist der, der die bestellt und nicht abgeholt hat, ein Verbrecher. Der hat meinen Laden geschädigt. Und das müsste doch eigentlich auch der schwarze Opa kapieren, wenn er nicht total verschädelt ist.

Das Beste wäre jedenfalls, wenn man sämtliche Baumärkte verstaatlichen würde. Dass dann zum Beispiel die Abteilungsleiter und solche Säcke nichts mehr zu kamellen hätten. Ein Abteilungsleiter hat effektiv und den ganzen scheiß Tag lang absolut nada zu tun. Der läuft nur alle zwei Stunden mal ne Runde, faltet alle mal kurz zusammen, und dann setzt er sich wieder ins Büro. Fräulein Hildebrand, tu mir mal nen Kaffee, sei so freundlich. Und dann tuste das Bitte-nicht-stören-Schild an die Tür, und Telefon wimmelste auch ab, is klar. – Is klar, Dr. Obergertz, sonst noch was? Undsoweiter. Aber wenn der mal ne Küchenplatte hochkant ins Regal stellen müsste, würde der zusammenbrechen. Und kann keine Span- vonner Sperrholzplatte unterscheiden, also dass ich im Prinzip mehr weiß als der. Und ich mach nur den Holzzuschnitt, das muss man sich mal vorstellen. Ich zersäg Bretter und Platten aller Art, und das wars schon. Aber ich kenn mich in dem Laden besser aus als der Marktleiter. In sonem richtigen Kommunismus, wenn dann da die Partei oder wer am Regieren wär, die würden alle Abteilungsleiter in den Gulag stecken. Hey Obergertz, faule Sau! – So um fünf Uhr morgens würden die bei dem vor der Tür stehen. Komm raus, Obergertz, geht ab nach Guantanamo. Du hast das Volk geschädigt, gibs zu! Und klar würde der das zugeben, denn wenn nicht, würden sie ihn direkt an seinem scheiß Carport aufknüpfen. Dass seine letzten Tropfen aufs Cabrio pladdern und alle Nachbarn das sehen. Ha, der Obergertz, tot. Hat das Volk betrogen und jetzt läuft der da aus. Tod am Carport, gerichtet durch das revolutionäre Sonderkommando Fränki Kattwinkel.

Ich wär bestimmt n guter Revolutionär. Also hart am Mann, aber voll gerecht und so. Dass ich dann sone Spezialeinheit führe, die Geld für die Bedürftigen eintreibt. Und dass meine Leute dann alle die Latzhosen vom Baumarkt tragen, mit nem anderen Aufnäher versteht sich. Am besten mit meinem Namen drauf, damit immer direkt klar ist, mit wem mans hier zu tun hat. Oh, ah, das sind die Kattwinkel-Jungs, mit denen ist nicht zu spaßen und so. Und dann nehm ich jedem die Kohle ab, die über zweitausend Euro hinausgeht, und den Rest kriegt die Führung.

Oder dass ich vielleicht erstmal Chef von unserem Baumarkt werde. Dann bleibt der Obergertz zwar am Leben, aber ich schmeiß ihn direkt raus. Obergertz, würd ich zu dem sagen, Sie können sich Ihre Papiere holen. Sie sind gefeuert. Und selbst wenn am nächsten Tag seine Frau heulend bei mir ankommen würde, so, Bittebitte, geben Sie meinem Mann seinen Job zurück, ich kau Ihnen auch einen ab und so. No way, da würde ich hart bleiben, so ein Obergertz kriegt in meinem volkseigenen Baumarkt keine Chance. Weil er einfach ein Schwein ist, so wie der mich immer behandelt hat.

Mal für ne Weile ne ruhige Kugel schieben, das hätt ich wohl verdient. Würden alle im Baumarkt tun, wenn der Obergertz erstmal weg wäre. Gäb keine Sonderangebote mehr und weniger Kundenansturm, würde halt nur noch so ganz normal und in Ruhe Baumarktkram verkauft werden. Du willst nen Schraubendreher, Bruder? – Okay, Gang 7, holste dir einen, neuerdings sind die wieder alle einfarbig. Der doofe Kapitalismus hat astreine Schraubendreher entwickelt und jetzt, wo wir den überwunden haben, nutzen wir dem seine Entwicklung: erstklassige Schraubendreher, nur eben wieder alle mit nem ganz schlichten Holzgriff, verstehste.

Aber vor allem würde der Holzzuschnitt endlich wieder ne ganz andere Stellung kriegen. Das war ja mal Luxus. Das war ja mal der total besondere Service, dass man seine scheiß Bretter nicht nur gehobelt und gewinkelt kaufen konnte, sondern auch noch auf Länge und Breite geschnitten. Das is ja den Pennern heute garnicht mehr bewusst, dass die von mir eine absolute Vorzugsbehandlung kriegen. Dass das überhaupt *die* Sonderleistung ist. Vor dreihundert Jahren hätten die sich noch den Baum selber fällen müssen, und heute kriegen die das fertige Brett auf Maß geschnitten. Und von wem? – Von Fränki Kattwinkel, dem Herrscher über den großen Sägebuddha.

Der Obergertz is genauson Wichser, der das nicht kapiert. Dass ich hier nen Job mache, der sich weißgott nicht von selbst versteht. Ich verkauf ja nicht Aliberts bei den Sanitärspacken. Was, Sie wollen nen Alibert? Ja nehmen Se den da, alles klar. – Ich mein, das kann jeder, oder in der Werkzeugabteilung Schrauben einsortieren. Aber Holzzuschnitt, da bist du nicht nur n blöder Verkäufer, sondern ein richtiger Handwerker. Da musst du dir die Wünsche von den Kunden anhören und ausmessen und alles, und dann eben auch noch sägen und so. Lach ich mich doch immer schlapp, wenn ich bei den großen Rollen mit den Ketten und Seilen vorbeikomme. Dass die Kollegen da drauf bestehen, die selber abzuschneiden. Das ist original der einzige Handgriff, den die draufhaben. Mitm dicken Seitenschneider n Kettenglied zu durchtrennen. Und dann »3,50 m« aufn Zettel schreiben und ab die Post. Die Spacken denken bestimmt, sie wären mir ebenbürtig. Dass die eben auch Handwerker wären, weil sie manchmal sonen Seitenschneider in der Hand haben. Ich möchte einfach mal gern, dass an einem Tag alle in meinen Zuschnitt kommen und sich mal ansehen, was ich da leiste. Wenn die mal vor der Maschine stehen würden, wie beeindruckt die dann schon wären. Und wenn ich die anschmeiße, wie denen dann die Muffe geht. Na komm mal her, Frau Hinzekunz, hier haste n Brett, das schneideste jetzt mal auf 80,3 mal 34,6, so wie die Irren das normalerweise bestellen. Was, Frau Hinzekunz, das trauste dir nich zu? Kein Problem, dann setz dich mal ganz fix wieder an Kasse 5.

Und mit den Typen wär das 1a genauso. Die reißen immer alle das Maul auf und beschweren sich, weil sie son bisschen rotieren müssen. Und weil das im Zuschnitt natürlich nicht läuft, da kannste einfach keinen Anfänger dranlassen, an die Maschine. Jammern rum, letztens die Schwulette von der Auslegware, die sonst nur noch die Kissenkiste und paar Bilderrahmen unter sich hat. Weil er für zwei Tage zu den Baumaterialien sollte, direkt gegenüber von seinem Gang. Klar, da könnts n bisschen dreckiger werden, und mit Quickzement kennt sich sone Tucke eben schlechter aus als mit Auslegware. Wenn der nur auf zehn Meter in die Nähe von meiner Maschine käme, würde dem die Rosette einfrieren. Und in der Pause würde der vor mir auf die Knie fallen, weil er endlich gerafft hat, dass ich n richtiger Mann bin und er nicht. Oh Fränki, wenn ich das gewusst hätte. Bitte zeig mir nochma, wie du sone fette Bohle zersägst und so. Dass ich da also quasi mein Leben aufs Spiel setze, hinten im Holzzuschnitt, damit er weiter seine Flauschiteppiche verkaufen darf.

Kein Holzzuschnitt, keine Teppichabteilung, das is imgrunde ne glasklare Rechnung. Denn Teppiche und Bilderrahmen haben ja innem Baumarkt eigentlich nix zu suchen, und wenns dem schlecht geht, fliegen die auch als Erste ausm Sortiment. Alibert und Schwulibert, dann stehnse auf der Straße.

Obwohl, nach der Revolution wär das dann auch wieder ne andere Sache. Wenn der mich nicht schwul anmacht, dann schmeiß ich den auch nicht raus. Was anderes wär das höchstens mit nervigen Kunden. Da müsste man irgendwie hinkriegen, dass man auf die genauso viel Einfluss hätte wie auf seine Untergebenen. Im Moment läuft doch alles falschrum: Man ist denen ihr Untergebener. Egal wie bescheuert einer rüberkommt, man muss ihm ne höfliche Antwort geben. Weil es ja ums Verkaufen geht, um den scheiß Umsatz.

Wenn Baumärkte Volkseigentum wären, wär das egal. Herrlich wäre das. Kommt mir einer blöd, schick ich ihn weg. Dann kauft er das gleiche Teil innem anderen Baumarkt, und die Kohle kommt so oder so dem Volk zugute. Wenn also einer zum Infoschalter schlappt und nicht als Erstes Guten Tag sagt, kann er direkt wieder gehen. Oder dass ich mir dafür son paar Muskelmänner einstelle. Die ziehen sonen Unhöflichen dann so richtig am Ohrläppchen wieder auf Start, und dann darf er nochmal reinkommen und es neu versuchen. Oder wenn einer fragt, Ham Sie hier auch Meerschweinchen. Dass man dann kurzen Prozess mit dem macht. Das kommt ja oft genug vor, jeden Tag, dass solche Fragen kommen. Und dass man dann da am Infoschalter den Muskelmann hat, der das für einen erledigt. Sofort Polizeigriff und raus. Oder letztens dieser Irre. Kommt mit soner scheiß Arbeitsplatte an. Pressspan mit Kunststofffurnier, Buchennachbildung, die billigste Scheiße. Sagt der: Trapez. Ich soll ihm da zwei Trapeze rausschneiden, er will zuhause was basteln. 1,35 lang und die Breite von 60 auf 23,5, sagt er. Na dann kommen Sie mal her, guter Mann, sag ich. Dann kucken Sie sich doch jetzt mal ganz genau die Säge hier an. Und dann sagen Sie mal: rechter Winkel!

Da hat ers dann gepeilt, der Spacken.

Und dann natürlich Kinder. Am ätzendsten find ich die Typen, die mit ihren Kindern antanzen. Väter und Söhne, Papa, wo sind denn die großen Hammas, das ist das absolute Grauen. Wie stolz die dann sind, diese Spacken, So, Kuck dir das an, mein Kleiner, der will immer die ganz großen Hämmer heben, das ist ein Junge, der, das glaubst du garnicht.

Durch die Bank alle haben diesen total beseelten, total belämmerten Blick, wenn sie mit ihrem Kleinen da auflaufen. Na klar, Kleiner, komm doch mal mit Onkel Fränki mit zu den Hammas, dann kann Papa inzwischen seine Besorgungen machen. Und dann geh ich mit dem blöden kleinen Arsch zu den Vorschlaghämmern und sehe zu, dass ihm das Ding ordentlich auf den Fuß knallt. Tja, da war nix zu machen, ich wollt dem noch den Hammer wegnehmen, aber Sie wissen ja, wies is, könnt ich dann sagen. Hauptsache der Nachwuchsspacken schreit ordentlich ab und packt nie wieder einen von unseren Hämmern an. Alle so schocken, dass die nie wieder mitkommen wollen, wenn ihr Alter seine Heimwerkerscheiße einkauft. Was, Papa, du fragst mich, ob ich mitkomme, Teerpappe fürs Gartenhaus kaufen? Hast sie wohl nicht mehr alle, du runzliger alter Spacken, steck dir deine Teerpappe innen Arsch. Ich geh Gameboyspielen, schönen Tag auch.

Das wär was. Wenn alle Kinder endlich mal so reagieren würden. Dann gings mir besser. Ist aber auch echt so, du stellst die Säge aus, nimmst die Kopfhörer ab, und was hörst du als Erstes? Das Geplärre von irgendnem scheiß Kind. Das ist ja nicht nur im Baumarkt so, aber da ganz besonders. Im Baumarkt gibts kein Spielzeug, und wenn die was gut finden, dann ists gefährlich. Nägel, Spitzhacken, Sägen und so, da stehen die davor und die Eltern kriegen den Affen. Komm, Klein Heinzi, ich kauf dir lieber paar Unterlegscheiben, okay? Kannst du dir als Ringe anstecken. – Neiiiin, kreisch, ich will keine scheiß Unterlegscheiben, ich will den Stechbeitel da. – Nein, Heinzi, bist du noch zu klein für, kannst du doch auch garnix mit anfangen. – Oh wohl, kreisch, du Spacken, abstechen kann ich dich damit, und Mutti macht dann Gulasch aus dir. – Nanana, Klein Heinzi, so darfste aber nicht mit deinem Papa reden, und dann hört das ja auch noch jeder hier. – Is mir egal, ich will den Stechbeitel. Und so.

»Kein Zutritt für Kinder« – das wär meine erste Tat, wenn die mich hier zum Chef machen. Son Schild an die Tür zu hängen. Kinder sind dämlich und laut und schmeißen alles um. Auch nicht in Begleitung ihrer Eltern, sondern einfach: »Kein Zutritt. Wir müssen draußen bleiben« – sone Zeichnung vonnem blöden Kind und nem Hund, Unterschrift: »Commandante Francesco«. Meinetwegen können die sowas ja in anderen Baumärkten reinlassen, aber nicht in meinen.

Wer weiß, ich glaub noch nichtmal, dass einem sone Maßnahme den Umsatz verhagelt. Kommt der Tag, da sind einem die Kunden dankbar. So wie Mülltrennung und so, muss man sich auch erst dran gewöhnen. Wer mal annem Samstagvormittag im Baumarkt war und wer dann an genau sonem Tag in meinen kinderfreien Baumarkt kommt: Der wird hundertpro drei Kreuze schlagen, weil das so angenehm ist bei mir. Kein Geplärre, keine scheiß Babywagen, die einem den Platz versperren, keine Durchsagen von wegen, Der kleine Sebastian steht an der Infotheke beim Rattengift und sucht seine scheiß Eltern. Keine kleinen Nachwuchsspacken, die mit Vorschlaghämmern rumfuchteln, keine Mädchen, die alle Besen ausprobieren, kein Generve bei den Duschvorhängen, Nein, Mama, ich will aber den mit den süßen Entchen drauf, und so.

Ich glaube, wir würden keinen einzigen Duschvorhang mehr mit Enten und Mickymäusen und so verkaufen, wenn Kinder hier keinen Zutritt mehr hätten. Und das wär ja auch gut so. Dann müssten die Dinger nicht mehr produziert werden, und irgendwann gäb es eben keine Duschvorhänge mit Trottelmotiven mehr. Da soll Wasser dran abperlen und das soll verhindern, dass das Wasser auf die Fliesen tropft und so. Wer da n Muster drauf will, der hat sie nicht mehr alle. Der ist geschmacksverirrt, genau wie die in der Lampenabteilung. Die sich die leuchtenden Schlümpfe und Bambis und so kaufen. Oh Papi, bitte kaufst du mir das? Und der Vaterspacken denkt, Ha, dann werden die immer an mich denken, was ich fürn toller Papi bin, das kauf ich denen mal. Und schwupps, geht wieder son scheiß Leuchtschlumpf über die Theke.

Ohne Kinder wär hier alles viel ruhiger. Hauptsache kein Stress und so. Ich würde eben einfach nicht so hetzen wie sonst. Das tut man nur, weil man diese Chefs im Nacken hat, das ist komplett gegen die menschliche Natur. Denn wenn das normal wäre, würde man ja freiwillig hetzen. Dann würde man meinetwegen zuhause jeden Tag putzen und einkaufen und kochen undsoweiter, bis man platt ins Bett fällt. Tut man aber nicht. Man setzt sich am liebsten vor den Fernseher und macht sich das ein oder andere Fläschchen Bier auf. Das wär auch was, was ich dann im Volksbetrieb machen würde: hin und wieder ein Bier trinken.

Aber ist ja alles verboten. Als ich angefangen hab, war das nochn bisschen anders. Da gabs den alten Spacken vom Mörtel, der hatte immer was unter der Theke. Aber das war quasi dem Obergertz seine erste Amtshandlung, den zu feuern. Und dann direkt Versammlung und allgemeines Alkoholverbot am Arbeitsplatz. Angeblich weil ich mir die Finger an der Säge abschneiden könnte. Dabei geht das garnicht. An dieser Säge kann man sich garnicht verletzen, wenn man die kennt. Die könnt ich im Schlaf bedienen, oder mit vier Promill. Ab und an ein revolutionäres Fläschchen, dann arbeitet es sich garantiert viel relaxter. Merk ich doch, wenn ich manchmal samstagsmorgens direkt ausm Kosmos dahintrabe. Dass ich dann am besten malochen kann. Klar, irgendwann werd ich müde, und Kopfschmerzen sind gratis. Aber sagen wir mal die ersten Stunden an sonem Samstag, die gehen mir von der Hand wie nix. Da bin ich auch viel freundlicher zu den Kunden, das sollte sich der Obergertz mal ansehen.

Entspannung ist sowieso das Zauberwort. Dass man entspannt ist auf der Arbeit und sie dann vielleicht sogar gerne macht. Ich hätte auch gerne länger Pause, das würd ich auch direkt wieder einführen. Ganz selten mal, dass ich die Zeitung komplett durchkriege, und ich hab dann auch immer noch Hunger. Die Ischen essen ja nix, die wollen ja alle abnehmen. Und die Tucken auch. Aber ich. Ich red schon mit keinem, was soll ich mit so Baumarktspacken auch groß reden. Ich lese und kaue, aber ich gehe immer mit sonem kleinen, quälenden Resthunger aus der Pause raus. So ein kleiner weißer Typ, in meinem Bauch. Wie son Luftballon. Der will drall sein wien Michelinmännchen, und deshalb nervt der. Spritzt der irgendwelche Säuren gegen meine Eingeweide, damit ich ihm noch was zu futtern runterschicke. Geht aber nicht. Auch wieder verboten, am Arbeitsplatz zu essen. Weiß keiner, warum das so ist, soll als unhöflich gelten, absoluter Scheiß. Son Brötchen zwischen zwei Arbeitsgängen, mein Gott. Mach ich natürlich auch, in der Ecke hinter dem Gitterkasten mit den Holzresten. Aber ist eben nicht entspannt. Pinkelt der Luftballontyp weiter.

Über Mittag is zwei Stunden zu und um halb sieben Feierabend. So wie als ich noch klein war, das wär was.

Als alle Läden noch um halb sieben zugemacht haben, hats jeder geschafft, bis dahin einzukaufen. Aber heutzutage hat man ganz klar das Gefühl, die Kunden machen das extra: Vor halb sieben is uncool, die einzig wahre Zeit zum Einkaufen ist zwischen sieben und acht. Oder samstagsnachmittags, wenn die Typen anrücken. Die ganze Woche gearbeitet und nachm Samstagsausflug schon wieder die Schnauze voll von ihrer Spackenfamilie. Hey Ursula, ich muss noch grade innen Baumarkt, bisschen Mörtel kaufen. Und dann bau ich n paar Mauern im Garten, verstehste. Besuch doch deine Mutter, wie wär das. Und nimm die Kinder mit, die dürfen sowieso nich innen Baumarkt. Ich koch mir dann auch selbst was und so. Aber in Wirklichkeit kochen die sich dann garnix und machen auch nix mit dem Mörtel, wenn die Alte weg ist. Ziehen sich irgendwo ne Currywurst rein und dann ab in die nächste Schänke, mein Gott, ich hab aber auch nen Hunger.

Ich denk nur noch an Essen. Wenn hier jetzt n Döner reinkäme, da würd ich töten für.

Wenigstens war ich pinkeln. Könnt ich im Prinzip inzwischen auch nochmal, war ja klar. Aber vorher könnt ich mir ne Packung Nüsschen bestellen, was anderes haben die hier sowieso nicht. Nichtmal Frikadellen. Jeder Laden hat doch irgendwas Richtiges zu essen, irgendwas Deftiges. Aber hier: nur diese blöden Ültjes. Das tu ich mir nicht an. Wie sähe das denn aus: ich mit Nüsschen. Ich krieg die schon kaum auf. Reißt du zu feste, fliegen sie dir um die Ohren. Dann kannst du deine Nüsschen vom Boden aufsammeln und alle lachen dich aus. Und dann hast du die Finger voll Salz und Fett und den Mund auch und dann geht der Schaum weg beim nächsten Schluck.

Das Schlimmste ist, dass man immer das Gefühl hat, man müsste was abgeben von soner scheiß Nüsschenpackung. Ist so ein ungeschriebenes Gesetz: Süßes wird geteilt, wie früher in der Bahn, in den Sechserabteilen: Fränki, Kleiner, gib dem Mädchen gegenüber doch auch ein Stück Schoko. Wie ich das gehasst hab, irgendsoner kleinen Kröte was anbieten zu müssen. Nicht weil ich nicht teilen könnte, garnicht, ich gebe gern. Aber ich mein, was soll der Scheiß? Ist doch schließlich meine Schoko! Warum lassen die mich hier nicht meine Nüsschen essen und die bestellen sich ihre eigenen? Kostet doch nichts, son Päckchen, obwohl: Schon echt unverschämt, der Preis, für sone Handvoll gesalzene Erdnüsse.

Auf keinen Fall biete ich hier irgendwem was an. Da lass ichs lieber ganz bleiben. Kriegt man doch sowieso immer nur noch mehr Hunger von dem Zeugs. Und dann müsste ich mir noch ein Päckchen bestellen, das wär dann total bescheuert. Hey Wirt, kannst du mir noch ne Packung von den Ültjes geben? – Was, du willst noch ne Packung von den Ültjes, wie bist du denn drauf? Nee, nix Nüsschen, und ich geh auch nicht raus und hol mir was beim Kümmel. Mach ich nicht, raus und wieder rein, das macht man nicht. Und schon garnicht wegen nem Döner. Bist du platt, wenn du das in der Plauze hast, sonen Haufen zerschnetzeltes Tier, dann will man nur noch nach Hause. Vorher essen geht, aber nicht zwischendurch. Der wird schon wieder weggehen, der Hunger, trink ich halt noch was. Man muss nur genug Bier trinken, das hat ja auch Kalorien. Hauptsache, man lässt sich nicht hängen.

Mir gehts doch klasse hier. Nach son paar Bierchen fällt einem alles leichter. Nur dass jetzt diese ganzen Spacken ausm Keller hochgekommen sind. Viel zu voll hier plötzlich, und andauernd rempelt einen irgendwer an. Das hätten sie hier mal besser garnicht erst angefangen, mit dem Open-Mike-Kram. Seitdem laufen hier diese ganzen Möchtegerns rum. Reimen Reis auf Scheiß und denken, sie wären n Dichter. Und dann ist hier immer sone Partystimmung, alle am Schnattern, wie toll es im Keller heute wieder war. Das kann ich schon garnicht ab, Hunger haben wien Otter und dann das ganze Partyvolk um mich rum. Auf Partys fress ich erst garnix. Dieses Gedränge immer, wenn da was rumsteht. Buffet und so. Frikadellen klein wie Murmeln, wenn überhaupt irgendwas mit Fleisch. Hauptsache Fladenbrote, und Schafskäse. Und so eingelegtes Ekelzeugs von sonstwoher, das pack ich alles nicht an. Ist schon besser, nen Plan zu haben. Reinzukommen, dem blöden Ausrichter Tag zu sagen und sich möglichst schnell n Bier zu greifen. Wenn die einigermaßen was draufhaben, gibts wenigstens n Fässchen. Kann man ganz einfach abstufen, die Partygastgeber. Von einigermaßen cool bis Superarsch: Fässchen, 0,33er Flaschen, 0,5er Flaschen – da fängts schon an, trottelmäßig zu werden. Und dann: das Ganze in warm. So Penner, die kurz vor knapp n paar Kästen Billigbier kaufen und die aufn Balkon stellen. Und denken, das säuft dann irgendwer. Sone lauwarme Gülle. Oder wie früher auf den Körnerfresserpartys in irgendner Altbau-WG: Hi Fränki, willsten Bier? Ist in der Badewanne, schön kalt im Wasser!

Das ist immer noch unvorstellbar für mich: Wie man so dämlich sein kann, wie man so wenig Stil haben kann, wie man so wenig erlebt haben kann, dass man denkt, Bier bleibt inner Badewanne kalt genug.

Also reingehn, Tach sagen und kontrollieren, obs kaltes Bier gibt. Wenn nicht, zisch ich heutzutage immer sofort wieder ab. Zack, verpisse mich, merkt sowieso keiner. Früher ist man ja oft geblieben, weil man Angst hatte, was zu verpassen. Wenn zum Beispiel irgendne Ische da rumstand, bei der man sich was erhoffte. Oder die man einfach nur beobachten wollte auf ihrem Weg in den Suff, ins Ausgelassene, wenn die dann locker wird und sonen Zerfall im Gesicht kriegt und dabei total geil aussieht. Und womöglich fängt sie auch noch an zu tanzen, so auf der Stelle und ganz für sich. Schlenkert so ischenmäßig-sinnlos mit den Armen rum und lässt die Haare durch die Gegend fallen. Am besten noch, dass sie die Schuhe auszieht und keine Strümpfe anhat und roten Lack aufn Zehen. Dann tanzt die da rum und tut so, als würd sie garnicht merken, dass sie nicht allein ist. Da krieg ich nen Affen, da fahr ich so dermaßen drauf ab, wenn eine so auf selbstvergessen macht! Als könnte man die dann auch direkt mal bumsen, Hi Baby, sollen wir nichtmal grade bumsen, klar, bums mich doch, ich bin sowieso grade total frei, alles so schön, tanzen und so und bumsen, na logo, genau mein Ding jetzt.

Im Kosmos ist echt viel besser als auf soner scheiß Party. Weil hier eben kein Laberzwang ist und man andersrum auch nicht dumm angequatscht wird. Das ist ne Kneipe, ich zahle mein Bier und zahle dafür, dass ich nix sagen brauch. Hat mich keiner eingeladen, brauch ich auch keinem die Hand zu schütteln. Das Härteste waren sowieso immer diese Wohnungspartys, und aufm Klo steht was von Sitzpinkeln. Machs nicht wie die Hunde, setz dich auf das Runde. Und so. Da hab ich erstmal immer schön daneben gezielt, nur son Schwall Richtung Klobürste. Und dann ne satte Lache vorm Becken hinterlassen und den Willy über der Klobrille abschütteln, dass da auch ordentlich Tropfen draufbleiben. Da fühlt man sich besser nach.

Aber irgendwie ist ja sowieso vorbei mit den Partys. Ich komm nichtmal drauf, wann ich zuletzt auf einer war. Und ich würd auch nicht mehr zu sowas hingehen. Sitz ich lieber inner Kneipe rum, am besten inner richtig düsteren. Der Wirtsspacken soll hier mal das Licht n bisschen runterdimmen, normal macht der das immer so um die Zeit. Dann könnt ich mir jetzt wenigstens in Ruhe am Arsch rumfummeln. Wo die blöde Hose schon wieder verrutscht ist. Gibts doch garnicht, dass das jetzt schon wieder anfängt. Nur mal eben ganz kurz müsste ich die graderücken, bescheuert, dass man sowas nicht darf. Mich jucken doch keine Furunkel, sowas kriegen doch nur so Klemmschwuchteln. Ich will doch nur meine Klamotten sortieren.

Aber nachher kuckt ausgerechnet dann die Pumuckltante rüber. Zwischen der und mir ist noch was offen, das spür ich. Da hätt ich vorhin einfach schneller reagieren müssen, dann hätt ich die aufs Klo abgeschleppt. Blind gefolgt wär die mir, wer weiß, vielleicht lande ich mit der noch unten auf der Kegelbahn. Da ist jetzt bestimmt schön düster, da wär ich dabei. Und danach sind wir dann zusammen und die ist meine Freundin.

Ich darf nur nicht zu oft da rüberglotzen, das ist wie mit nem Fernseher. Du kuckst da immer wieder hin, obwohl dus garnicht willst. Könnte ja gleich n Tor fallen. Könnte ja gleich n geiles Foul kommen, mit roter Karte und Blut und ner Schlägerei danach. Dass richtig was los wär. Sowas will man ja nicht verpassen. Und die Ische da sieht halt megascharf aus, die gefällt mir imgrunde immer besser. Am Anfang warens ja eher nur die Spaghettiträger und die Möpse und so. Aber im Prinzip hat die auch n hübsches Gesicht. Für hier. Die ist bestimmt doof, aber hinkucken tut man.

Gut jedenfalls, dass ich mir meinen Platz frühzeitig gesichert hab. Und ich geh jetzt auch nicht schon wieder pinkeln. Wenn rundrum nur Fremde stehen und du gehst aufs Klo, ist hundertpro dein Hocker weg. Sind meistens Ischen, die keinen Stil haben, die die einfachsten Regeln nicht kennen. Weil sie sich nie dran gewöhnen mussten. Wenns n Typ macht, klar, dann will der Ärger. Der weiß Bescheid, und wenn der das macht, dann will der n paar auf die Nase. So, Hey kuck mal, Fränki, ich sitz auf deinem Hocker, ja was nun. Aber Frauen, die machen das blind, und dann stehst du da. Kann man ja nicht einfach mal so, der sagen, Würden Sie bitte meinen Platz räumen? Hier hab ich gesessen!

Nee, da sagt man dann, Bleib ruhig sitzen, Mädel, ich hab sowieso die ganze Zeit, ist schon okay, ist völlig okay, alles klar. Und dann steht man in der zweiten Reihe, dann steht man hinter der, umrundet von ihren Freunden, und früher oder später hängt man in der dritten Reihe und fragt sich, ob man je nochmal an seine Jacke kommt. Dann ist alles zu spät, kann man eigentlich zahlen und nach Hause gehen.

Manche regeln das ja auch vorher: Kannst du bitte auf meinen Hocker aufpassen? Schon die Fragerei mach ich nicht mit. Wo doch klar ist, wenn einer sein Bier nicht leer hat und Richtung Klo geht, dass man dann keinen anderen da uninformiert sitzen lässt. Aber die sind ja so doof, die Leute. Die nächste Welt, die Welt nach der Revolution, muss eine sein, in der Hocker frei bleiben, solange man nicht bezahlt hat. Dieses ganze affige, überflüssige Geschwätz, das so abläuft und das man nicht mitmachen kann, wenn man einigermaßen Grips hat und keine Lust, Sachen zu sagen, die sowieso längst klar sind. Kann ich dein Feuerzeug mal haben? Unerträglich, Vollkrätze. Soll sie sich doch nehmen, die blöde Kuh. Liegt doch alles nur da dran, dass die Ischen sich immer viel zu enge Hosen kaufen. Dann passt da kein Feuerzeug mehr rein. Oder Hosen ohne Taschen, sone bekloppte Erfindung. Und dann fangen sie an, in ihrem Handtäschchen zu kramen, kram kram, obwohl jedem klar ist, dass die dort nix finden werden. Lach ich mich immer tot, wenn der alte Schleim-Holger so einer dann ein Päckchen Streichhölzer schenkt. Das beobachte ich dann, den Lebensweg dieses Päckchens. Wie sie das dann auf die Theke legt und ne Minute später schon wieder vergessen hat. Und irgendwann ist es dann natürlich wieder weg, runtergefallen oder so. Oder der alte Fränki hats heimlich weggenommen, hab ich auch schonmal gemacht. Einfach zur Strafe, weil die nicht ordentlich drauf aufgepasst hat.

Aber noch schlimmer ist es bei Typen. Die dich nach Feuer fragen und dann so Rollen spielen beim Zurückgeben. Die kucken dir dann in die Augen, ganz tief, um extrem wichtig zu tun, Hey Mann, danke, du hast mir grade das Leben gerettet.

Oder die, die einen dann garnicht mehr ansehen, das Feuerzeug nur sonstwie wieder auf die Theke legen und du hast deine Schuldigkeit getan. Dabei wär das so einfach, wenns nicht sone alte Anbaggermasche wär: Hast du kein Feuer, fragst du deinen Thekennachbarn, sagst Danke, und das wars. Stinknormale Kneipenaktion. Aber die können ja noch nichtmal Danke sagen, so Männerspacken. Da hacken die nur mal den Kopf kurz nach vorne, wie sone bescheuerte Taube. Und alles mit zusammengepressten Lippen, is klar. Dass quasi jeder sieht, wie unangenehm ihnen das ist. Sich zu bedanken und so, Boah, wenn ich mich noch ein Mal bei dir bedanken muss, baller ich dir die Omme weg, du Arsch.

Ist halt so: Frauen sind zu unorganisiert, und Typen müssen aus allem ne Westernnummer machen. Da will man natürlich kein Teil von sein, da muss man immer gut vorbereitet sein. Genug Tabak dabeihaben, Feuerzeug aufladen, bevor man auf die Rolle geht, kompletto Selbstversorger, dann fehlt einem später auch nix.

Manchmal denk ich, ich bin einsam. Oder sagen wir: alleine, das hört sich besser an. Nicht so heulsusig. Ich beschwer mich ja auch garnicht. Ich bin alleine, und das ist voll in Ordnung so. Was soll ich auch sonst sein. Das ist mir alles zu anstrengend, rumquatschen, Rücksicht nehmen, irgendwem in den Arsch kriechen für irgendwas. Für Feuer, ne Antwort, für nichts und wieder nichts.

Ich kann das einfach nicht. Ich will das nicht, also mach ichs nicht. Die wollen doch eigentlich garnix sagen, die wollen was hören. Die wollen sich reden hören, und die wollen, dass der andere dadrauf reagiert und sie sich an seiner Antwort aufgeilen können. Nix als Wichserei, Quatschen ist Onanie, das müsste mal wer schreiben. Dann wär mal was wahr. Reden ist Abspritzen, Zuhören ist Sich-vollwichsen-Lassen. Und Fränki Kattwinkel macht da eben nicht mit.

Oder die Elternscheiße. Die Lady, die grad ausm Keller gekommen ist und sich neben mich gestellt hat. Kein Abend, den ich hier sitze, ohne dass irgendein doofer Spacken um mich rum von seinen Alten anfängt. Als würden sie imgrunde nur dadrauf zusteuern. Was machst du so? Wie gehts dir so? Ach, schlecht, ich bin halt ein Scheidungskind. Die können hundert werden und beschweren sich immer noch über ihre Eltern. Dass die ihnen angeblich das Leben versaut haben, Am liebsten würd ich mich umbringen und so. Ich mein, könnte nichtmal endlich wieder jemand still und heimlich sterben? Dass einer ganz alleine in den deutschen Wald geht, sich anner satten deutschen Eiche aufhängt und einfach tot ist? Neenee, stattdessen stellen die sich ausgerechnet neben mich und jammern mir die Ohren voll.

Ist wirklich ein Elend, dass man früher oder später immer so umrundet wird, wenn man alleine rumhängt. Dass sich dann so Grüppchen um einen bilden, die auch an der Theke sitzen wollen, aber eben einfach zu spät gekommen sind. Hättet ihr mal früher hier sein müssen, so wie ich, ich war pünktlich! Und ich hatte total meine Ruhe, bis ihr kamt.

Ich war hier in der Kneipe drin, hab auf meinem Hocker gesessen, und da war son kleines Räumchen um mich herum, so ein gefühlsmäßiges. Und da drin war ich schön alleine, allein mit den anderen Trinkern. Und jetzt hängt ihr hier alle um mich rum und sabbelt über meinen Kopf hinweg. Als wenn ich nicht da wär. Überall Menschen wie ihr, und ihr habt mein Räumchen zerstört. Das ist weg. Jetzt muss ich direkt wieder pinkeln, und jetzt zwickts wieder überall und mir tut alles weh. Jetzt bin ich wieder alleine. Also richtig alleine, und alles nur wegen euch.

Ich geh auch gleich. Ich geh gleich nach Hause. Geh da pinkeln und geh ins Bett. Dann bin ich weg. Dann habt ihrs geschafft. Toll.

Ich versteh das alles nicht. Warum die blöden Ischen zum Beispiel nicht merken, dass sies bei mir richtig gut hätten. Weil ich halt nicht son geleckter Schnösel bin, sondern mir Gedanken mache. Dass mal eine sofort checkt: Der Fränki is einer, der redet nich viel, aber der liest mir meine Wünsche von den Augen ab. Weil wenn ich mal ne Freundin habe, dann werd ich die richtig verwöhnen. Dass die sich so richtig pudelwohl fühlt und keinen anderen Spacken auch nur ankuckt. Was sagst du, du würdest gern nochmal um den Block gehen? – Klar, Schatzi, könn wir ja auch direkt nochmal schnell beim Kosmos reinschauen, was? Geb ich dir n Bierchen aus. Und wünschst du dir sonst noch was? Vielleicht nen Ring oder irgendsonen Scheiß? – Kauf ich dir, Schatzi.

Und dann würd ich ihr vor allem möglichst oft Blumen mitbringen. Da freut sich jede Frau drüber, das ändert sich nie. Man muss eben nur sehen, dass man das richtig dosiert. Jeden Tag Blumen wäre doof. Dann gewöhnt die sich da dran und wird sauer, wenn man das mal vergisst. Was, du Spacken hast mir heute keine einzige Blume mitgebracht? Du liebst mich wohl nicht mehr, was? Oder vielleicht auch, dass die denkt, dass man sie nicht mehr alle hat. Wenn man also jeden Tag Blumen kauft. Das ist ja irgendwie auch son bisschen endversiegelt, jeden Tag die Tür aufmachen und mit irgendwelchen scheiß Blumen vor der stehen. Nur, wenn mans jetzt nur einmal im Jahr macht. An Muttertag oder so. Dann ist das natürlich auch nicht ideal, das ist dann zuwenig. Dann denkt die Ische, man tut das nur aus Pflichtgefühl, weils sich halt so gehört.

Am liebsten würd ich jemanden fragen, wie oft am besten ist. Vielleicht dass der Wirt das weiß, der kennt ja viele Leute. Oder dass ich ne ganz alte Freundin hätte, die sich mit sowas auskennt. Oder n Schwuler, der weiß garantiert genau, wie oft man Blumen kaufen sollte. Und nen schwulen Freund haben schadet ja nichts. Das wär sogar irgendwie cool, da könnte man mit angeben. Also nicht wirklich natürlich, sondern man müsste das immer mal wieder so ganz nebenbei fallen lassen. Mein Freund Heiko, der ist schwul, hat gesagt, Geranien sind nicht so der Bringer zurzeit. Oder: Wegen der Astern hab ich mal mit meinem alten Kumpel Heiko, der ist schwul, gesprochen, der meint, die wachsen nur im Frühling oder so.

Das wär was, oder eben ne alte Weiberfreundin. Hat fast jeder, nur ich nicht. Meistens sind das die Ex-Freundinnen, irgendne Nuss, mit der die vor zwanzig Jahren zusammen waren und wo die jetzt so auf große Laberkumpels machen, Hach, der Ulrike will ich echt nicht mehr ans Hemd, aber dafür kann ich mit der über alles reden. Über echt alles, das ist ein unglaublich schönes Verhältnis, was wir haben.

Und dabei will er der hundertpro trotzdem immer noch an die Wäsche.

Oder wenns nicht die Ex ist, dann oft sone richtig Hässliche. Sone Nudel, wo man so richtig nie Schiss haben muss, dass einem die Hormone dazwischenkommen. Volles Vertrauen, in die Helga hab ich volles Vertrauen, die is wien Typ. Und in Wirklichkeit hört die fette Helga dem Spacken nur zu, weil sie sonst keinen hat. Weil sie nämlich total einsam ist, weil sie so dick ist, und dann macht sie eben auf gute Zuhörerin. Mann, die Helga. Der würd ich echt gönnen, dass sich mal einer in die verliebt.

Die Sache ist halt nur die, dass ich weder sone Schwulette noch ne Weiberfreundin zur Hand hab. Und deshalb muss ich mir so Fragen wie die mit den Blumen immer selber beantworten. Sagen wir einfach mal: Einmal im Monat ist gut. Sagen wir, immer den dritten Dienstag oder so, damit das ne Regel hat und mans nicht andauernd vergisst. Und letztlich hab ich ja auch noch gar keine Freundin, dann brauch ich auch keine scheiß Blumen zu kaufen. Hat ja manchmal auch was

Gutes. Kann ich mir nachher schön einen abkeulen, und für das gesparte Tulpengeld trink ich noch drei Bier mehr als sonst.

Die können mich mal, die Ischen. Manchmal hab ich den Eindruck, für sone Beziehung mit ner Frau muss man studiert haben. Schon die ganzen Wörter. Eierstöcke und Gebärmutterhals und so, da blickt doch keiner durch. Und wie fies sich das anhört. Gebärmutterhals. Eigentlich reicht ja schon Eier. Ich mein, Hühner und so, ich will bei nem Kind nicht an so blöde Hühner denken. Und die Verwirrung dann mit meinen eigenen Eiern. Also dass Männer Eier haben und Frauen auch. Und das Zeug, dass die männlichen Eier produzieren, das rennt dann auf Kommando los, zu den weiblichen Eiern. Zwei Eier, wo das kleinere in das große einbricht und dass dann da n Kind bei rauskommen soll.

Ich fand auch schon immer, dass Männer keine Prostata haben sollten. Klingt wie son Trinkspruch, Prost Vatta, altes Saufloch! Aber nicht wie was, das mit Geschlechtskram und so und Sex womöglich zu tun haben soll. Da fragt man sich doch, was das für ein Spacken war, der das Teil so getauft hat. Prostata ist ganz klar ein Weiberwort, Frauen müssten sowas haben. Genau wie Vulva und Mama und so, alles weibisch, aber dann eben: Phallus. Voll männlich. Markus, Erdnuss, Zungenkuss. Und ich hab auch keine Ahnung, wofür der Scheiß gut ist, Prostata, will ich auch garnicht wissen.

Aber in manchen Sumpf muss man wohl rein, wenn man ne Lady will. Also wie man das alles angeht, gefühlsmäßig und so. Und wie man sich benehmen muss, damit nicht nach n paar Tagen direkt wieder Sense ist. Oder was man auch ganz praktisch einfach können muss. Kochen oder so. Ich mein, klar, eigentlich sinds immer noch die Weiber, die kochen. Das ist einfach so, da gibts nix. Aber manchmal muss man ja vielleicht auch mal selber ran, so als Mann. Damit man den Kindern ein gutes Vorbild ist und so. Damit die in der Schule sagen können, Mein Vati kann super kochen, dem seine Pommes sind total spitze. Aber wenn man eben überhaupt nicht kochen kann. Wie ich. Wenn man absolut gar keinen Plan von der ganzen Scheiße hat und praktisch noch nie ne Kartoffel geschält und so. Dann ist das eben schlecht. Dann braucht man sonen Ehevorbereitungskurs, von daher wär ich jetzt wahrscheinlich noch garnicht reif für ne Freundin. Was, du kannst kein bisschen kochen? Was bist du denn fürn Spacken? Neenee, dann kannste das mit uns aber direkt vergessen. Mach ich mein Häuschen nicht auf, für so einen, ich will auch mal bekocht werden.

Und so läuft das dann, daran sieht man mal wieder, wie bescheuert die Ischen heutzutage sind. Denn logo käm es ja aufs selbe raus, wenn ich die dann mal zum Essen einladen würde. Na gut, Schatzi, du willst bekocht werden. Tu ich uns für heut Abend nen Tisch beim Chinesen bestellen, okay? – Aber dann ist natürlich garnix okay, weil das für die nicht das Gleiche ist im Restaurant. Weil die das romantischer findet, wenn ich mir die Schürze umbinde und die ganze Küche versaue. Oder mich womöglich noch verbrenne und so, und abwaschen und der ganze Horror. Hauptsache, Fränki hat gekocht.

Wenn man so drüber nachdenkt, hat das was Sadistisches. Dass die Weiber genau wissen, dass man das mit dem Kochen nicht auf die Reihe kriegt, und dass sie einen dann trotzdem dazu zwingen. Denn dass das ne Art Erpressung ist, ist völlig klar. Kochst du nicht an sonem Tag, hängt der Haussegen schief. Also wirst du erpresst, und letztlich ist das auch wie zuhause bei Muttern.

Die war genausone Erpresserin. Die hat einen auch zu allem möglichen Scheiß gezwungen, Staubsaugen und so, was man einfach viel schlechter konnte als die. Aber irgendwann kommt die auf die Idee, Heut ist der Fränki mal dran, der muss das lernen. Und ich dann die Schürze an und alles ausm

Kühlschrank geholt und überlegt, was man mit dem ganzen Mist denn jetzt anfangen soll. Okay, irgendwie Fett in die Pfanne, also sagen wir, Margarine. Und Zwiebeln, klar, gewürfelt. Zwiebeln immer gewürfelt zum Braten, und als Ringe nur roh. Für Mettbrötchen und so, wärste nicht auch mit nem Mettbrötchen einverstanden, Christine? Nein, kreisch, nix Mettbrötchen, du kochst jetzt, du Spacken! Und dann also die Zwiebeln, und wenn du Glück hast, liegt noch irgendwo n Stück Fleisch rum. Und wenn du noch mehr Glück hast, ist das nicht tiefgefroren, und dann haust du das eben zu dem Fett und den Zwiebeln in die Pfanne.

Grauenhaft, und dann weiß man nie, wann das Fleisch richtig reif ist und so. Und wenn man dann nicht an die Kartoffeln gedacht hat. Wenn dann quasi das Fleisch schon voll am Brutzeln ist, und dann fällt einem plötzlich ein, dass man die scheiß Kartoffeln noch garnicht geschält hat. Und wie ätzend lange das immer dauert. Schon nur eine Kartoffel. Wie lange man an sonem Scheißding rumschält und dass die so krumm und schief sind. Und dass die roh total stinken und dreckige Flossen machen. Und wie wenig davon übrig bleibt nachm Schälen und bis dann das scheiß Wasser erstmal kocht und so. Na ja, und Madame sitzt da und beobachtet einen heimlich, und wahrscheinlich geht ihr voll einer ab dabei, wenn sie mitkriegt, dass mans mal wieder nicht gepeilt hat. Das scheiß Fleisch, am besten noch total verbrannt von einer Seite, und paar Stunden später sind dann auch noch die Kartoffeln fertig. Und an Soße ist komplett nicht zu denken, stellste Ketchup aufn Tisch und kriegst dafür natürlich direkt wieder einen drüber, Du Spacken, waaas? Du denkst, ich fress den zähen Lappen da mit scheiß Ketchup?

Und so, ich glaub, ich muss da höllisch aufpassen. Dass ich mir ne Ische suche, die nicht allzu viele Macken hat. Die gerne Ketchup mag und zum Essen eingeladen wird. Obwohl das natürlich auch nicht zu oft, weil das ja voll ins Geld geht. Also ne Lady, die einfach am liebsten selbst am Herd steht und sich ansonsten aufn Döner einladen lässt. Döner komplett meinetwegen, mit Pommes und Salat und allem Pipapo. Und Fränki bezahlt, und danach gehen wir ins Kosmos, Komm, Baby, einkaufen kannste morgen noch.

Das wärs echt, wenn die mir das abnehmen würde. Am liebsten würd ich garnicht mehr einkaufen gehen. Wie die Alte in der Wohnung neben mir, die ist in irgendsonem Ökoverein. Die kriegt alle paar Tage sone Riesentüte mit Zeugs angeliefert. Steht dann vor der ihrer Tür rum, hab ich mal reingekuckt. Nix Besonderes drin, nur Obst und vor allem Gemüse, Möhren und so. Und die Möhren noch voll mit dem grünen Zeugs, da hat der scheiß Bauer ganz schön Platz vollgepfropft mit.

Das ist zum Beispiel auch sowas. Diese ganzen Wurzeln und Grünzeugs und sowas. Ich find Möhren schon so scheiße, die kauf ich nur, weil das ja gesund sein soll. Und dann hängt da dieses ganze scheiß Gestrüpp noch dran und stopft mir die Einkaufstüte voll. Oder dass das oben aus der Tüte rauskuckt und so wackelt beim Gehen. Das ist mir immer voll peinlich, weil das wie son Schopf aussieht. Als hätt ich sonen kleinen Hippie vom Mars in der Tüte, der voll am Rock'n'Roll-Tanzen ist, während ich den rumtrage. Und nur dem seine lächerlichen grünen Haare kucken raus. Und dann mach ich die halt schon in dem scheiß Supermarkt ab. Drehe der Möhre so richtig den Hals rum, das macht ja noch Spaß. Den ganzen Möhrenbund abwürgen, nur dann wohin mit dem ganzen Gestrüpp. Schmeiß ich normal immer zu den anderen scheiß Möhren in die Kiste zurück, aber hat mich auch mal sone Aufseherin bei erwischt. Wir haben doch Mülleimer da unten, guter Mann, sagt die zu mir. Und aufm Boden, unter der blöden Waage, stand tatsächlich son kleiner Mülleimer. Den hatte ich noch nie da gesehn, und der war dann auch beim nächsten Mal nicht da. Und ich wollte aber unbedingt mal wieder Möhren haben und da hab ich die halt wieder als Ganzes mitgenommen. Hab ich mich nicht getraut, das Gekröse abzumachen, und dann kuckte das wieder oben aus der Tüte raus.

Wenn ich die Alte nochmal sehe, die mich da so unverschämt ausgeschimpft hat. Die nehm ich mit zu meiner Monstersäge und mach flache Scheiben aus der. Millimeterfein, die kann sich dann der Wissenschaft vermachen. Die blöde Trulla, nur wegen son bisschen Möhrengrünzeugs. Das kanns einem echt verleiden, da würd ich mich sogar fast schon wieder über die Mutti freuen. Wenn die jetzt sagen wir mal einigermaßen in der Nähe wohnen würde. Also nicht so supernah, aber vielleicht in Busnähe, so vier Haltestellen oder so. Die hat ja Zeit, die faule Sau, die könnte ja dann einmal am Tag oder so rüberkommen. Und dann täte die für mich einkaufen, dann wär wenigstens auch mal alles da. Die haben ja voll den Plan vom Einkaufen, so Hausfrauen. Wie angeboren, meine Alte braucht noch nichmal nen Zettel. Die kuckt in die Küche oder riecht da nur so rein, und dann weiß die instinktiv, was die kaufen muss. Ist wie son Tanzen durchn Supermarkt, greifste rechts, greifste links, und am Ende is genau das im Wagen, was zuhause gefehlt hat.

Nur dass man die natürlich son bisschen einarbeiten müsste. Möhren is klar, ab und zu, aber jetzt auch nicht die ganze Palette mit gesundem Scheiß und so. Also Schwarzbrot oder so, das mochte ich schon früher nicht, hoffentlich erinnert die sich da noch dran. Sonst kann die das nämlich direkt wieder mit nach Hause nehmen, das fress ich nicht. Und das bezahl ich auch nicht, da fängt dann die Rechnerei an. Dass ich der das dann wieder vom Haushaltsgeld abziehen müsste und so. Oder besser, dass die das erstmal vorschießt, die hat doch genug Asche. Die kriegt doch Rente bis sonstwohin und Lebensversicherung und alles. Dann kann die mir auch mal paar Möhren und so vorschießen.

Oder sagen wir Jogurt. Klar, ab und zu, und auch mal nen Apfel. Aber jetzt nicht zu viele Jogurts, oder womöglich Jogurt natur oder so. Dieses geschmacklose weiße Zeugs, und ohne Zucker womöglich. Du holst Erdbeerjogurt, okay? Und zwar einmal die Woche, sagen wir immer dienstags, dann kannste meiner Freundin direkt n paar Blumen mitbringen. Und auch nur einen Becher, sonen kleinen. Und mit den scheiß Äpfeln sehen wir mal. Vielleicht einen alle zwei Tage oder so, je nachdem, wie die weggehen. Wenn die ne Stelle gekriegt haben, ess ich die nicht mehr. Dann musst du weniger kaufen. Oder die eben auch selbst bezahlen, genau wie das scheiß Schwarzbrot. Kriegt man doch auch n Gefühl für, wieviel Äpfel jemand isst. Ich hab halt viel zu tun und bin wenig zuhause. Nach der Arbeit wird oft die Zeit knapp. Morgens krieg ich kein scheiß Obst runter, und nachm Baumarkt hab ich oft so brutalen Durst, da muss ich schnellstmöglich zum Kosmos. Das kennst du nicht, das geht dich auch nix an. Kumpels und so, genau, und wenn ich von da wiederkomme, echt, dann wär n Apfel das Letzte, was ich essen würde. Also erstmal alle zwei Tage einen, und wegen der Wäsche reden wir nochmal.

Weil, das tut die bestimmt. Mir dann anbieten, ob sie nicht direkt auch meine Klamotten waschen soll. Da müsste ich beim ersten Mal nur ne alte Unterhose irgendwo in der Küche übern Stuhl hängen. Dann würde die bestimmt auch für mich waschen. Und putzen, logo, direkt auch noch, Mein Gott, Junge, hier sieht das aber auch aus. Und dann schön die Kacheln und das Laminat gewischt, bis ich meine Glatze dadrin sehen kann.

Weiß ich hundertpro, dass das alles für mich drin wär. Nur dass die dann eben auch nen Schlüssel bräuchte. Die muss das ja alles machen, solange ich weg bin. Könnte ich nicht ertragen, dass ich der die ganze Zeit zukucken muss, wenn die am Aufräumen ist. Lieg ich vor der Glotze und will mir n Bier holen, da kniet die grade vorm Kühlschrank. Das wär irgendwie ... Das würde mich fertigmachen, ekelig fänd ich das. Sagen wir ne kleine Polin, dass die bei mir putzt. Wenn ich die Kohle hätte, wär das voll nastrowje. Aber nicht die eigene Mutter. Und soner Polin würde ich auch den Schlüssel geben. Was soll die schon klauen bei mir. Die könnte ruhig bei mir rumackern, während ich nicht da bin. Und wenn die irgendwas findet, was sie nix angeht, dann wär mir das bei Natascha oder so auch kein bisschen peinlich. Die wird ja bezahlt und macht ihren Job, und dann ist sie weg. Aber sone leibliche Mutter, wenn die jetzt am Rumsaugen ist und den Teppich unterm Bett lüftet und so, und dann liegt da »Die Nacht der züngelnden Mösen« oder so. Oh Mann. Dann käm die total aus dem Häuschen, würde die genauso schimpfen wie die Möhren-Ische ausm Supermarkt. Dann wär komplett nichts gewonnen, dann kann ichs direkt lassen. Sexzeugs und die eigene Mutter, das geht irgendwie nicht zusammen. Und wahrscheinlich, wenn die für mich einkaufen würde, würd ich am Ende auch noch draufzahlen.

So, ich glaub, zwei Bier noch, dann mach ich mich hier vom Acker. Das ist aber auch immer das Gleiche. Wenn ich an meine Mutter denke, krieg ich sonen Knick in der Leitung. Dann läufts irgendwie nicht mehr so. Als wenn ich ne Traurigkeitstablette eingeschmissen hätte. Ich wüsste echt mal gern, ob das allen so geht. Total unerklärlich. Ich denke das Wort »Mutter«, und schon könnt ich anfangen zu heulen. Oder eben, dass ich voll die Mordgedanken kriege und die in Stücke hacke für alles. Da hat man grade noch ordentlich Durst gehabt, die Kneipe is noch voll am Brummen, aber man selbst denkt schon ans Aufhören. Also echt, als hätte die mich gerufen, Fränki, aber um zehn biste zuhause, sonst setzts was.

Wieviel Macht die noch über einen haben. Obwohl man schon zehn oder zwanzig Jahre ausgezogen ist. Obwohl man nen Job hat und sein eigenes Geld verdient und mit tausend anderen Weibern rumgepoppt und so. Popp dich frei, schock deine Alte. Mutti, ich hab schon massig rumgepoppt, du kannst mir garnix mehr! Du kannst kacken gehen. Fränki isn Freischwimmer, offenes Meer und so. Is klar. Aber dann steht die vor einem, so in Phantasie, und dann kannst du der kaum in die Augen kucken. Weil da wieder alles drin ist, Vorwürfe und die Schimpferei und Mitleid und so, aber vor allem, dass man denkt: Die checkt alles genau. Die durchschaut dich so dermaßen, dass du nackt bist. Dieser scheiß Röntgenblick, den so Mütter haben, egal wie weit du inzwischen von denen weggelaufen bist. Da könnt ich kotzen, danke, Mutti. Jetzt haste mir den Abend versaut. Jetzt werd ich hier abhauen bald, nur wegen dir.

Also sagen wir, höchstens drei Bier noch, so vom Gefühl her. Dass dann Sense ist, es sei denn, ich komm nochmal in Form. Ich komm nochmal hoch, raus aus dem Mutterschoß oder so. Dass mich vielleicht ne Ische hier ausm Kosmos anspricht, das wär schön. Vielleicht eine, die auch mal n bisschen hübscher aussieht oder so. Aber ich seh mich ja selbst nicht gern an. Ich kuck mir echt nicht gern ins Gesicht, und trotzdem setz ich mich hier normal immer vor den scheiß Thekenspiegel. Da seh ich nicht mich, sondern den Fränki, wie er zwischen anderen Menschen inner Kneipe sitzt. Das beruhigt mich dann immer irgendwie, ich bin halt manchmal so aufgeregt. Wegen dem vielen Nachdenken, weil ich so schlecht abschalten kann. Da trink ich dann Bier, und ich seh mir die Leute im Spiegel von der Kosmostheke an. Und einer von denen bin eben ich.

Ich könnte ja jetzt checken, ob meine Haare noch gut sitzen. Wie sone Ische oder so. Aber eigentlich hab ich mich noch nie richtig für meine Haare interessiert. Die sind halt da, und irgendwie so einigermaßen kurz und so, und jetzt krieg ich ja auch diese grauenhafte Glatze oben, da ist sowieso alles fürn Arsch.

Das Beste wäre, ich würde den Alibert wegschmeißen. Dass ich gleich nach Hause komme und den aus der Wand reiße und direkt mal als Erstes die Spiegel zerdeppere. Das bringt einfach nichts, wenn man sich andauernd von allen Seiten bekuckt, obwohl: am Anfang fand ich das cool. Also dass man quasi nur die beiden Seitentüren aufklappen muss, und schon sieht man Fränkis bis zum Horizont. Und dass man sich eben auch mal so richtig von der Seite und von hinten sieht. Aber das ist inzwischen genau das Problem, da hab ich keinen Bock mehr drauf. Da krieg ich einfach schlechte Laune, wenn ich meine Glatze sehe.

Hat ja grade erst angefangen, der Mist. Sagen wir vor nem halben Jahr, da ist mir das das erste Mal aufgefallen. Vorm Alibert natürlich, dass der auch noch ausgerechnet Ali heißen muss. Stehe ich vor diesem Ding rum und bin mich am Kämmen, da leuchtet das plötzlich weiß irgendwo da hinten oben. Tuste zwei Strähnen auf Seite legen und musst dir dann plötzlich eingestehen, dass du über Nacht ne Glatze bekommen hast.

Da ist bestimmt der scheiß saure Regen dran schuld. Dass man also quasi durch den Regen läuft und ne Glatze dabei kriegt. Extrem ätzendes Haarwasser, son Regen heutzutage, vielleicht sollte ich mir auch son affiges Basecap zulegen. Ist noch nicht zu spät, und außerdem, wenn ich das immer trage, dann sehn die Ischen auch nicht mehr die kahle Stelle, wenn sie hinter mir stehen. Aber andererseits kommt dann auch nicht richtig Luft an die Haare, den ganzen Tag son Käppi.

Dann ersticken die Wurzeln, und dann fallen die Haare womöglich erst recht aus. Schon immer aufm Kissen morgens, das sind so Perioden. Wie wenn die Ischen ihre Tage haben. Manchmal nur ein oder zwei Haare, die könnten auch vom Tag davor oder so sein. Aber manchmal dann son komplettes Toupet, da könnt ich heulen. Da würd ich am liebsten garnicht mehr aufstehen, hab ich auch schon gemacht. Beim Baumarkt angerufen und mich krankgemeldet. Haarausfall, in echt hätt ich sagen müssen: Ich hab Depressionen wegen meinem Haarausfall, ich kann heute keinem Kunden gegenübertreten.

Wobei, im Holzzuschnitt trag ich diese Ohrenschützer. Die haben nen relativ breiten Bügel, der einem über die Rübe geht. Der läuft genau über die Glatze, vielleicht dass die deshalb gar keiner sieht bei der Arbeit. Aber bin ich halt liegengeblieben den Tag und dann ins Kosmos gelatscht. Da ist mir das wurscht, irgendwie, obwohl, wenn ich jetzt dran denke, auch wieder nicht. Das Blöde ist wahrscheinlich, dass ich mich nur an der Theke richtig wohlfühle. Aber dadurch sieht mich dann eben die ganze Welt nur von hinten. Und da ist die Glatze. Oweia, kuck mal, Babette, da sitzt son uralter Glatzkopf an der Theke, was will der denn da. Dass ich im Gesicht noch viel jünger aussehe, checken die blöden Ischen ja nicht, die sehn nur meine Glatze. Boah echt, Babette, neben den setz ich mich aber nicht, der riecht bestimmt nach Leiche. Klar, und damit sind mir dann schon wieder zwei potenzielle Freundinnen durch die Lappen gegangen.

Und schuld ist im Prinzip nur der Alibert. Ohne den hätt ich das garnicht gemerkt. Oder zumindest nicht so schnell. Wenn ich da drüberstreiche, mit der Hand, dann fühle ich das garnicht. Klar, da kann man nicht so richtig reingreifen, aber Haare sind da schon. Und wenn man sich jetzt mal nur ein Bild davon macht, ohne den scheiß Alibert, dann kann man sich da locker ne dunkle Pracht vorstellen. Aber ohohoh, dann klappt man die Türen vom Alibert auf und dreht und wendet sich son bisschen, und dann kriegt man die knallharte Wahrheit ins tausendfache Gesicht geschleudert: Fränki, du bist ein Glatzkopf.

Das wäre natürlich alles viel leichter, wenn ich größer wäre. Wenn ich so groß wäre, dass niemand auf mich runterkucken könnte, dann würde auch kein Arsch meine kahle Stelle sehen. Höchstens wenn er mich beim Pennen erwischt und irgendwie ums ganze Bett rum geht. Oder wenn nochn Spiegel an der Decke wäre, wie im Puff oder so. Aber sagen wir, ich wär zwei Meter groß. Da wär ich selbst auf nem niedrigen Barhocker noch größer als die meisten anderen Spacken. Und dann könnte sich auch keine von den Ischen über mich lustig machen, Boah, voll die Glatze, der Typ, der hat bestimmt auch ne künstliche Hüfte.

Dass mir das jetzt wieder die ganze Zeit im Kopf rumgehen muss. In meinem außen kahlen Kopf: dass jetzt alle, die hinter mir stehen, voll auf meine Glatze glotzen. Und ich weiß auch genau, was die denken, vor allem die Spacken. Die nämlich, die keine Glatze haben, die wachsen innerlich. Die denken, Tja, Alter, deine Zeit ist rum. Und die sehen dich mitleidig an und sagen: Ey, ist doch halb so wild, den Mädels ist das total egal, und so. Aber in Wirklichkeit fühlen sie sich komplett überlegen und lachen dich heimlich aus. Und denken auch, dass das Schicksal dich geschlagen hat und dass das gerecht wär und sie im Vergleich zu mir Auserwählte sind.

Ist doch immer so: Solange man selber nicht betroffen ist, denkt man, dass das kein Zufall sein kann. Und deshalb hält man sich für was Besonderes und alle anderen für arme Schweine. Kann man wunderbar für sich behalten, so Ansichten, und sich trotzdem die ganze Zeit drin sonnen. Und dann aber die, die auch ne Glatze haben. Die also meine Glatze sehen und dabei an ihre eigene denken. Die hassen mich dann richtig. Weil sie sich selber hassen und durch meine Glatze an ihre eigene Scheiße erinnert werden. Geben die mir die Schuld für, wie ich dem Alibert. Denn letztlich ist das ja nicht nur der Haarausfall. Das ist ja ein Teil von einem selbst, und wenn das von einem abfällt, dann ist das wie als wenn man am Auseinanderfallen wäre, wie son Leprakranker oder so. Mit jedem Haar fällst du weiter auseinander und der Prozess ist unaufhaltsam und am Ende steht der Tod. Genau die Nummer kommt den anderen Glatzen in den Sinn, und deshalb verachtet jeder Glatzkopf den anderen.

Der alte Holger hier ist auch bald reif. Also nicht dass der schon was am Hinterkopf hätte, aber dafür vorne. Und zwar ordentlich. Hohe Stirn, Geheimratsecken bis ganz nach oben. Wo bei Kühen normal die Hörner sitzen oder so. Voll chancenlos, der Typ, aber bei mir dann immer den Klugscheißer spielen. Lies doch mal ein Buch, hat der mal zu mir gesagt. Dieser Spacken. Hab ich mal zwei Sätze mit dem geredet, so von wegen, Ich weiß auch nicht, warum ich jeden Tag hier bin oder so, da sagt der sowas.

Lies doch mal ein Buch!

Der soll doch selber ein Buch lesen! Was bildet der sich denn ein. Das ist bestimmt, weil der jetzt immer die Spoken-Word-Fuzzis im Keller hat. Dass der seine Stinkebude jetzt für nen Kulturschuppen hält oder so. Schon der Name, Kosmos. Das ist ja auch so dermaßen angeberisch, da könnte man sich bepissen vor Lachen. Ich les schon genug Bücher, da braucht der sich mal keine Sorgen zu machen. Ich hab aber dicke mehr Bücher gelesen als der, da möchte ich drauf wetten. Und was soll der Scheiß überhaupt, dass man Bücher lesen soll. Dass man n besserer Mensch ist, wenn man viele Bücher liest? Das ist doch kompletter Spackenscheiß. Ich hab doch Augen im Kopf, ich geh doch durch die Gegend und so, und dann auf der Arbeit das alles, was ich da sehe. Da brauch ich keine Bücher, um zu kapieren, wie der Mensch so tickt.

Von den Büchern aus den letzten zehn Jahren, sagen wir mal. Oder fünfzehn, also seit der Schule eigentlich. Von denen hab ich aber auch kein Einziges zu Ende gelesen. Das Problem von so Büchern sind eigentlich die Schreiber. Also die, die das geschrieben haben. Das sind nämlich auch Spacken, hoch drei sogar. Wer sich hinsetzt, um n Buch zu schreiben, ist genau in dem Moment schon komplett verschädelt. Weil der glaubt, das könnte mich interessieren, die Spackenkacke, die aus dem seinem Kopf kommt. In der Zeit, wo der ne Seite schreibt, trink ich zwei Bier im Kosmos und hab wieder was über die Welt gelernt. Wie meinetwegen der Irre neben mir versucht, ne Alte anzumachen. Oder wie hinten der Typ mit dem Künstlerhut dran arbeitet, interessant zu wirken. Je älter man wird, desto interessanter will man wirken, das ist ne Weisheit.

Die meisten Bücher sind so doof, da muss man nur zwei Sätze lesen. Oder zwei Seiten meinetwegen, aber dann weiß man endgültig Bescheid. Da ist dann klar, was der Schreiberling einem sagen will und wie seine Figuren ticken. Und dann kann man sich den Rest eben direkt sparen und ins Kosmos gehen, paar Bierchen trinken stattdessen. Oder es sind so komplette Irrsinnsbücher, wo der Typ versucht hat, Kunst zu machen. Sowas pack ich dann erst garnicht an. Das ist glaub ich sone Mischung aus Superarroganz und Verzweiflung, wenn einer denkt, er müsste jetzt mal alles ganz anders machen. Also kaputte Wörter und Sätze aneinanderreihen oder sonst irgendwas erfinden. Der gehört dann in die Klapse, aber nicht zwischen zwei Buchdeckel. Der findet dann vielleicht zweidrei Zeitungsfritzen, die denselben Schaden haben und was Gutes über den schreiben. Aber mehr als drei Bücher verkauft der trotzdem nicht, weil das imgrunde keiner lesen will, so gequirlte Klugscheißerei, wo »Ich bin ein Künstler« vorne draufsteht. Ohne Liebe und Hass läuft garnix, und da findeste im Kosmos einfach mehr von als am Schreibtisch. Die pure Ladung, jeden Tag ab sechs.

Zum Beispiel der Typ, der da jetzt grade reingekommen ist. Ich glaub fast, der kuckt mich an. Was der fürn Schwein hat, dass da grade einer gegangen ist. Kommt um die Zeit rein und kriegt direkt nen Thekenplatz, son Glück hatte ich noch nie. Das ist so typisch für Leute, die sich um nichts was scheren. Kein Stil und kein Anstand, kommen, wann sie wollen, und dann läuft bei denen auch noch alles wie am Schnürchen. Ich möchte wetten, wenn ich jetzt reinkäme, könnt ich bis morgen früh warten. Dritte Reihe, alle knallen einem die Ellbogen in den Bauch, und alle zwei Stunden kriegste mal n Bier. Aber son Sonnenkönig, der schneit hier rein und findet sofort seine Lücke, das ist so ungerecht. So dermaßen ungerecht ist das, da könnt ich platzen. Und dann der erste Seitenblick und der kuckt mich an. Und ich weiß auch, wieso. Dieser Spacken. Weil ich den mal bedient hab. Und weil ich den mal gesehen hab, wie er in seinem Vorgarten gearbeitet hat. Klar, Vorgarten von sonem Einfamilienhaus, ruhige Seitenstraße am Stadtrand. Das war einer der schlimmsten Tage meines Lebens, alles an dem Tag. Aber dieser Typ in seinem Garten, das ist überhaupt schon der Hammer. Dass es Leute gibt, die n eigenes Haus haben. Ich mein, die ne Sache besitzen, die ein paar Hunderttausend Ocken kostet. Das ist einfach so ein Wahnsinn, soviel Geld und so, das dürftes eigentlich garnicht geben. Hab ich in dem Moment auch gedacht, als ich bei dem vorbeikam. Normal müsste ich jetzt bei dir reinlatschen und du bedienst mich. Und wenns mir gefällt, zieh ich bei dir ein. Dann ist das auch mein Haus, ganz einfach. Commandante Fränki is hier, hol mal den Cognac raus. Und wenn dir das nicht passt, gehste eben in mein Apartment. In mein stinkiges lautes kleines Zimmer, wo nur Idioten um einen rum wohnen.

Und ich hab den auch böse angekuckt. Obwohl ich zu dem Zeitpunkt schon ungefähr klarhatte, dass ich den vom Baumarkt her kenne. Dass der sich bei mir n paar Kanthölzer hat ablängen lassen. Weil ich hab die ja dann auch gesehen. Kanthölzer, vonnem Carport, das stand direkt rechts neben dem Haus. Hat der also selber gebaut, statt sich nen Bausatz zu holen. Die Zeit möcht ich haben. Das ist mal wieder typisch, ich glaube, so verwirklichen sich solche Penner selbst. Tagsüber im Büro, da nehmen sie die Leute aus, und am Wochenende machen sie in Holz. Bauen die n Carport, und das Söhnchen darf ihnen die Nägel hochreichen. Und den Papa bewundern, wie der da rumturnt und baut, Hey Alexander, kleiner Spacken, gib dem Papa mal einen von den ganz großen Nagels. Aber pieks dich nicht und zieh dir endlich Schuhe an, sonst schimpft die Mama. – Von den ganz großen Nagels, Papa, boah, damit würd ich gern mal unser Meerschweinchen kreuzigen. Und so. Meine Kanthölzer stehen da und ich seh den an, als würd ich ihm am liebsten eins von den Dingern über die Rübe ziehen. War auch so. Lach ich mich schlapp, wenn der demnächst nochmal beim Holzzuschnitt aufkreuzt. Da hab ich keinen Vertrag mit, wenn son Treffen in meine Freizeit fällt. Da kuck ich, wie ich will, lass ich mir doch nicht von diesem Hausbesitzer vorschreiben.

Und die ganze Situation, das war sowieso der letzte Scheiß. Das war die Zeit, wo ich irgendwas an der Glocke hatte. Da war mein Dödel am Jucken, die Spitze, den ganzen Tag. Das war einfach unerträglich geworden, aber wer weiß schon, was man in sonem Fall macht. Ich Melkfett da drauf. Aber hat nix genützt, nee, sah widerlich aus. Das schwitzige Fett auf der Eichel und die da drunter ganz rot vom Kratzen und so. Und sogar son Desinfizierspray hab ich draufgemacht, das lag noch da in meinem Medikamentenbeutel rum. Die Nacht hab ich dann logo nicht gepennt, keine Sekunde. Das hat gebrannt wie

Teufel. Saufsaufsauf, da hab ich mir ne ganze Pulle Slibowitz reingezogen, von irgendnem Geburtstag vor fünfzehn Jahren oder so. Und irgendwann war dann klar, dass ich zum Arzt muss. Zu nem Urologen. Gleich am nächsten Haus hängt son Schild. Blech, schwarz auf weiß: Urologe, mit Öffnungszeiten und allem. Aber da konnt ich natürlich nicht hingehen. Stattdessen zu meiner Nachbarin, der Blonden, ob sie mir mal ihre Gelben Seiten leihen könnte. Und dann logisch, den am weitesten entfernten Urologen von allen rausgesucht.

Aber schon im Bus. Schon als ich da saß, kams mir vor, als wüssten da alle, was mit mir los ist. Dass ich nen roten Gockel hab und aufm Weg zum Schwanzdoktor bin. Und logo haben die alle gedacht, das wär ne Geschlechtskrankheit. Dass ich mit irgendner verratzten Ische gepennt hab und mich bei der angesteckt. Das macht die Sache natürlich noch peinlicher, wenn man sowas von mir denkt. Dabei wars in Wirklichkeit sonstwas. Vielleicht dass ich beim Abschlackern im Kosmos den Rand von dem Urinal berührt hab oder so. Und das wollte ich ja dann auch genauso als Erstes dem Arzt auftischen. Dass der gefälligst nicht denken soll, ich hätte das vom Poppen. Sondern eben von dem dreckigen Pisspott im Kosmos, is klar. Wie son Dopingsportler, der was von Nahrungsergänzungsmitteln faselt. Und dann also aus dem Bus raus, und dann steh ich in soner totalen Antigegend. Vorort, alles Einfamilienhäuser mit Vorgärten. Mütter Models, Kinder blond. Und alle n Carport fürs Meerschweinchen.

Wie aus ner Spaghettiwerbung, ich hätt sofort kotzen können. Aber stattdessen war mir der Dödel am Jucken wie Harry und ich hatte ja den Termin bei dem Arzt. Oh Mann, um zwei Ecken gebogen, und dann steht da auch noch der Spacken ausm Baumarkt. In Gummistiefeln, bestimmt auch bei uns gekauft, und ich merke genau, der hat mich erkannt, der will jetzt bestimmt gleich son dämliches Grinsen aufsetzen.

Der will mich bestimmt anlächeln, Hey Fränki, was treibt dich denn hier in die Gegend? – Ich geh zum Schwanzdoktor, mir is der Dödel am Jucken. – Ah ja, alles klar, Fränki, bleibt unter uns.

Schnell weiter also. Dem den bösen Blick gegeben und weiter, in die Praxis rein.

Wie die dann da alle sitzen, die Spacken. Wie die so tun, als sei da alles komplett normal. Sitzt da son Tripper neben nem aufgekratzten Hämorriden, aber alle höflich am Guten Tag sagen. Und ich mit meinem knallroten Gockel irgendwo dazwischen, das war so grauenhaft. Hätt ich im Prinzip direkt zu dem Arzt bei mir nebenan gehen können. Oder mich auf die Straße stellen, Hey Leute, kuckt mal, mit meinem Dödel stimmt was nicht, und ob mir vielleicht einer helfen kann. Ich muss da jetzt unbedingt mit aufhören. Daran zu denken und so, das will ich alles richtig tief vergraben. Und dass das dann auch noch ne Frau war, der Arzt. Ich war mir so hundertprozentig sicher, dass das nur n Mann sein kann. Klar, der Vorname war abgekürzt in dem Telefonbuch, aber da hab ich einfach drübergelesen. »R. Müller«, das war für mich ganz klar Ralf. Und nicht Renate. Und wie ich mich dann vor der ausziehen musste und die sich den Handschuh angezogen hat. Und da rumtastet und am Tisch die Sprechstundenhilfe, der die was am diktieren war. Ich hab einfach die Augen zugemacht, die musste mich richtig anstupsen. Sie können sich wieder anziehen und so, aber ich hab da auf der Matte gehangen wien Ohnmächtiger. Aber nun ja, Schluck Bier mal schnell, und ist ja auch gut ausgegangen. Raus aus der Bude und logo nen anderen Weg zum Bus genommen, damit ich nicht wieder an dem Carportspacken vorbeikam. Und wie geil das war, dass das dann von selber wegging, das Jucken. Dass ich nicht in die scheiß Apotheke musste, mir irgendsone Intimcreme abholen. Das hätt ich einfach nicht mehr über mich gebracht.

Guten Tag, ich hab da son Rezept, aber wehe, Sie lassen sich durch irgendne Geste oder Äußerung anmerken, dass das gegen juckende Schwänze ist. Zwei Wochen das Rezept mit mir rumgetragen und um jede Apotheke nen Bogen gemacht, und dann wach ich eines Morgens auf und das Jucken is weg. Und am nächsten Tag auch die Schwellung und das ganze Rote und so. Fränki wieder voll normal mit seinem richtigen, komplett gesunden Dödel, mein Gott, was hab ich mich an dem Abend besoffen.

Vielleicht hat der ja nur zufällig hier rübergekuckt und mich garnicht erkannt. Der wollte nur mal aus seinem Vorgarten raus, der verfolgt mich garnicht. Ich werd einfach zusehen, dass ich jetzt nur noch nach links kucke. Und zum Glück ist ja inzwischen schön dunkel hier.

Zuviel Licht und Sonne und so mag ich sowieso nicht. Und ich verstehe nicht, warum man sowas immer wieder begründen muss. Was, du magst die Sonne nicht, wie bist du denn drauf? Freundliches Licht und so, deswegen kuckst du auch immer so griesgrämig, Fränki. – Blödsinn, sowas zu behaupten. Und ich kucke auch nicht griesgrämig, ich kucke völlig normal. Ist nur so, dass ich zum Beispiel nie in der Gartenabteilung arbeiten könnte. Das war echt schlimm, als der Chef mich mal da hinbeordert hat. War irgendson Grünspacken krank geworden, und natürlich voll die Sonne am Scheinen an dem Tag. Da musste ich aber direkt mal alles klarstellen. Zu der kleinen Dunkelhaarigen hin, die da auch noch arbeitet, und der verklickert, dass ich draußen die Beratung schonmal garnicht mache. Dass ich nur drinnen arbeite, Rasenmäher, Vogelfutter und so. Das find ich so toll am Holzzuschnitt, dass wir da keine Fenster haben. Alles Neonlicht, schön einheitlich, und beim Schneiden hab ich ja immer meine getönte Schutzbrille auf. Hab ich der Leitung direkt bei der Einstellung verklickert, dass ich nur mit getönter Brille arbeite. Und die Kunden finden das auch cool, glaub ich, ich komm mir selbst manchmal vor wie son amerikanischer Cop.

Oder ans Baggerloch oder so. Das käm überhaupt nicht in Frage für mich. Und das muss auch sone Ische direkt schnallen, wenn sie sich an mich hängen will. Sagen wir mal, ich würde mich bei soner Partneragentur anmelden, oder so beim Singletreff im Internet mitmachen. Da würd ich schreiben: »Ich hab keinen Bock auf Sonne, das solltest du schonmal wissen. Ich bin der Fränki, so mittelgroß, und wenn du gern am Baggerloch rumliegst, dann such dir gefälligst nen anderen Spacken.«

Mir wird schon heiß, wenn ich nur son Wort wie Sonne denke. Oder Grillwürstchen. Da denk ich dann an so siedend heiße Tage, wo man völlig fertig in der Sonne rumsitzt. Und dann, dass man vom Bier total am Schwitzen ist und dabei auf diese brutzelnden Teile aufm Grill kuckt. Wie die schwarz werden und sich aufblähen, und wie dann irgendwann das Fett aus denen raustropft und so in die Glut reinzischt. Son Würstchen zu essen ist ja das eine, das ist schon lecker. Aber eben das ganze Drumherum, diese fiese Schwitzerei und so. Und überhaupt Grillen, dass die Leute das so toll finden, Hey kuck mal, voll die Sonne am Scheinen, hol schonmal den Grill raus. Und so. Dass die alle wie die Roboter reagieren. Wer n appes Bein hat, geht am Stock, und wer die Sonne sieht, packt die Würstchen aus. Mit den kleinen Fingerwürstchen geht das ja noch, aber die dicken. Trinkt man ein Bier und noch eins, und dann fängt erstmal langsam die Kohle an zu glühen. Und dann die dicke Wurst drauf und ewig warten und rumreden müssen und so. Bis die dann mal endlich fertig ist.

Die Fingerwürstchen schmeißt du einfach auf den Grill, und dann sind die praktisch auch schon fertig. Hab ich doch letztens wieder aufm Sommerfest vom Baumarkt gesehen, geht ruckzuck. Und die schmecken auch viel besser. Sone große dicke Grillwurst, wenn man da drei oder vier von weghaut, dann wird einem richtig schlecht. Das Weiche von diesen Würsten, als wenn das alles nur son Teig wäre. Und wenn man womöglich zu gierig ist und eins isst, das noch nich durch is. So lauwarm und halbroh, und von oben ist die Sonne am Ballern.

So Tage, wo einem so richtig die Hirnsuppe brodelt. Und die Klamotten kleben am Leib. Man dreht sich n bisschen, und dann dreht man sich wieder richtig, aber der blöde Stoff bleibt kleben. Dass dann so alles in Unordnung ist und man muss hier ziehen und da ziehen, um das alles wieder grade zu kriegen. Und dann natürlich die Stinkerei, das is ne Alterserscheinung. Ich fand wirklich, dass ich früher nicht gestunken hab. So bis neunundzwanzig. Und jetzt bin ich dreißig und fange an zu stinken. Tut man ja immer zwischendurch, dass man sich mal die Nase untern Arm hält. Und früher war das irgendwie okay, und heute stinkt es volle Motte nach Schweiß. Alter Mann, denk ich da immer. Ich werd nie wieder jung genug sein, um nicht zu stinken. Deshalb find ich so herrlich, dass wir im Baumarkt alles klimatisiert haben. Da könnt ich glatt den ganzen Laden für küssen, jede einzelne scheiß Schraube. Wenn ich mir vorstelle, dass das da heiß wäre und ich an der scheiß Säge. Und dann den ganzen Tag in meinem Mief und so. Und auch dass man dann die Klamotten so oft waschen müsste, das würd ich garnicht geregelt kriegen.

Aber jetzt. Klebt mir wieder die Unterhose am Sack. Dass die so zwischen Sack und Oberschenkel festhängt, und man muss sich da hinpacken, um das alles wieder zu sortieren. Dass ich jetzt praktisch vorn in die Hose reinmüsste, um das zu klären. Oder mir irgendwie da unten Luft zufächern, aber wo willst du unter der Theke vom Kosmos Luft herkriegen. Sauerstofftechnisch muss das da unten die totale Hölle sein. Obenrum: Alles total verqualmt, alle sind am Schwitzen und am Stinken. Aber kommt wenigstens nochn bisschen Luft durch die Fenster. Aber fünfzig Zentis tiefer, so auf Sackhöhe: das Inferno.

Das würd ich jetzt echt gern mal wissen. Ob das nur mir so geht, dass man sich sone Frage stellt. Oder dass man sich vorstellt, jetzt bei jedem Typ mal am Sack oder bei den Weibern an der Muschi rumzuriechen. Nur von außen logisch, also nur so am Reißverschluss oder so. Und wer dann wie schwitzt, das wär eigentlich interessant. Wer son bisschen nach Pisse riecht und wer mehr nach Schweiß. Und wer heute schon gebumst hat und danach nicht geduscht, das wär ja auch spannend. Da riecht man ja dann auch Sperma und das Oif von den Weibern. Und dann voll so, He, ich bin Fränki die Nase, und du kleine Schlampe hast heute schon voll den multiplen Orgasmus hinter dir. Riech ich sofort, und wenn du mich fragst, war da nich nur ein einzelner Macker mit im Spiel. Stimmts oder hab ich recht, Baby?

Und dass die sich dann klaro voll ertappt fühlt und so. Und rot wird, weil sie sich voll am Abschämen ist. Weil sie eben so rumgehurt hat und sich nichmal gewaschen danach. Aber schon wieder im Kosmos stehen, was? Schon wieder auf der Jagd, kleine Sexbombe, was? Inspektor Fränki-Wanky, führen Sie die Frau bitte ab, die hat in meinem Laden nichts verloren. Das ist ein anständiges Haus hier. Und dann leg ich der so richtig Handschellen an und schieb die vor mir her durchs Gewühl bis zum Ausgang. Tja, Baby, was machen wir denn jetzt mit dir? Alle Zellen belegt in Singsing, am besten vielleicht, ich nehm dich heut Nacht erstmal mit zu mir.

Und dass ich mich dann im Taxi mit der zusammen nach hinten setze und vielleicht, dass ich die oben an den Schlaufen über der Tür festmache. Dass die quasi die Arme so nach oben strecken muss und ich noch schnell in ihre Achselhöhlen reinrieche. Boah, Baby, das ist ja umwerfend, und so. Voll rasiert, aber trotzdem das komplette Aroma mit Schweiß und Parfum und sonstwas. Aber klar bin ich fair zu der, und der nächste Tag wird ein harter, weil ich bin ja ne Spürnase der Extraklasse. Deshalb will ich auch nix von der überführten Rudelbumserin, und genau deshalb, klaro, verliebt die sich in der Nacht auch noch in mich. Mach ich der mein Bett, alles neu bezogen und so. Totale Scheißarbeit, ich hasse Bettbeziehen. Aber für die Lady mach ich das natürlich und leg mich selber aufs Sofa. Aber die. Keinen Bock auf frische Bettwäsche, und dann steht die mitten in der Nacht plötzlich vor meinem Sofa. Konnte nich schlafen, Fränki, kann ich mich zu dir legen? Und so. Und ich voll mit mir am Ringen, denn wenn ich mich jetzt mit der einlasse, dann verwische ich natürlich alle Spuren. Dass die dann auch nach mir riecht und so, dann wär ich letztendlich auch verdächtig.

Das müssten wir dann mal sehen. Also wie ich in soner Situation reagiere. Obwohl, eigentlich wärs scheißegal. Gibt ja sowieso keine Schnüffelpolente. Dann könnt ich also quasi direkt mit der poppen, warum soll man sich sone geile Situation entgehen lassen. Aber klar wär dann natürlich auch, dass die Frau dann garnicht da wäre. Dass ich die eben auch nicht verhaftet hätte und so, und dann geht garnix mehr. Aber vielleicht würd ich ja auch hart bleiben. Dass ich eben n Bulle mit Prinzipien wäre und keine Sau. Weil die will nur mit mir höggeln, damit ich sie danach freilasse. Und weil ich nicht korrupt bin, pack ich sie hart am Handgelenk und bring sie zum Bett zurück, So, Baby, du hastes nich anders gewollt. Und dann mach ich sie am Bettpfosten fest, dass sie nicht nochmal die Nacht bei mir antanzen kann. Das wär wahrscheinlich am besten in dem Moment. Zumal man ja auch noch bedenken muss, dass man vielleicht gar keinen hochkriegt oder so. Weil das sone schräge Sache ist. Oder dass die womöglich pinkeln muss, wo man die grade am Bettpfosten festgemacht hat. Und dann kommt man garnicht mehr zum Pennen und so. Und dass man ja letztendlich wegen der auch viel früher als sonst ausm Kosmos weg ist und dass das doch alles scheiße ist. Ich krieg ja doch nie ne Freundin. Das glaub ich echt. Ich kriege nie in meinem scheiß Leben eine Freundin. Und wie irgendwelche Schlampen-Ischen zwischen den Beinen riechen, werd ich auch nie erfahren. Ich sollte mir nochn Bier bestellen.

Wobei, spannend wär das schon, sich im Internet oder so selbst anzubieten. Und was ich dann schreiben würde. Ist schon klar, dass da praktisch jeder lügt. Wer nicht lügen muss, weil er so toll aussieht, der braucht da auch nicht mitmachen. Also machen sie sich alle interessanter, als sie sind, das käm für mich nicht in Frage. Entweder nimmt mich die blöde Kuh so, wie ich bin, oder sie kann direkt kacken gehen. Ich meine, Hallo auch, ich bin der Fränki. Ich bin mittelgroß und so, und leider sind meine Haare am schütter Werden. Ich find das selber scheiße, aber seit letztens irgendwann sind die am Ausfallen, und du solltest dich gefälligst drauf einstellen, dass du bald mit nem kompletten Glatzkopf durch die Gegend läufst.

Aber wenn das man wenigstens alles wäre. Weil ich hab auch, gewissermaßen, schon ne kleine Wampe. So mittel auch, würd ich sagen, wie die Körpergröße. Ich trink halt ganz gerne mal ein Bierchen, und du hoffentlich auch. Aber nicht zu viele, weil ich betrunkene Ladys nämlich überhaupt nicht gut abkann. Ich finde, die vertragen einfach nix, und dann fangen die Streit an und so, das hab ich schon oft beobachtet. Du siehst, ich kann mich gut einfühlen in Frauen, aber das hat eben seinen Preis. Und dann fänd ich noch gut, wenn wir möglichst zacki zusammenziehen, weil ich nämlich in meiner Bude bald wahnsinnig werde. Die liegt zwar schön nah am Kosmos, aber meine Nachbarn sind alle Vollidioten und meine Nachbarinnen auch. Außerdem hasse ich meinen Hausmeister, der heißt Wehner. Das ist eine extrem miese Type, wegen dem ich nicht mehr mein Fahrrad in den Flur stellen darf. Und jetzt demolieren die Kümmels das jeden Tag, und manchmal pinkeln die da glaub ich auch gegen. Die Schweine. Dem Wehner hab ich übrigens mal seine Hauswand vollgesprüht, da wär ich fast wegen in die Zeitung gekommen.

Der wohnt da umsonst im Parterre, und obendrein kriegt er noch Asche von der Versicherung, der das Haus gehört. Und dann meint er, dafür müsste er die ganze Zeit den großen Max markieren. »Keine Fahrräder im Hausflur« stand da plötzlich irgendwann, damit fing das ja an. Jahrelang stellt man seine Kiste in den Flur, und auf einmal son Aufstand. Hab ich mich natürlich nicht drum geschert. Hab ich das »Keine« einfach abgerissen.

Aber dann stand der natürlich abends bei mir vor der Tür. Die Putzfrauen hätten sich beschwert, dass die Fahrräder soviel Dreck machen. Dass Regenwasser von denen abtropft, und jeden Tag die dreckigen Reifenspuren von der Haustür bis zum Stellplatz. Diese faulen Kümmeltrinen, hab ich mir gedacht, sollen doch froh sein, dass sie was zu putzen haben. Aber logo hab ich dem Wehnerarsch gegenüber voll auf verständnisvoll gemacht. Ja logo, Herr Wehner, sag ich, da kommt schon ganz schön Dreck zusammen in so Reifenprofilen. Weil ja auch überall die Hunde aufn Gehweg scheißen und so. Werd ich mir halt ein Plätzchen draußen vor der Tür suchen, vielleicht am Stromkasten, damit einem die Kümmels schön die Reifen zerstechen können und so. Hab ich natürlich wieder nicht gesagt, aber gedacht. Und dann bin ich auf der Stelle innen Baumarkt und ab in die Spraydosenabteilung. Karosserielack, schwarz glänzend.

»Wehner ist ein Arschloch«, hab ich unter dem sein Wohnzimmerfenster gesprüht, und paar Tage später waren dann so Spacken vom Ordnungsamt da. Und die haben das dann von sonem Gebäudereiniger wegmachen lassen und so.

Der Wehner ist ja son langer, ausgemergelter Typ mit grauer Haut und nem riesen Zinken, und dann lispelt der auch noch volle Motte. Und wie der dann immer »Vandalismus« gesagt hat. Da hab ich mich scheckig gelacht, ich stand ja hinter dem. Und im Prinzip dachte ich, der Spacken von der Zeitung stellt mir auch mal ne Frage. Dass der dann quasi n Foto von mir abdruckt, mit Bildunterschrift, so, »Fränki Kattwinkel, dreißig, ein anständiger junger Mann ausm vierten Stock. Arbeitet im Holzzuschnitt und findet auch, dass sowas voll der Vandalismus ist.« Aber am nächsten Morgen nix da. Nur eins von dem Typ mit dem Hochdruckschlauch vor unserer Wand, und da hatte der »Wehner« auch schon ausradiert.

Könnt ich dir echt viel erzählen, über den. Wenn du dich also erstmal für mich entschieden hast, bringt dir das diverse Vorteile. Dass ich zum Beispiel nen sicheren Job habe. Holz wird immer gebraucht, und zugeschnittenes erst recht. Das ist ein richtig großer Arbeitgeber, ne Kette, die haben Läden in ganz Deutschland. Und auch in Tschechien und Irland. Und je nachdem, wenn du gerne mal ein Bierchen trinkst, wie gesagt. Da hätt ich die super Kneipe am Start, wo wir zwei zusammen hinkönnten. Da kennen mich alle, da bin ich der Fränki. Und da hab ich nen Hocker an der Theke, der is quasi wie gepachtet. Und links und rechts meistens Platz und so, da könnteste dir aussuchen, auf welche Seite du willst. Ich fänd aber rechts besser. Weil von rechts seh ich besser aus, das hat sich rausgestellt über die Jahre.

Aber imgrunde bin ich da völlig offen, auch wenn du Kinder willst oder so. Hauptsache keine Meerschweinchen, die kommen mir nicht ins Haus. Ich hasse Meerschweinchen. Die sind so ekelig, da würd ich lieber verhungern. Also sagen wir mal, ein Schiff geht unter und son Meerschweinchen und ich sind die einzigen Überlebenden. Da müsste ich quasi nur dem seine kralligen rosa Füße sehen, dass mir aller Appetit vergeht. Das läuft dann wahrscheinlich so, dass das Meerschweinchen irgendwann mich am Fressen ist.

Es gibt aber auch einfach keine coolen Tiere. Ich meine, was kann man mit soner scheiß Katze zum Beispiel anfangen. Absolut nichts. Wenn man sich jetzt mal nen Typ, irgendnen Menschen vorstellt, der so stumpf wäre wie sone Katze. Den würde man doch hundertpro wegsperren. Liegt sechzehn Stunden am Tag faul rum und leckt sich alle paar Minuten den Bauch und die Füße und alles. Und redet praktisch nix, kann keine Zeitung tragen, totaler Ausfall. Son Typ würde als kompletter Irrer eingestuft, aber ner Katze verzeiht man das.

Man muss so Kindern ja auch nicht alles erlauben. Hunde oder so. Wie die immer auf einen zugelaufen kommen. Als wenn die einen umrennen wollten, und dann stoppen die so ab und überschlagen sich fast dabei. Warum können die nich normal angelaufen kommen. Da merkt man doch auch direkt, dass Hunde unglaublich dumm sind. Darum sagt man ja auch Hey, du blöder Hund! Das kommt ja nicht von garnix, dass die Menschen sowas erfinden. Du blöde Katze – das gibts nicht, komisch eigentlich. Aber das kommt wohl daher, dass sone verschädelte Katze irgendwie als tiefsinnig angesehen wird. Und bei Hunden ist umgekehrt klar, dass die eben nicht tiefsinnig sind. Die darf man deshalb auch blöd nennen.

Oder dass die immer so kläffen. Wenn die nämlich wenigstens leise wären, dann würd ich dem Kind das erlauben. Wenn die sich da bei den Katzen ne Scheibe abschneiden würden in Sachen Bellerei, dann wär das schon ein Vorteil. Dann würd ich dem Kind sagen, Okay, Kleiner, kucken wir mal nach nem Hund. Aber so, weil das halt nicht so ist, kriegt er auch keinen. Neenee, sag ich dem dann, das ganze Gekläff und so, das kann der Papa nich gut ab, wenn er von der Arbeit kommt. Da kannste mal schön warten, bis du groß bist, du kleiner Spacken. Dann wirste ja sehen. Jetzt rumtönen, ich will nen Hund

und so, aber was meinst du, wenn du selber mal Kinder hast. Dann läuft der Hase nämlich anders. Da stehste dann acht Stunden im Holzzuschnitt und ärgerst dich mit den blöden Kunden rum, und alles ist voll laut und so, und dann bellt dich zuhause son Tier an. Hundertpro, dass du dem dann seinen Schappinapf über die Rübe ziehst.

Das fänd ich sowieso schön, wenn der auch meinen Beruf ergreifen würde. Mag ich, so Traditionen. Dass praktisch der Vater im Holzzuschnitt arbeitet und der Sohn dann auch. Und dem sein Sohn dann auch wieder, und ich bin dann schon in Rente. Ein pensionierter Holzzuschneider, und dann red ich mit meinem Enkel über die alten Maschinen, mit denen ich damals angefangen hab. Und klar hört der voll interessiert zu und erzählt mir auch schonmal was von den neuen Maschinen und so. Und wie das mit den Kunden ist, da könnt ich den Jungs was von meiner Erfahrung mit auf den Weg geben. Wie man gut durchkommt und Abstand hält, damit die einem nicht die Bude einrennen oder so. Sone kleine Holzzuschneiderdynastie, dass man uns dann auch schon quasi kennen würde. Son Zeitungsporträt oder so, Das sind die Kattwinkels, Holzzuschnitt in dritter Generation, die is noch intakt, die Familie.

Könnte der alles machen, Holzzuschneider werden und so, da würd ich den von Anfang an fördern. Nur nen Hund kriegt er keinen, das muss der einfach einsehen. Und dass er dann auch ja nicht mit Quengeln anfangen soll. Das halt ich nämlich schon garnicht aus, das ist schlimmer als Bellen. Und das sag ich auch direkt der Frau, dass die bei unseren Kindern schwer aufpassen soll. Dass die nämlich nicht quengeln, so wie man das immer bei den anderen beim Einkaufen mitbekommt und so. Wenn mein Kind vor allen Leuten mit Quengeln anfangen würde, oweia. Da würd ich mich so dermaßen schämen, da wüsste ich echt nicht, was ich tun würde. Vielleicht dass man dem blöden kleinen Teil so Filme zeigt. Weil so Hunde ja letztendlich auch gefährlich sind, das ist nämlich der Nachteil. So Dokumentationen zur Abschreckung, wie son Hund ein Kind auffrisst. So Kläff und Bell, und dann springt der auf son Kind zu und reißt dem die Rübe runter. Siehste, Moritz, so läuft das nämlich mit so Hunden, und das lassen wir dann doch mal lieber. Schmeiß die Kiste an, kucken wir nen Tierfilm, das ist besser. Flasche Bier und Salzstangen und nen Tierfilm kucken, und du hättest bestimmt auch keine Lust, immer die Kacke wegzumachen. Von sonem Meerschweinchen zum Beispiel, so total stinkige verkackte Sägespäne im Käfig. Und dann kuckt man dem Teil in die Augen und fängt an, das zu hassen. Du mieses, blödes Meerschweinchen, und wie dein verdammter Käfig stinkt und dass du nich aufs Klo gehen kannst. Oder dass du wenigstens alleine rausgehst und auf die Wiese scheißt. Aber du bist ja zu blöd zum wieder Zurückfinden und alles.

Stell dir nur mal nen richtig miesen Tag vor. Hast dich voll im Zuschnitt abgerackert, voll bescheuerte Kunden gehabt und so. Und dann kommste heim und alles stinkt und dann kuckt dich dieses Meerschweinchen an. So voll dreist: Klar, Alter, ich hab wieder meine ganzen Sägespäne vollgeschissen, und du tust die jetzt schön noch auswechseln. Nix hinsetzen nach der Arbeit, erstmal dem Meerschweinchen seinen Dreck wegmachen, und dass man da so langsam echt das Gefühl kriegt, die machen das extra.

Oder Tom & Jerry oder sowas. Man kann doch soviel kucken heutzutage, Tierfilme und Trickfilme mit Tieren und so. Oder normale Filme, wo eben auch oft Tiere drin vorkommen. Steht in der Zeitung: »Ritterfilm«. Und schon is klar, da spielen Pferde mit. Oder jetzt mal: »Der Film is Unterhaltung für die ganze Familie.« Wenn das da steht, weiß jeder, da kommt n Hund drin vor. Und Meerschweinchen womöglich inklusive und so. Da braucht man das echte Teil doch garnicht mehr. Wenn er wen streicheln will, soll er sein scheiß Stofftier nehmen. Is genauso weich, hat keine Läuse, macht keine Faxen. Und ansonsten eben Tiere ausm Fernsehen, das is doch ein total gerechter Kompromiss. Und das soll der kleine Spacken jetzt auch mal ja raffen und kein Theater machen, weil das könnt ich überhaupt nich ab. Erklärt man dem alles haarklein, gibt teilweise nach und so, und am Ende sagt er Ja aber und fängt die ganze Scheiße von vorn an. Da gäbs aber Senge, das ist mit dem alten Fränki nich zu machen. Im Holzzuschnitt herrschen noch Sitten, und da gibts eben auch schonmal ne Backpfeife. Damit er dann eben einfach still ist. Weil ers nicht kapiert hat, weil er sich so grottendoof anstellt. Wirds ihm eben eingebläut.

Deutsche Kinder sind einfach dööfer als andere, das hat sich ja rausgestellt. Also sagen wir, hier, der kleine Thomas. Sieht komplett normal aus, blonde Haare, Stupsnase und so, son typischer deutscher Spacken. Und daneben Eric van Amstel, n genauso kleiner Belgier. Und jetzt fangen die an zu rechnen, und der Belgier ist besser. Kann das denn wahr sein? Ein scheiß Belgier? Die streichen da ihre Häuser nicht und die haben noch nichtmal Baumärkte. Und dann kommt da son käseweißer van Amstel, superschlechte Zähne und so, Kettenraucher seit er vier ist, und multipliziert richtiger als der deutsche Thomas. Also Thomas, du Schwachkopf, jetzt tuste aber nochmal genau zuhören: Dein Brett is ein Meter lang und zwei Meter breit, wieviel Quadratmeter hat das dann? Überleg doch mal, dass du vielleicht später innem angesagten Holzzuschnitt arbeitest. Wo du keine Zeit hast, immer alles in den Taschenrechner zu tippen. Oder dass dem scheiß Rechner seine Batterien vielleicht grade alle sind. Dann musst du das auch mal alleine ausrechnen, was der Kunde bezahlen muss. Also zwei Quadratmeter, und das ist Sechs-Millimeter-Pappelsperrholz, wo der Quadratmeter 7,99 von kostet. – Also los, Thomas, was muss der Kunde dann also bezahlen?

Und dann steht der kleine Thomas wieder mit knallroter Idiotenbirne vor dir, und van Amstel ruft 15,98 von hinten.

Da muss man doch echt verzweifeln.

Wenn zum Beispiel so ein Thomas dann bei den Belgiern einkaufen geht, so richtig in großem Stil. Sonem Trottel können die doch alles erzählen, Was, du willst tausend T-Shirts? – Kosten nur sagenhafte zwei Cent das Stück, Thomas, und dann kriegste auf die tausend noch Mengenrabatt, also sagen wir zusammen vier Millionen Euro. Ist das ein Schnäppchen? – Und dann zückt Thomas sein Portemonnaie und latzt das ohne Wimpernzucken ab.

Nur weil er zu doof zum Rechnen ist.

Man kann sich das auch eigentlich garnicht vorstellen. Dass man Lehrer von soner deutschen Klasse ist und da sitzen bloß so Vollldeppen rum. Da bin ich doch echt froh, dass ich im Holzzuschnitt gelandet bin. Dreißig Paar komplett ahnungslose Augen, wenn du ne Frage stellst. Na, ihr Spacken, jetzt nehmen wir mal die nächsten acht Schuljahre das Dritte Reich durch. Wie hieß nochmal der böse Mann, der das alles schuld war?

Weiß keiner, na ja. Is ja auch schon ein Weilchen her. Und wie nennt man die Heinis, die das heute wieder ganz toll finden, was der damals gemacht hat? Die ohne Haare aufm Kopf und mit Bomberjacken und alle am Sächsisch sprechen? – Neonazis, genau, und wisst ihr, was? Wenn die dann mal bei euch zum Holzzuschnitt kommen, dann tut ihr denen immer so ein paar Millimeter zuviel oder zuwenig abschneiden. Das gehört sich nämlich so. Die wollen dann bestimmt nen Verschlag für ihren Kampfhund bauen mit dem Holz, und dann klappt das nicht und dann müssen die früher oder später den Hund verbrennen und dann kann der niemandem mehr ins Bein beißen, versteht ihr?

Also aufgepasst, Thomas, wie schreibt man »Sägeblatt«, hm? Mit oder ohne »h« hinter dem »ä«? Und Thomas nuckelt an seinem Füller rum und glotzt dich dumm an. Du meinst, das wär egal? Weil Hauptsache die Säge is scharf? Dann komm mal her, du Spacken, dann stell dich jetzt mal hier vorne hin und beug dich über meinen Tisch. Und wenn ich dich verdresche, buchstabierste mal zehnmal »Rohrstock«, du Rotzlöffel. Willst du eigentlich, dass hier demnächst die Belgier regieren? Willst du das wirklich? – Dann wird nämlich alles noch viel schwieriger, versuch mal »Sägeblatt« auf Belgisch zu schreiben. Da weiß man doch nichtmal, was das heißt in denen ihrer bescheuerten Sprache. Sägeblatt, Sägeblatt, Eric van Sägeblatt, hepje depje Sägeblatt. Stell dir das doch mal vor. Wenn kein Deutscher mehr »Sägeblatt« buchstabieren oder n anständiges Brett zuschneiden kann. Dann rücken die Belgier hier ein und alles is Mayo.

Ich glaub, ich würd weglaufen von soner Klasse. Ich würd das nicht aushalten. Vielleicht sollte man einfach Belgier werden. Dann würde man sich nicht mehr so schämen für sein Land. So Leute wie mich müssten die eigentlich brauchen können. Hey van Amstel, ich komme vom Holzzuschnitt, da bin ich n Ass drin. – Super, Herr Kattwinkel, dann fangen Sie mal direkt an. Und wenn Sie wollen, können Sie direkt auch n richtiger Belgier werden. Mit Pass und so. Hier: Aufnahmeprüfung, fünf Portionen Pommes wegspachteln, Stempel drauf, Belgier. Frank van Kattwinkel.

Vielleicht geben die mir auch direkt nen ganzen Baumarkt. Oder ich baue das Baumarktsystem in Belgien erst richtig auf. Dass ich dann quasi ein Pionier bin in dem Land und dass die mir dann irgendwann eine Statue hinstellen. »Frank van Kattwinkel, Begründer des belgischen Baumarktwesens, verheiratet mit Ennie van Kattwinkel, geborene van Amstel, schönste Tulpe von Flandern« und so.

Denn das versteht sich von selbst, dass ich dann auch schnell ne Lady kriegen würde. Nich dass die mir die auch so als Gastgeschenk rüberreichen, aber ich bin dann ja erfolgreich. Jeden Tag woanders nen neuen Baumarkt einweihen, nen Haufen Asche dabei verdienen, is klar, dass die Mädels dann Schlange stehen. Dass dann die Zeitungen voll sind, wenn ich mich mit einer von denen verlobe zum Beispiel. »Frank van Kattwinkel wurde gestern im Nachtclub ›Zur Goldenen Fritte‹ in Begleitung eines neuen Schusses gesehen. Ennie van Amstel, grade achtzehn gewordene Tochter des belgischen Frittenkönigs Harri van Amstel«, und dann heirate ich da in sone Dynastie ein. Der Pommes- und der Baumarktkönig, und unser ältester Sohn tut das dann alles mal erben und vereinigen.

Dann müssen die Nebengebäude vom Baumarkt nicht mehr untervermietet werden an irgendwelche Dönerkümmels. Dann können wir unsere Fritten selber machen, die van Kattwinkels und die van Amstels, Pommes und Holzzuschnitt in einem. Und in jeder Frittenbude im Land kannst du problemlos alles ausm Baumarktkatalog bestellen und so, da täten sich echt ganz neue Vertriebswege auf. So Anruf, 0180tralala, tu mir mal fünf Pommes Schranke, du Arsch, und dann bringste mir noch zwei Quadrat Lärchendielen mit. Ich will mir ne scheiß Terrasse bauen, aber vorher hab ich Hunger.

Ich krieg das ja selber jeden Tag mit. Dafür brauch ich nicht Lehrer sein, um zu wissen, dass der deutsche Nachwuchs komplett verblödet ist. Grade erst letztens der kleine Spacken. Den hatte bestimmt sein Vater vorgeschickt, damit er mal was selber macht. Sagt der: Ich brauche eine Tischplatte. Und ich sag, Ne Tischplatte brauchst du, ja für was für nen Tisch denn, du Spacken. Neenee, sagt er, nich für nen Tisch, und ich: Aha, ne Tischplatte, aber nich für nen Tisch, ne? – Ja, ich weiß auch nicht, sagt er, und hin und her. Und am Ende kommt der Alte an und es stellt sich raus, dass es um n Stück Tischlerplatte ging. Mein Gott, wie der den Jungen dann zusammengeschissen hat! Aber hatte auch recht, wie kann man nur so blöd sein. Ein einziges Wort muss der kleine Trottel sich merken und kriegts nicht auf die Reihe. Und wenn man sich jetzt mal das Gleiche in Belgien vorstellt: Da säßen Vater und Sohn schon längst zuhause und wären die Tischlerplatte am Vernageln. Mobiler Frittenwagen oder so, verkaufen die Belgier schon massig Pommes, und die Deutschen stehen immer noch bei mir am Holzzuschnitt.

Das ist genau diese Scheiße, diese Doofheit, wegen der bei uns alles den Bach runtergeht. Muss man sich ja nur mal hier im Kosmos umschauen. Die da hinten am Flipper zum Beispiel, die ist bestimmt auch doof. Die hab ich mal gefragt, wies ihr geht. Hübsch, aber nicht grade die Hellste, und deshalb hat die mich auch nur so stumm angekuckt. Also nix geantwortet und so, vielleicht ist die ja Ausländerin. War rammelvoll damals im Kosmos und ich kam vom Klo und musste mich an der vorbeischieben. So richtig mit Tittenkontakt und so, dass man so tut, als würde mans unter allen Umständen vermeiden wollen, aber sie dann eben trotzdem streift. So, Baby, du siehst ja, wie ich mich zurückbeuge, um die Unantastbarkeit deiner Titten zu respektieren. Hier ist es aber auch dermaßen voll, und grade jetzt hab ich auch noch sonen kleinen Schubs von hinten bekommen, da kann ich jetzt wirklich nix für.

Und so, ich find das so geil, so beiläufige Situationen, da könnt ich schreien. Da schießen mir sechs Liter Blut innen Kopf und mein Schwanz steht in Nullkommanix auf Mitternacht. Das mal sowieso. Also noch zusätzlich. Dass man in dem Gedränge schon abschätzen kann, dass man sich anner bestimmten Ische vorbeischieben muss, und dass sich einem dann der Dödel schon quasi vorbereitend aufstellt. Das ist so dermaßen scharf. Weil das keiner sieht unds irgendwie verboten ist. Und am besten, wenn die so seitlich steht und man ihre Hüfte streifen kann. Oder am allerbesten direkt hinter ihr vorbei, dass man ihr quasi seinen Dödel über den Arsch zieht, ohgott.

Ich weiß was, ich geh jetzt aufs Klo und kloppe mir ganz schnell einen weg. Die bleibt sonst den ganzen Abend, die Latte. Da denk ich jetzt stundenlang nur noch an den Hintern von der Lady da, statt in Ruhe mein Bier zu trinken. Herrje nochmal, der pocht schon richtig, das ist wie damals mit der Lady aus unserem Werbekatalog. Unser spackiger Baumarkt mit seinen Beilagen für die Zeitung, und dann son Duschkabinenangebot mit ner nackten Lady. Nix Handtuch um den Hintern oder so, total nackt ist die und spritzt sich Wasser auf die Titten und von unten kommt auch noch son Strahl voll zwischen die Beine und so. Ist ja längst Standard heutzutage, is klar, aber wie die da stand. Wie die das eine Bein abgewinkelt hatte und den Fuß streckte. Und dass ich genau diese scheiß Duschkabine ja kannte, dass die nur n paar Meter weg von mir im Sanitärbereich stand.

Das war klar, wie das läuft. Säg ich da meine blöden Bretter, und in Gedanken stehe ich mit der supernackten Lady unter der Dusche. Und die streckt ihre Zehen aus und duscht sich voll die Möpse ab und so, und Hey Fränki, willst du nichtmal den Duschkopf halten? Da bleibt mir die Luft weg, wenn ne Lady sowas sagt. Und dass sies schön findet, so das warme Wasser und so, und mit nem Mann wie mir. Und dass sie mir schon oft heimlich beim Zuschnitt zugesehen hat und nur auf den richtigen Moment gewartet hat. Den ganzen Tag muss die unter der scheiß Dusche stehen, is doch klar, dass die sich nach nem richtigen Kerl sehnt.

Wie du die rauen Holzplatten anfasst, Fränki. Und wie du die auf den Block legst und die Säge packst und dir das alles zurechtsägst. Und so. Und ich dann mit dem Duschkopf in der Hand, und wer weiß, was die noch alles anstellt. Ich bin dann echt zu dem Gang mit den Duschkabinen hin an dem Tag. Hab so getan, als tät ich mich für ne neue Kabine interessieren. Kollege, tja, taugt die denn was und so? Und der Sanitärspacken sagt natürlich, vergiss es. Die haben wir nur paar Mark billiger gemacht, um die letzten fünf Exemplare loszuwerden. Und ob er denn die Lady von unserem Prospekt kennen würde, hab ich ihn gefragt. Hat der Spacken aber nur gelacht. Arschloch. Ich jedenfalls tapfer den Tag durchgestanden und die Lady zwischendurch auch vergessen, aber dann. Im Kosmos, so drittes, viertes Bier: Voll abgegeilt, wenn ich mir keinen gekeult hätte, wärs wahrscheinlich von selber rausgespritzt. Da kann man sich nicht gegen wehren. Das ist dann wien Notfall: Achtung, Ständeralarm. Das ist dann wie Erste Hilfe, dass man sich eben schnell einen keulen muss, um wieder klar denken und handeln zu können. Da war mir echt alles egal. Voll in der Gegend rum abgespritzt, war klar, dass ich die scheiß Schüssel nicht treffe. Ich glaub fast, ich bin richtig da rumgehüpft auf dem Scheißhaus, dass ich so wild in die Luft gestoßen hab am Ende, aber soll mir egal sein. Das Scheißhaus vom Kosmos, das war die Duschkabine. Und neben mir die Kataloglady, klarer Fall, Oh Fränki, wie schön, dass du mich besuchen kommst, is so langweilig, immer nur duschen und so. Und so einsam, bitte nimm mich.

Und die hinten am Flipper, ich weiß auch nicht. Ich würd gern mal der ihre Füße sehen, irgendwie erinnert die mich an die Frau von unserem Prospekt. Aber zusammen sein will ich mit der auch nicht, weil wer macht schon sonen Job, wenn er was in der Birne hat. Den ganzen Tag inner Duschkabine abhängen und sich die Möpse einseifen und so.

Is einfach schwierig, die richtige Frau zu finden, so fürs Leben und so. Nur mal angenommen, ich finde eine. Zeitungsinserat, erstes Treffen, voll verliebt alle beide, und dann sagt die mir, dass sie Tiere mag. Und hat aber in der Annonce nix davon geschrieben. Dass sie nen Hund möchte oder womöglich sogar n Meerschweinchen. Frauen sind ja so, da denkt man ja manchmal, Tiere sind nur für die gemacht. Frauen streicheln Tiere, Männer essen sie. Und ich hätte dann eben auch sone Tierfreundin abgekriegt, dann wär aber was los. Was willst du, n verficktes Meerschweinchen? Du tickst wohl nich sauber, was? – So würd ichs ihr geben, da muss man direkt voll auf die Kacke hauen. Da darf man sich auf gar keine Diskussion einlassen.

Denn so ist das ja oft im Leben, dass du grade irgendwie gut drauf bist und deshalb nur sone freundliche Erwiderung machst. Und dass der andere das dann als schlappe Verteidigung nimmt und dich immer weiter damit triezt. Und dass der dann am Ende von der Sache die fetten Vorteile hat. Und dann ärgerst du dich blöd, und beim nächsten Mal machst dus dann eben wieder richtig. Sofort voll übers Maul fahren. Sofort voll auf Angriff.

Sagen wir, einer fragt dich nach Geld. So die Arschgeigenschnorrer, mir fehlen zwanzig Cent für ne Leberwurststulle und so. Dann sagst du, Was, du Spacken? Zwanzig Cent, geh doch arbeiten, du Arsch. Klarer Fall, dann ist man den los. Wenn du nur so lauwarm antwortest, dass du keine zwanzig Cent hast, dann sagt der, Glaub ich nicht und so, und dann ist dir das peinlich, weil er ja logo recht hat. Klar hab ich die scheiß zwanzig Cent, aber ich will sie eben diesem Spacken nicht geben. Das ist quasi nur vorbeugend, wenn man den direkt beschimpft, und deshalb müsste man dann eben auch knallhart den Ehekrach anzetteln, wenn die Frau mit sonem Tierwunsch ankäme. N Kind kannste haben, klar, das gehört ja irgendwie dazu und so. Aber n Tier kannste dir voll abschminken. Da kannste dir direkt nen anderen Macker suchen, mit dem Fränki läuft sowas nicht. Und auch keine Katze und keinen Vogel und garnix.

Oder Schildkröten, da leg ich mich immer ab. Dass sich jemand sone komplett kranke Schildkröte in den Karton setzt. Wie die immer den Hals lang machen, so wien zäher Kaugummi. Dass man der am liebsten den Kopf packen und ausreißen möchte. Der blöden Schildkröte, ich seh das echt schon kommen. Kuckst du ja nicht rein, in sone Frau. Weiß man ja einfach nicht alles vorher, wie die so drauf ist. Tiere und so, und dann hört sie auf zu rauchen und wird Vegetarierin. Komm, Fränki, du wirst jetzt auch Vegetarier, die armen Tiere und so. Und der Qualm in der ganzen Bude, ich kann das echt nich mehr ab. Ich hab ja gedacht, is mir egal, wenn der Fränki weiterraucht. Aber jetzt störts mich doch, jetzt tuste mal schön damit aufhören. Weil das ja auch garnicht gesund ist, und dann kontrollierst du auch mal, ob das kein Tropenholz ist, das die bei euch im Baumarkt verticken. Dass du das dann quasi nicht zuschneiden würdest, wenn das nicht aus nachhaltiger Forstwirtschaft stammt und so, ne. – Wenn die sich also als so eine entpuppen sollte, sone komplette Ökoziege, dann wär ich echt gearscht, dann müsste man hoffen, dass zu dem Zeitpunkt noch nich der Nachwuchs unterwegs ist.

Damit das kein Scheidungskind wird, das wär ja nich schön. Lässt die sich schwängern von mir, und dann kommt sie einem blöd mit allem möglichen Hippiezeugs. Und das Kind is noch nicht auf der Welt, da bin ich schon über alle Berge. Tschö, du Nudel, mit mir aber nich. Fränki geht wieder schön jeden Nachmittag zum Dönerkümmel und danach in El Grande Kosmos. Aber dicke.

Aber dicke, so, und jetzt bestell ich mir mal ganz schnell nochn Bier. Das sind ja alles die kompletten Horrorgedanken, Frau und Kinder und Tiere überall, man sollte sowas vielleicht garnicht zuende denken. Garnicht zuviel nachdenken über die Ehe und sowas, sonst hat man schon vorher keinen Bock mehr. Reicht ja, wenns nachher scheiße ist, aber so bin ich nunmal. Dass ich mir Gedanken mache über die Welt und so. Und dann eben auch über Haustiere und Frauen und den ganzen Kram. Und dann kommt man logo nicht immer im Paradies raus, da muss man einfach mal die Biege kriegen. Schnell ein Bierchen bestellen, damit man auf andere Gedanken kommt. Damit dieser faule Holger-Sack mal seinen Arsch bewegt, mein Gott, ist der faul. Hundertpro, dass der mein leeres Glas sieht und dass der extra nicht aufsteht. Aber tausendpro, und ich muss jetzt womöglich wieder laut rufen und so.

Das ist mir immer so unangenehm. Mit dem Rufen. Und erst recht jetzt im Moment, wo ich wieder so lange nix gesagt habe. Da krieg ich immer son bisschen Schiss vor meiner Stimme, wenn die lange nicht benutzt wurde. Weil man der da nicht vertrauen kann, dass die sich so wie beim letzten Mal anhört. Dass die sich nicht womöglich überschlägt und so kiekst. Das hab ich einfach schon zu oft erlebt, auch im Baumarkt. So richtig Frosch im Hals und ganz hohe Stimme, dass einen die Leute ankucken.

Nur weil ich ein Bier will. Ich sitze in einer Kneipe und will ein Bier, das Normalste von der Welt. Eigentlich, wenn man nicht son Pech hätte. Wenn ich hier nicht ausgerechnet diesen Spackenwirt vor mir hätte. Das Normalste von der Welt, aber gleich kucken mich alle an, als wenn ich behindert wär. Dabei ist nur meine Stimme nicht geölt. Kein Bier mehr im Glas, viel geraucht und lange nix geredet, da is das schonmal so. Da braucht überhaupt keiner zu glotzen, das geht euch doch einen Scheißdreck an. Und alles wegen einem, der Holger heißt.

Ich trau mich einfach nicht. Jetzt halte ich das verdammte Glas bestimmt schon ne Minute in dem seine Richtung. Wackele son bisschen hin und her damit, damit er das direkt bemerkt, wenn er mal rübersieht. Der Spacken rechts von mir schielt mich schon son bisschen an. Der denkt bestimmt, ich bin stumm. Wien Fisch oder son Meerschweinchen oder so, hoffentlich macht der jetzt nicht auf Samariter. Nicht dass der denkt, er muss jetzt für mich bestellen. So, Hey Wirt, mach dem Stummen hier doch mal n Bier. Der kann nich reden, der is stumm. Und dass der mir das dann hinstellt und alle kucken mich an und der Spacken streichelt mir vielleicht noch so übern Kopf. So, Armer kleiner Fränki, hat keine Stimme. Sitzt im Kosmos rum ohne Stimme, wie soll der denn je ne Frau kennenlernen. Der kann sich ja nichtmal n Bier bestellen. Spricht den vielleicht mal eine an, und dann kanner nix sagen. Stumm, alles Sense. Sowieso selten, dass die Frauen den Anfang machen, und so richtig töfte sieht er ja auch nicht grade aus. Und dann eben stumm und so, kann der vielleicht nur so Arghargh-argh machen, wenn die Frau den ansabbelt. Und dann läuft die natürlich auch direkt weg, wenn da nur so Alligatorgeräusche aus dem seinen Mund kommen.

Das is so zwei Jahre her, sone Alte im Baumarkt. Kurz nachm Aufmachen, da hatte ich im Prinzip vierzehn Stunden nix mehr geredet. Am Abend davor ab sechs im Kosmos gehangen, mit keinem gesprochen, und morgens eben alleine aufgewacht und zur Arbeit gefahren. Und dann kommt da zwei nach acht die Ische an und fragt, ob ich ihr son Nut- und Federbrettchen zurechtschneiden kann. Gute Frau, wollt ich da sagen, das hat keine zehn Zentimeter in der Breite, das können wir nicht. Das gibt der Aufbau von der Säge nicht her, und das steht da auch. Ganz großes Schild, direkt über meinem Kopf: Unter zehn Zentis läuft hier nix. Aber die Nuss, is klar, denkt sich, ich hab Titten, der tut das bestimmt für mich. Und ich jedenfalls, will der sagen, dass sie das vergessen kann, aber krieg keinen Ton raus. Und nachn paar stummen Sekunden halt son Grollen, dass ich halb explodiere, und dann kam da son fetter Brocken Schleim hochgeschossen. Das sah vielleicht ekelhaft aus, son richtig grüner, schwarzgeäderter Tabakschleim, direkt auf die Theke. Und wie ich das dann ganz schnell wegwischen wollte und mir das an den Fingern kleben blieb und die Ische die ganze Zeit so angewidert am Kucken. Die hat sich nicht von der Stelle bewegt, so geschockt war die. Und ich am Rumhampeln und das Handgelenk am Wegschlagen, aber der Yellow bleibt einfach kleben.

Mein Gott, mein Gott, bis ich dann auf die Idee gekommen bin, das Ding annem Stück Restholz abzustreifen. Zum Glück war die dann endlich weg, als ich mich wieder umgedreht hab. So peinlich, echt, hätten wir uns alles sparen können, wenn die das Schild mit den zehn Zentis gelesen hätte. Und kann jetzt gleich bei Old Holger genauso werden. Oder er sieht mich.

Hier ist aber auch echt alles kaputt. Jeder zweite Hocker hat keinen Fußring, die Polster sind aufgeschlitzt und aufm Klo keine Halter für die Rollen und so. Oder dass immer Lippenstift an den Gläsern ist oder dass die die Tür nur so mit Sperrholz geflickt haben. Da hat mal einer mit ner Axt durchgeschlagen oder so, und über das Loch hat dieser Spackenwirt dann nur son Stück Holz genagelt.

Und sowas finden die Leute dann cool.

Ich möchte wetten, viele kommen hier echt nur deshalb hin. Weil sie dieses ganze Verratzte und Verranzte cool finden. Und Holger hier weiß das logo. Manchmal seh ich ja morgens den Putzkümmel, wie der den Boden wischt und so. Der sieht auch nicht aus, als wär der so richtig bei der Sache. Dem hat der Wirt bestimmt gesagt, Pass mal auf, Putzkümmel, übertreibs mal nicht mit der Sauberkeit. Das schätzen meine Gäste überhaupt nicht, wenns überall glänzt.

Dabei kann doch nur was cool sein, was von Natur aus so is. Also ein Typ oder ne Lady, die eben garnicht merkt, dass sie so lässig rüberkommt. Wenn einer das extra macht, ist er nicht cool, sondern affig. Wie eben der Wirt hier, weil er den Laden absichtlich verkommen lässt. So für die Optik jedenfalls, hundertpro ist hier hinter den Kulissen alles tiptop. Der weiß ja, was er an der Bude hat und dass er die pflegen muss. Aber den Leuten spielt er den netten Verstrahlten vor, der lieber Holzflicken nagelt als ne neue Tür einzusetzen. Die ihm wahrscheinlich sogar die Versicherung oder die Brauerei bezahlt hätte. Das ist hier wie ne Jeans mit Fabriklöchern. Wo so absichtliche Löcher drin sind von Anfang an, und wo die dann schweineteuer wegen sind. Oder so Ischen, die sich voll berechnend die Haare zerstrubbeln. Nur um die dann mit Festiger oder was genau in der Form zu fixieren. Dass also das scheinbar Nachlässige wien Spuckescheitel festgepappt wird. Da könnt ich Läuse kriegen über sowas.

Also dass sowas dann tatsächlich ankommt.

Bevor ich losgehe, nehm ich meinen scheiß Kamm, stell mich vor den Spiegel und kämme mir die Haare. Oder was noch davon übrig ist. Scheitel, bis zum linken Ohr, und dann nochmal oben übern Kopf drüber und bis innen Nacken. Einfach weil ich das so gelernt hab. Und weil sich das eben so gehört. Wenn ich dann mal ne nette Frau kennenlerne, dann kann ich der sagen, Baby, sag ich der dann, ich bin genau so, wie ich jetzt vor dir stehe. Das ist der Fränki in hundert Prozent netto, wie findest du das? Und wenn die in Ordnung ist, dann sagt die, Ey, aber voll cool und so, und kuck dir doch nur mal rundrum die Spacken mit ihren Gelfrisuren an. Wie scheiße die alle aussehen, und du dagegen.

Die muss mich ja jetzt garnicht so wahnsinnig hübsch finden. Sagen wir mal so: Wenn die das behaupten würde, dann müsste man den Verdacht haben, die lügt. Dass dies vielleicht nur auf meine Kohle abgesehen hat, Der Typ hat nen festen Job und so, in dritte Generation im Holzzuschnitt und so, das is ne gute Partie. – Aber ich bin nicht so der klassische Schönling, und das braucht die blöde Kuh auch garnicht erst behaupten. Hauptsache dass ihr auffällt, dass ich kein Gel in die Haare tue und keine Modeklamotten anhab. Und nicht geliftet bin und so. Und die muss ja meinetwegen auch nicht so superhübsch sein, obwohl. Sagen wir mal, so mittel, und dass ich ihr dass dann auch so ganz ehrlich sagen würde. Ey Baby, irgendwie siehst du ja eher so mittel aus, aber mir gefällst du. Also dass ich mit ihr zusammen sein will, dass ich ihr das schon irgendwie deutlich mache, ohne ihr was vorzuschwindeln. Und dann denkt die sich eben logisch, Mann, das ist ja mal son grundehrlicher Typ. Der macht dir nix vor und verspricht dir nicht das Blaue vom Himmel und so, aber dafür hat er nen soliden Beruf.

Weil das ist ja wirklich so. Dass es eben keine guten Holzzuschneider mehr gibt. Was da nachkommt, kannst du komplett in die Tonne kloppen. Wie der kleine Pole letztens. Ist mir doch scheißegal, dass der Pole ist. Immer noch besser als Belgier, da hat der im Prinzip noch Glück gehabt. Aber wenns jetzt sagen wir mal um Holzzuschnitt geht, dann ist dem seine Ahnung unter null. Der kleine Pole und ne Säge, das ist quasi der Gefrierpunkt.

Zum Beispiel als da der Spacken mit den Buchenbrettern ankam. Leimholz, zehn Stück à 200 mal 40, und dann will der die eben auf 65 mal 35 geschnitten haben. Weil er dreißig Regalbretter braucht. Und ich zu dem Polen, So, das machst du jetzt mal. Und hab ihm nochmal alles aufgezählt: dass er nicht zu langsam und nicht zu schnell schneiden soll, damit das Holz nicht ankokelt. Und so. Und dann bin ich weggegangen, hinten ins Lager, und logo hab ich den beobachtet. Tausendmal hab ich dem gesagt: Und schön immer erst den Längsschnitt, du Spacken, damit der Kunde möglichst langes Restholz hat. Das ist Zuschneiderehre, dass man die Reste so groß wie möglich lässt. Was ein richtiger Zuschneider ist, der behandelt son Stück Holz wie sein eigenes Kind. Dem schneid ich ja auch nicht direkt die Ohren ab, wenns nur ne Tracht Prügel braucht.

Aber der Pole, oweia. Die totale Härte. Dass der eben nicht bloß erst die 65er schneidet, sondern die dann auch noch hochkant auf 35 bringt. Da hätt ich schreien können in dem Moment. Weil das ist ja so vollkommen logo, dass die verrutschen, die Bretter. Und dass die dann konisch werden und so. Aber dann denkt man sich eben, Lass den mal machen. Wirst schon sehen, du Spacken. Und klar auch, dass ich dann zum Obergertz musste, dem das stecken. Pole hin oder her, was juckt das mich, wieviel kleine Brüder der hat. Den haben die mir zum Holzsägen geschickt, und wenn der das nicht kann, wem sein Bier ist das dann. Meins bestimmt nicht, und verkokelt war ja auch noch alles. Dann muss der zurück nach Lodz oder was, kann er schiefe Bretter sägen, wie er will.

Da bin ich dem Obergertz echt dankbar für, dass der den gefeuert hat. Und da kann die Nuss von der Lampenabteilung meckern, solange sie will. Dass ich gemein bin und so, und dass das sone große Chance für den Jungen war. Klar, große Chance und so, aber die hat er eben vermasselt. Allein vorm Tor und drübergeballert, und außerdem warst das ja nicht du, der mit dem arbeiten musste. Du blöde Ische. Die möcht ich mal sehen, wenn die sone kleine polnische Nuss kriegt, die Watt nicht von Volt unterscheiden kann. Kuck mal hier, Glühbirne, vierzig Watt, und das Geld immer schön in die Kasse tun, verstehn?

Ne richtige Freundin, die wüsste das zu würdigen. Dass man ehrlich ist, auch wenns einem manchmal schwerfällt. Wer will sonem kleinen Polen schon was Böses. Bei ner Freundin würde ich immer mit offenen Karten spielen. Der eben einfach klipp und klar sagen, was drin ist. Dass wir, sagen wir mal, mal auf die Malediven fahren könnten. Oder Philippinen oder so, aber eben nicht jedes Jahr. Sondern nur einmal, und dann wieder was Billigeres. Größere Wohnung, klar, Baby, odern Häuschen mit Garten, aber dann halt irgendwo in der Walachei. Wo die Mieten niedriger sind. Und dann bräuchte ich jedes Jahr n neues Auto, wegen der Fahrerei zum Baumarkt und so, und ich weiß ja nicht, ob du in sonem kleinen Dorf nicht versauerst.

Weil das ist ja nunmal so: Ne Alte in der Großstadt, die steht die ganze Zeit unter sonem Konkurrenzdruck. Deshalb macht die was aus sich. Und so eine, die eher mittel aussieht, sowieso. Oh scheiße, ich hab ne Falte, da geh ich aber jetzt erstmal direkt zum Drogeriemarkt, Antifaltencreme kaufen. Und so. Aber wenn die jetzt irgendwo aufm Land wohnt. Wo sonst nur so Bauernschüsse oder das totale Spießergesocks abhängt. Dann lässt die sich auch selber gehen, ist doch klar. Dann wäscht die sich die Haare nur noch einmal im Monat und kriegt voll die Falten. Oder womöglich dass sie ihre Höschen nicht mehr regelmäßig wechselt, das fänd ich echt fies. Und dann komm ich nach Hause, zehn, zwölf Stunden Holzzuschnitt, und meine Frau ist total breit und hat die Haare durcheinander.

Oder dass die womöglich auch noch mit den anderen Alkoholikern aufm Dorfplatz rumsitzt, wenn ich heimkomme. Und dann finden die sich alle ganz cool, weil sie nicht arbeiten, und ich bin für die der Doof. Kuck mal, der Trottel, der hat zehn Stunden malocht, son Streber. Und meine Frau mittendrin.

Wobei, am allerhärtesten wäre natürlich, die würde mich betrügen. Hängt aufm Dorf rum, langweilt sich und so, und dann poppt sie halt mit irgendwem rum. Mit dem Bürgermeister oder so. Dass der da irgendwie regiert und nicht viel zu tun hat. Aber eben ein mächtiger Mann, und dann stellt der sich bei der neuen Mitbürgerin vor und die poppen zusammen. Ich mich im Holzzuschnitt am Rumärgern, und meine Frau im Bett mit dem Bürgermeister. Und nachn paar Wochen wissen das alle. Ach kuck mal, der Bürgermeister geht wieder zu Kattwinkels, jetzt werden dem blöden Fränki wieder Hörner aufgesetzt. Und dann wird die schwanger und das Kind sieht aus wie der Bürgermeister. Oder wie sonst noch wer ausm Dorf, denn ist ja klar, dass es nicht bei einem Seitensprung bleibt. Wenn die mal Lunte gerochen hat, und ich muss ja auch echt viel arbeiten.

So den Gartenbereich, oder die Farben, sagen wir mal: Die kann man locker nen Tag unbesetzt lassen. Aber im Zuschnitt geht das nicht. Wenn son Spacken nicht weiß, ob er Lasur oder Lack nehmen soll und ist kein Angestellter da, dann nimmt der halt irgendwas. Aber der kann ja nicht meine Säge bedienen. Und dann häng ich da an der Säge und meine Frau macht Rudelbumsen oder so. Das wär ne Enttäuschung, die wär garnicht zu verkraften. Wenn mein Sohn größer wird und dann wie der Bürgermeister aussieht. Und so nach und nach raffe ich das und alle feixen rum, Ey Fränki, wen hast du denn diesmal gewählt und so. Das wär überhaupt die Oberhärte, wenn ich dem dann auch noch immer meine Stimme gegeben hätte. Aufm Dorf muss man sich ja engagieren. Und dann wär ich womöglich in dem seine Partei eingetreten und wir hätten so Hand in Hand in der Fußgängerzone Zettel verteilt, dass der gewählt wird und so. Und kaum sitz ich morgens im Auto, dackelt der wieder zu meiner Frau und bumst mit der.

Und irgendwann dann so, Ach, Fränki, ich muss dir was sagen …

Wenn der Satz irgendwo fällt, dann ist längst alles im Eimer. Is schon okay, Clarissa, ich zieh wieder in die Stadt. Hab ne Verabredung mit meinen alten Kumpels im Kosmos, total wichtig. Die Bude hier kannste behalten, und grüß mir den

Bürgermeister. Nix für ungut, Clarissa, wir hams halt versucht. Hams versucht miteinander und is schiefgegangen. Kann man nix machen. Bye, Clarissa.

Und dann geb ich ihr noch sonen ganz traurigen, völlig unsexyen Kuss und steig in meine Karre.

Das wär dann wenigstens ein ertragbares Ende, und das Blag vom Bürgermeister würd ich auch einfach nicht wiedersehen. Der kann dann dem sein Nachfolger werden oder so.

Wobei, schlimm wär das schon, wenn die dann womöglich alle über mich lachen würden. Der Fränki und so, Glatze am Kriegen und dick am Werden, wie kommt der da drauf, dass der sone Top-Lady halten kann. Dabei geht das doch eigentlich keinen was an, dass ich nicht so richtig schlank bin. Die sollen sich doch alle um ihre eigene Plauze kümmern, die Spacken. Die werden doch auch alle immer fetter, der Holger und so. Oder am besten direkt, dass man einfach inner anderen Zeit geboren wäre. Wo das noch cool war, wenn man so richtig specki rumlief. Also die Ischen vor allem, das wär natürlich der absolute Hammer. So wie auf alten Bildern, wo man immer diese feisten Trullas sieht, die sich auf irgendner Liege räkeln. Aber dass eben alle Macker genau auf sowas standen und ich dann quasi die komplette Auswahl bei den Schlanken hätte.

Da könnt ich mir in den Arm beißen, dass ich in soner scheiß Zeit leben muss. Kommt da der Vollschuss übern Dorfplatz spaziert, zwei Eimer Wasser aufm Kopf, und alle Typen lachen sich schlapp. So von wegen, Kuck mal, die Bohnenstange, die kriegt bestimmt nie einen ab und so. Und die schon voll am Heulen, weil sie sich so hässlich fühlt, aber dann eben Auftritt Fränki. So zackzack zu der hin, Ey Ische, willste mal nen Mann, der dich echt klasse findet? Schmeiß weg die Eimer, ab in die Koje und so. Und logo wär die total aus dem Häuschen und würde direkt mit mir mitkommen.

Und dann natürlich, wenn man sich das Ganze jetzt mal im Großen vorstellt. Also ganz Deutschland meinetwegen. Alle Spacken stehen nur auf dicke Weiber und ich hab alle anderen für mich. Weil die eben komplett pervers sind und ich der Einzige bin, der richtig Geschmack hat. Ich so inne neue Stadt am Kommen, und dann ist da direkt der riesen Auflauf der Supermodels. Haben die schon gehört, dass ich unterwegs bin, und haben sich alle feingemacht. Also dass die mir quasi mit kaum was an entgegenkommen, Oh bitte, Fränki, wenigstens einmal im Leben will ich vonnem Mann so richtig genommen werden. Einer, der voll nur mich will und der beim Höggeln eben nicht an die dicke Liese von nebenan denkt. Weil ich kann doch nix dafür, dass ich so schlank und so zart bin. Unter meinen Titten schlägt doch auch ein Frauenherz, ich krieg nasse Knie, wenn ich nur an dich denke, Fränki. Und so.

Aber schöner wär eben, ich würd genau jetzt eine finden. Scheiß Mittelalter, da wär ich ja heute schon tot. Und dass die eben auch ehrlich wäre, die Frau. Okay, du siehst so mittel aus und ich auch, und wir bleiben auf jeden Fall in der Stadt, Mädel. Aufm Dorf is scheiße, das gibt nur Ärger. Ich kenn mich aus, ich hab da meine Erfahrungen gemacht, oh ja. Aber frag mich nicht, das tut noch so weh alles.

Lag alles nur daran, dass ich so oft weg war. Klar könnt ich auch mal nen Abend zuhause bleiben. Aber ich bin ja keine zwölf mehr, ich hab halt meine Gewohnheiten. Zur Arbeit, kurz nach Hause fürs Nötigste, bisschen aufräumen oder so, oder manchmal eben son Filmchen zum Abreagieren. Oder die scheiß Spülmaschine ausräumen, das is auch sowas, genau wie mit dem Kühlschrank. Dieses sich Runterbücken zu den Tellern und dem Netzding fürs Besteck und so, und das dann alles einsortieren. Das ist sowas Ärgerliches, da könnt ich jedes Mal platzen. Hat man sone Maschine, die einem die richtig miese Spülarbeit abnimmt, aber dann muss man trotzdem nochmal ran. Alles aus- und wieder einräumen. Und danach eben schnell noch zum Dönerkümmel und dann ab ins Kosmos.

Ich weiß garnicht mehr, wer das war, der danach gefragt hat. Warum ich das mache und so, und dass man ja auch mal nen Abend zuhause bleiben könnte. Irgendson Spacken meinte das, oder der Wirt oder so. Geht dich doch n Scheißdreck an, sag ich zu dem. Das war einfach angesagt in dem Moment, ich mein, für wen hält der sich denn. Der ist doch nicht meine Mutter, der hat mir doch nicht vorzuschreiben, wo ich meine Freizeit verbringe. Ich sag dem ja auch nicht, dass er mal endlich nen richtigen Beruf lernen soll. Bäcker oder so, oder eben Holzzuschneider. Das würd ich mir nie im Leben rausnehmen, nem anderen sonen Tipp zu geben. Und deshalb hab ich ihm halt direkt Klartext reingedrückt. Dass er gefälligst die Schnauze halten soll und mir nochn Bier zapfen. Hatter dann auch gemacht. Aber total langsam, so als wenn er beleidigt wär. Der Spacken.

Weiß ich doch genau, wie das laufen würde, wenn ich zuhause bleibe. Dann dreht als Erstes mal der Spackenstudent von obendrüber seine scheiß Anlage auf. Und dann geh ich zum Kühlschrank und merke, dass ich vergessen hab, Bier kaltzustellen. Oder dass der blöde Wehner aufkreuzt und mir irgendwas wegen den Mülleimern erzählt. Dass ich das Öl von den Sardinendosen vorher innen Spülstein gießen soll und so, is ja alles schon vorgekommen. Obwohl schön wär das schon, wenn man ein nettes Verhältnis hätte zu seinen Nachbarn. Dass man die Leute quasi mal kennenlernt, die ein paar Meter neben einem pofen. Das muss man sich ja mal konkret vorstellen: Die Stöhni und ich, wir schlafen jetzt seit Jahren Wand an Wand. Wenn die Mauer nicht wär und je nachdem, wo die ihr Bett stehen hat, könnt ich der in den Haaren wühlen von meiner Koje aus. Jedenfalls wenn die da ist, die scheint ja meistens bei ihrem Typ zu übernachten. Wenn die Mauer nicht wär, könnten wir uns noch was erzählen vorm Einschlafen, das fänd ich schön. Mir geht immer dermaßen viel durch die Birne im Bett, da könnt ich manchmal gut jemanden brauchen, der zuhört.

Die ist ja auch son paar Jährchen älter als ich, und vielleicht käme die dann so an, Hey Fränki, und würd mich in den Arm nehmen. Bis ich weggeratzt bin, das wär schön. Klar, Fränki, du hast ja recht, würde die dann sagen, aber du solltest dich nicht immer so aufregen. Kuck doch mal, die Welt kann so schön sein. Und jetzt kriegen wir auch noch nen Balkon hintenraus, da können wir im Freien frühstücken. Soll ich dir Sonntag Brötchen mitbringen? So für um zwei, wann du eben aufstehst, ich weiß ja, dass du immer lange im Kosmos bist, bei deinen Freunden. Aber ich bring dir Brötchen mit und schneid die auch bei mir drüben schon auf, damit du nicht die ganzen Krümel in der Bude hast. Weiß ich doch, Fränki, dass du das hasst mit den Brötchenkrümeln überall. Ich mach das immer über der Spüle, das ist besser als am Tisch. Das geht garnicht anders, als dass man am Tisch alles vollkrümelt mit so Brötchen und dass dann die Hälfte aufm Flokati landet. Und wenn du willst, setz ich mich dazu. Wir zwei sonntagsmorgens aufm Balkon, das wär doch was, hm? Und mein Lothar und ich, wir gehen dann immer spazieren, da nehmen wir dich mit. Das ist dann so, als wärst du unser kleiner Sohn und wir drei ne Familie. Irgendwo am Fluss gehen wir spazieren, du, ich und der Lothar, und danach noch wo was trinken. Dann spendieren wir dir ein Bier, was, du bist doch schon alt genug für Bier zu trinken? Unser Großer, sagt der Lothar, der hat nen kräftigen Zug, aus dem wird mal was. Und dann kriegst du nochn Bier, und irgendwann fahrn wir wieder nach Hause. Der Lothar hat nen Mercedes, da lässt der dich bestimmt vorne sitzen, wenn du möchtest. Vielleicht nimmt er dich sogar mal aufn Schoß, dass du dann lenken darfst.

Aber ins Kosmos würd ich trotzdem gehen. Warum braucht man denn immer einen Grund für alles? Nur weil das vielleicht ein bisschen ungewöhnlich ist, jeden Tag in sone verratzte Kneipe zu latschen. Wo steht denn, dass man sowas erklären muss? Die können mich alle mal kreuzweise, ich geh ins Kosmos und Ende im Gelände.

Schon allein die Vorstellung. Wenn ich im Zuschnitt hänge und mich mit irgendnem Kunden rumärgere. Wieder so einer, der nicht genau weiß, was er will, und der mich mit nem Innenarchitekten verwechselt. Meinen Se denn, das kann man heute noch machen, die Kellerbar mit Nut- und Federbrettern ausschlagen? Is das noch zeitgemäß und so, und angeblich sammelt sich doch der Schimmel hinter den Paneelen. Guter Mann, sag ich, das müssen Sie schon selber wissen, und so.

Und während ich mit dem rede, denk ich, Fränki, noch sechs Stunden, dann sitzt du im Kosmos an der Theke. Auf deinem Hocker. Kaltes Bier und kein einziger Spacken, der dir Fragen stellt. Einfach nur n Bier, paar Kippen und was Musik. Und langsam breit werden, das ist auch klasse. Also nicht wien Alk, so torkeltorkel und scheißered. Sondern einfach nur auf den Level kommen, so Wolke sechseinhalb, und dann so weitertrinken, dass man möglichst lange da draufbleibt. Wunderbar. Wun-der-bar, Fränki im Baumarkt, Fränki vom Baumarkt zum Kosmos, und da läuft einigermaßen okaye Musik.

Und Hauptsache nicht der Fernseher. Das ist immer die riesen Enttäuschung, wenn ich da reinkomme und der Spacken die Kiste anhat. Fußball oder so, zum Glück ist grade Sommerpause. Ich interessiere mich einfach nicht für Fußball. Das war schon immer so, als kleiner Junge war ich ja auch son bisschen dick. Haben mich die Säcke zweimal ins Tor gestellt, und dann wars das eben. Ich lass mich doch nich ins Tor stellen. Findet man Fußball scheiße, und dann wird man auch noch Zielscheibe für sowas. Wenn ich da dran zurückdenke, frag ich mich, was ich eigentlich als Kind dann so gemacht habe. Wo die anderen doch immer gekickt haben. Aber ich hatte da schon son paar Spiele, zum Beispiel hab ich mir ausgemalt, wie ich denen allen die Fresse poliere. Die mich ins Tor stellen wollten und immer große Klappe hatten. Wenn man ordentlich Wut hat, kann man damit viel Zeit verbringen, mit so Vorstellungen. Das ist heute noch genauso.

Wenn große Spiele anstehen, würd ich am liebsten zuhause bleiben. Dann stellt dieser Holger den Fernseher an. Dieses riesige Teil oben in der Ecke überm Eingang. Und ich denke mir, Mann, dann aber wenigstens ohne Ton das scheiß Spiel, oder? Aber klar macht der den Ton an. Der kuckt die Spiele immer mit Ton. Son wichtiges Fußballspiel im Kosmos, da schreien die Trottel neunzig Minuten lang ab. Und wenn dann erst n Tor fällt und so. Dann is alles vorbei, mir is sogar mal einer um den Hals gefallen. Von hinten, so Tooor und so am Brüllen, und dann hab ich dem voll meinen Ellbogen in den Bauch gerammt. Der hat ganz schön blöd gekuckt, als der da aufm Boden lag und nach Luft am Schnappen war. Der Spacken.

Irgendwie schmeckt mir das Bier nich so gut, wenn inner Kneipe der Fernseher läuft. Das ist dann son bisschen so wie zuhause aufm Sofa, und dann isses nix Besonderes mehr. Das hat dann sogar was Trostloses, man nimmt die Leute dann anders wahr. Als wär man mit seinen Freunden in irgendnem Wohnzimmer am Kucken, und dann stellt man fest, dass das alles nur Arschlöcher sind. Annem normalen Kneipenabend is das anders, da sagt man sich, Okay, um mich herum sind nur Idioten. Das ist nunmal meine Stammkneipe, ich trink hier mein Bier und weiter nichts. Aber beim Fußballkucken machen sie alle auf große Kumpels und tun so, als würd ich dazugehören. Und dann denkt man sich eben: Was ist in meinem Leben schiefgelaufen, dass ich in soner Gesellschaft gelandet bin? Und wenn dann wieder alle Tor brüllen und dich irgendein Spacken so schwul anmacht, dann is halt klar, dass man den umhauen muss.

So ähnlich ist das zum Beispiel auch, wenn das Bier zu warm ist. Oder abgestanden schmeckt oder so. Dann fragt man sich auch verschärft, was man eigentlich hier macht. Warum sitze ich hier und gebe meine Kohle für schlechtes Bier aus? Das fragt man sich und ist dabei ganz alleine. Keiner da, der einem ne Antwort gibt, wahrscheinlich auch besser so. Denn die würde wohl extrem niederschmetternd ausfallen, Hey Fränki, ich kann dir sagen, warum du hier rumsitzt. Aber wenn ich dir das sage, haust du mir bestimmt in den Bauch.

Dass die scheiß Sauferei einen immer so müde macht. Ich hab mir schon oft vorgestellt, wie das wäre, wenn ich im Kosmos zwischendurch n bisschen abratzen könnte. Oder direkt, dass das meine eigene Kneipe wäre. Da würd ich natürlich einiges ändern, das ist klar. Und ich würd auch immer nur andere arbeiten lassen, weil ich da gar keinen Bock zu hab. Immer am Zapfen und am Gläserspülen und so, da würd ich bekloppt werden. Nee, ich würd weiter im Holzzuschnitt arbeiten und so tun, als wär alles normal. Damit da überhaupt keiner rafft, dass ich noch Nebengeschäfte mache und stinkereich werde. Wie son Millionär in Lumpen, das würd mir gefallen.

Am besten, ich würd nur Kellnerinnen einstellen. Studentinnen. So kleine BWL-Tussen mit blondem Pferdeschwanz, die son paar Euro nebenbei brauchen. Für Sprit und Pariser und so. Und ich so der Boss von denen, Hey Karina, kannste nich diese Woche den Samstag für die Jessi machen, die muss für ne Klausur büffeln? Da tätste mir echt n Gefallen mit, kriegste auch Wochenendzuschlag. Und klar, Karina sagt Ja, braucht ja die Kohle. Oder wenn ich dann vielleicht mal mit denen schimpfen müsste, so, Hört mal, Mädels. Dass ich also quasi ne richtige Personalversammlung einberufe und denen mal die Leviten lese. Ich hab genau Buch geführt, Mädels, das Schnapsregal is jetzt drei Wochen nich gewischt worden. Wie kommt das denn, wo ich gesagt hab, ihr macht das am Anfang von jeder Schicht? Hm? Später in der freien Wirtschaft kommt ihr damit auch nicht durch, das könnt ihr mal direkt von mir lernen, ihr kleinen Schlampen. Aber okay, Onkel Fränki will mal nich so sein. Jetzt trinken wir Brüderschaft, und dann alle Mann ran an die Regale. Dann macht ihr das eben jetzt zur Strafe mal alle zusammen, dann gehts auch schneller.

Und die Blondies dann alle die Regale am Putzen und ich sitz hinter denen und kucke, wie die sich strecken und die Röcke dabei hochgehen.

Aber insgesamt wär ich schon ein guter Chef, und die würden mich auch alle mögen. Und vielleicht würden sich manche von denen auch in mich verlieben. So väterlich, Der Fränki, hach, son guter Chef und so, und wenn man die dann noch son bisschen aufheizt, dann steigen die auch in die Koje mit einem. Und deswegen auch im Kosmos pennen und so. Ich muss da unbedingt irgendwo n Bett reinstellen. Erstens wegen der Sauferei. Dass man halt dableiben kann, wenn man total am Ende ist. Und zweitens wegen der Mädels, weil man auf sowas vorbereitet sein muss. Man liest das ja oft genug, dass so Frauen ein Ding mit ihrem Boss am Laufen haben. Wegen der Macht, die der ausstrahlt und so. Darum wäre das bei mir genauso möglich, oder sagen wir sogar wahrscheinlich. Nee, Karina, geht heute nicht, hat sich die Jessy schon angesagt. Ich kann mich schließlich nich zerreißen, das musst du einsehen, Baby.

Das fänd ich so geil, da könnt ich mir n Stück Fleisch rausreißen. Dass ich quasi in meiner eigenen Kneipe an der Theke sitze und den Kellnerinnen beim Arbeiten zusehe. Und jedes Mal, wenn die ihre spülnassen Finger um ein neues Glas legen, klingelts bei mir in der Kasse. Komm, Karina, tu mir noch eins, ich zahl morgen, haha. Und wenn de mal Holz brauchst für deine WG-Bude oder so: Denk dran, Fränki kann dir nen guten Preis machen. Und notfalls schraub ich dir das Regal auch zusammen, ich helfe gern. Nicht jedem vielleicht, aber dir bestimmt, Karina. Du bist in Ordnung. Hättest du vielleicht Lust, mit mir zusammen zu sein? Ich suche nämlich ne Freundin, schon länger. Und ich find dich echt hübsch, n bisschen zu hübsch sogar, aber vielleicht wär dir das ja egal? Ich mein, ich bin son bisschen dick, oder sagen wir: Ich hab nen kleinen Bauch. Und mir sind die Haare am Ausfallen. Aber ich hab nen Job und ne Kneipe, und hat schonmal einer gesagt, ich wär n guter Kerl.

Ich red nich viel, Karina. Ich bin kein Schaumacher. Komplett ungeliftet und so. Aber wenn du Bock hast, hol ich mir auf der Stelle die Ausgabe von morgen und wir kucken nach ner Wohnung. Was meinst du? Ich bin total gut im Organisieren. Der Kühlschrank und so, das ist logo ein Problem. Aber wenn ich mich konzentriere und mir alles aufn Zettel schreibe, dann haben wir immer was zu essen zuhause. Oder dass wir vielleicht ab und zu zusammen joggen gehen, dass wir beide unsere Figur verbessern. Oder so, aber ich geh auch gerne ins Kino. Klar, wenn dir das lieber ist, gehen wir eben in irgendnen Film. Suchst du dir einen aus, ich hab sowieso keine Ahnung. Weißte, ich komm gerne mit, ich bin für alles offen. Und ich trink mir auch gerne mal einen, vielleicht müssen wir ja nicht jeden Tag ins Kino gehen. Oder dass du vielleicht mal mit ner Freundin oder so, und wir treffen uns hinterher. Hier bei mir im Kosmos, das ist doch am praktischsten. Du säufst ganz umsonst, klar, und deiner Freundin mach ich nen guten Preis, wirst sehen.

Und dann, Karina, der Laden könnte ja auch dir sein. Dass wir den dann quasi zusammen führen. Grade du mit deinem

BWL-Wissen, wer weiß, was wir aus der Bude noch machen könnten. Hier voll mit Viersternekoch und so, das wär was. Karina & Fränki, vier Sterne, und die ganzen dreckigen Spacken schmeißen wir raus. Obwohl, wie gesagt, eigentlich ist es ja ganz hübsch hier. Deshalb muss man auch wirklich nicht so oft ins Kino, ich mein, was willst du denn da? Soviel neue Filme kommen doch garnicht raus, und ich sitz immer alleine im Kosmos. Da hast du dir aber in den Finger geschnitten, wenn du denkst, das geht immer so weiter. Ne Frau gehört schon noch irgendwie an die Seite ihres Mannes. Das ist einfach so. Und nich jeden Tag ins Kino auf meine Kosten, und dann womöglich auch noch Kinder und so. Dass die ihr Studium schmeißt und nur noch ins Kino latscht. Und danach läuft die dann hier mit ihren Freunden auf und denkt, die dürfen alle frei saufen. Da bleib ich dann doch logo lieber allein. So BWL-Ischen sind sowieso nix für mich. Die haben nur Karriere im Kopf, sone gemütliche kleine Kneipe ist denen zu läppsch. Stimmts, Karina, so isses doch. Keinen einzigen Gedanken hast du an mich verschwendet, und das Kosmos geht dir auch an deinem knackigen Arsch vorbei. Nur Kohle willst du hier rausziehen, und jetzt sag ich dir was: Wenn du bei drei nich das Schnapsregal gewischt hast, kannste dir deine Papiere holen.

Ich weiß auch nicht. Was soll der Geiz, ich will ja garnicht berühmt werden. So berühmte Leute sind doch alles Arschlöcher. Sänger oder so, oder Fußballstars. Die waren mal normal, und dann wurden die berühmt und haben sich ne Sonnenbrille angezogen. Ich find schon Sonnenbrillen scheiße, außer meine Schutzbrille, weil ich die halt für die Arbeit brauche. Ich hau mich nicht gern in die Sonne, und ich trag nicht gern son Teil. Dass dann alles um einen rum dunkel ist und so. Und dass man so affig aussieht, so Spacko-McCool-mäßig. Als müssten die ihre Visage verstecken. Weil die sowas Wertvolles ist, Kuck mal, ne Starfresse.

Wenn ich berühmt wäre, würd ich jedenfalls keine Sonnenbrille anziehen. Wenn man nicht gesehen werden will, kann man ja auch zuhause bleiben. Oder vielleicht dass man sone kleine Stammkneipe hat, wo einen alle kennen, aber keiner einen verrät. Dass man also quasi n Star ist, aber trotzdem jeden Tag da hinlatschen kann. Weil die Kumpels dichthalten und einen beschützen. Jeder Paparazzo kriegt direkt paar aufs Maul und so, und Fränkiboy sitzt unbehelligt an der Theke. Trinkt sein Bierchen und so, und manchmal kommen paar Weiber rein fürn Autogramm. Ohgott, Fränki, kannst du mir n Autogramm geben? Super, Fränki, und vielleicht noch eins hierhin? Und dann zieht sie logo ihr T-Shirt hoch undsoweiter.

Also das wär schon schön. Dass man zwar superbekannt wird, aber eben trotzdem noch ab und zu ins Kosmos latschen könnte. Oder auch jeden Tag, wenn man Lust hat. So morgens bisschen Dreharbeiten und paar Liedchen aufnehmen und abends im Kosmos rumchillen. Und womöglich läuft dann da auch direkt schon die neue CD von einem und man hört die Kasse klingeln.

Wär ja logisch, dass die Leute dann auch netter zu einem wären. Dass man son bisschen mehr Aufmerksamkeit kriegt, vor allem von dem faulen Wirt hier. Dass der also quasi immer sofort sieht, wenn mein Glas alle ist. Und dass der das nicht nur sieht, sondern dann auch direkt n neues zapft. Hey Fränki, hier is dein neues Bier, und jetzt leg ich auch gleichmal deine neue Scheibe auf, die is ja sensationell. Und wenn ich dir sonst nochn Gefallen tun kann, musste nur sagen, Fränki. – Klar, Alter, mach ich, zum Beispiel hängt mein scheiß Unterhemd schon wieder auf halb sechs, vielleicht dass du das mal ordentlich richten kannst. Und dann kommt Schleimi-Holger um die Theke rum und hilft mir mit meinem total verdrehten Unterhemd, damit ich mich wieder voll wohlfühle und so. Okay, Alter, traumhaft alles, jetz kannste wieder abdackeln.

Und statt scheiß Fußball kucken alle meinen neuesten Film auf DVD und bei jeder Bettszene fallen die Weiber in Ohnmacht und so.

Ich glaube, ich würd sogar meine Bude behalten. Dann wär das alles was ganz anderes, mit dem Wehnerspacken und den Nachbarn und so. Dann würd ich als Erstes wieder mein Fahrrad im Hausflur parken. Natürlich, Herr Kattwinkel, aber sicher können Sie Ihr schönes Fahrrad mit reinnehmen, warten Sie, ich trags Ihnen hoch. Und dann würd ich bei der Versicherung anrufen und dafür sorgen, dass der Wichser entlassen wird. Einfach so, Passen Sie auf, mir gefällt die Nase von dem Typ nich, also der oder ich. Und dann sitzt er auf der Straße, der dürre Spacken, und seine Alte direkt mit. Der kann schonmal kucken, wie man mit ner total verkleisterten Unterhose aufm Bürgersteig hockt. Und Haste-mal-ne-Mark-Sagen üben.

Na ja, aber das wärs dann auch. Mit den Allüren und so. Der alte Fränki is ein Star zum Anfassen, sollen die Leute von mir sagen. Der kommt aus einfachen Verhältnissen und verleugnet die auch nicht. Der war nämlich Holzzuschneider, und der hat ne Stiftung für den tropischen Regenwald gegründet. Und auch ne afrikanische Schule, da werden Kinder ausgebildet, dass aus denen mal gute Holzfäller werden. Und Zuschneider und so, die ganze Palette. Habt ihr nicht dem seinen letzten Video gesehen? Den hat er nämlich in seinem alten Baumarkt gedreht, und seine ganzen Kollegen von früher durften mitspielen. Nur die Szenen mit dem Filialleiter und der Nuss von der Lampenabteilung, die wurden leider rausgeschnitten. Aber haben alle n ordentliches Honorar gekriegt für ihren Auftritt, und son riesen Poster vom Fränki hängt seitdem direkt überm Eingang.

Hach ja, das wäre mal cool, wenns soweit käm. Und dann würde ich mir irgendwelche Sachen einfallen lassen, damit die

Kids die nachmachen können. Also ne bestimmte Art zu gehen meinetwegen. Dass ich die Füße weit nach außen setze oder die Schultern extrem hängen lasse. Also alles, was ich sowieso tue, nur dass das dann eben n Trend ist und oberspackencool. Oder dass meinetwegen grüne Pullover plötzlich in sind. So total verwaschene, total formlose grüne Pullover, und meinen lass ich dann im Internet versteigern. Fränki Kattwinkels grüner Pullover, hundertfünfzigtausend Ocken für die Regenwaldstiftung, und irgendne japanische Prinzessin ersteigert den dann und ich lerne die kennen. Und früher oder später landen wir dann natürlich in der Koje. Das wäre dann voll was für die Zeitungen, ich mit ner japanischen Prinzessin. Bisher hat die nur den Garten von ihrem blöden Hof gesehen, einundzwanzig Jahre in Quarantäne und die Füße zugebunden, und Fränki Kattwinkel zeigt ihr nun die Welt.

Dass ich also quasi mit der im Kosmos aufkreuze und die völlig begeistert ist. Alles so dunkel und laut und wild, das kennt die garnicht. Und dass die mir da voll um den Hals fällt, weil ich ihr die Welt gezeigt hab. Und son bisschen betrunken ist sie und will logo mit zu mir nach Hause kommen. Und dann vögeln wir rum wie die Irren, aber nach zwei Wochen oder so ist spätestens finito. Asiatenverbot im Kosmos, das setz ich dann auch durch, Boah Wirt und so, halt mir bloß die Asiaten vom Hals. Schlimmer als die Belgier und so. Und dann gibts halt nochn paar Bilder in der Zeitung, von meiner Prinzessin. Wie die voll am Weinen is, weil ich nicht mehr mit ihr gehen will, und dass die vielleicht verstoßen wird vom japanischen Königshaus und so. Aber meinem Ruf würde das kein bisschen schaden, weil sowas muss man ab und zu bringen als Star.

Selbst wenn ich dann son bisschen einsam werde. Das kann man halt nicht alles unter einen Hut kriegen, Karriere und Kumpels und Weiber und so. Tatsache ist ja auch, dass man gar keine Kumpels braucht. Mir gehts doch bestens. Der Wirt hier, na klar: Wir sehen uns jeden Tag, halten ab und zu n Schwätzchen und so. Und praktisch trinken wir ja auch hin und wieder einen zusammen, also weil der sich ja auch manchmal selber eins zapft. Aber direkt Freunde könnte man uns deswegen wohl nicht nennen.

Ich glaube, das ist sowieso alles nur Selbstverarsche. Man braucht nicht nur keine scheiß Freunde, sondern sowas wie Freunde gibts garnicht. Gibt halt nur so Spacken, die irgendwann irgendwie das Gleiche erlebt haben oder denken oder gut finden wie man selbst. Und wenn man so einen kennenlernt, dann nennt man den seinen Freund. Dass einem der gleiche Typ bei der nächsten Gelegenheit das Messer ins Kreuz rammt, das will man dann nicht glauben. Weil man sonst ein scheiß Nichts wär, ohne Freunde. Ohne so Typen also, die einen jederzeit verraten würden, wenn sie genug Kohle dafür kriegen. Die auf der Stelle deine Frau pimpern, wenn du ihnen den Rücken zudrehst, Hey Corinna, kuckma, der Fränki trinkt grad an seinem Bier, also mach ma schnell den Rock hoch, du Aas.

Imgrunde sucht man sich Freunde doch nur, weil man eine feige Kröte ist. Weil man soviel Angst vorm Alleinsein hat, dass man sich lieber selbst belügt. Mit nem Typ kannst du einen saufen, und mit ner Ische kannst du poppen. Aber mit Freundschaft hat das alles nichts zu tun.

Ich weiß doch noch in der Grundschule, meinem besten Kumpel sein kleiner Bruder. Da hatte der beim Sommerfest zwei Titschbälle gewonnen und ich steh zufällig neben dem. Und der sagt, einen davon geb ich meinem großen Bruder. Und die waren super, die Titschbälle, durchsichtig und mit so bunten Rennbahnen drin. Und im ersten Moment, wo der kleine Pisser nicht aufpasst, ich dem einen von den Titschbällen geklaut. Den halt, der für seinen Bruder war. Also für meinen Kumpel. Und danach hab ich einfach gesagt, den hätte ich auch gewonnen und so, und mein Kumpel und ich haben mit dem noch gespielt und den dann irgendwann aufgeschnitten.

So isses doch. Und der Spacken damals, der wusste ja nicht, was er verpasst hatte. Dass er eben beinahe einen super Titschball bekommen hätte. Der war froh, dass er dann mit meinem spielen durfte, und damit war ja letztlich auch alles paletti.

Darum glaub ich auch, dass der Typ hinten im Durchgang noch weiß, dass er mir die fünf Ocken schuldet. Der denkt nur, dass ich das vergessen hab und dass er sich das Geld deshalb sparen könnte. Nur eben dass ichs nichtnichtnicht vergessen hab! Dass ich hier stehe und diese scheiß fünf Euro vermisse wie nur was. Dass ich mich richtig arm fühle deswegen.

Muss echt scheiße sein, wenn man kein Geld hat. Sagen wir mal, ich könnte mir jetzt nicht mehr leisten, ins Kosmos zu latschen. Dass ich also in mein Portemonnaie kucke und sehe, aha, keine Kohle, musste heute zuhause bleiben. Und morgen und übermorgen auch, bis wieder Lohn aufm Konto is. Wenn das soweit käme, würd ich mich wahrscheinlich umbringen.

Das muss ja jetzt nicht das Kosmos sein. Kann ja auch was anderes sein, n Hobby oder so. Dass jedenfalls einem Menschen das weggenommen wird, was für den das Wichtigste überhaupt ist. Und dass zum Beispiel viele ihren Kindern keine Weihnachtsgeschenke mehr kaufen können. Die kriegen dann nur noch nen selbstgebackenen Pfefferkuchen und damit hat es sich. Und ne Strohpuppe vom Flohmarkt, die die gleichen Lumpen am Leib hat wie die Kinderchen. Das ist dann ein ganz trauriger Anblick. Und alle haben total verfaulte Zähne und so, und nebenan der reiche Sohn spielt mit seiner Playstation 17.

Ich verlang ja nicht viel vom Leben. Mir reicht mein Job und ab und an ein Bierchen. Höchstens dass ich noch gern ne Freundin hätte. Weil ich gern regelmäßig poppen würde und weil ich so insgesamt denke, dass das einfach das Normale is, ne Freundin haben. Schön wäre natürlich, wenn sowas auch der Staat managt. Dem zahlt man seine Steuern, und dafür hilft der einem, sein Leben zu organisieren. Hallo auch, ich bin der Fränki Kattwinkel und suche ne Frau. Einigermaßen hübsch sollte die schon sein, vielleicht blond, und am besten auch irgendwie schlank oder so. Meinetwegen bisschen zu dürre und kleine Titten notfalls, aber auf keinen Fall specki. Und dann ruft der Beamte eine rein und die isses dann. Darf ich vorstellen, Herr Kattwinkel, Frau Schulz. Und dann zeig ich der kurz meine Bude und vielleicht noch den Baumarkt und so, und dann gehen wir ins Kosmos, feiern.

Genauso wie der Staat einem Arbeit vermittelt, könnte der das doch auch mit Ischen machen. Weil glückliche Männer können mehr leisten und so, da liegt doch die Partnervermittlung im ureigenen Interesse von sonem Staat. Zumal die Deutschen doch am Aussterben sind. Gibst du jedem Ochsen ne Lady, dann trudelt bald auch ordentlich Nachwuchs ein. Alles kleine Deutsche, die dann irgendwann die Wirtschaft ankurbeln. Fänd ich super, wenn man dieses ganze Gefühlsgespacke son kleines bisschen automatisieren könnte. Dass die Ische dann quasi sagt, Okay, ich bin dem Fränki Kattwinkel zugewiesen worden, also bin ich jetzt auch mit dem zusammen. Ohne Gejammer von wegen Liebe und so. So wie son Arbeitsloser jeden scheiß Job machen muss, den man ihm anbietet. Weil das ja gut fürs Allgemeinwohl ist und für dem seine Gesundheit. Genauso nehmen dann auch die Ladys hin, dass sie nun eben vermittelt wurden.

Umgekehrt bin ich da ja auch zu bereit. Ich bin ja auch nicht wirklich wählerisch. Geben die mir eine und ich sage,

Okay, die soll es sein. Und dann ab nach Hause, Deutsche zeugen.

Nur schnell abzischen mit der, bevor die mir womöglich noch einer von den Kosmosspacken wegschnappt. Wie wenn man so in die Eistruhe vom Büdchen kuckt und da liegt nur noch ein Split drin. Da muss man auch blitzschnell zugreifen. Tauschen könnte man dann ja immer noch, da hätt ich auch nix gegen. Also dass man sagt: Zweidrei Monate, dann reichts mir mit der, ich brauch jetzt son bisschen Abwechslung. Und die sieht das logisch genauso und ich bin kein bisschen beleidigt deswegen. Weil das halt ne prickelnde Aussicht ist, jetzt schon wieder ne Neue zu kriegen. Die vielleicht ganz anders aussieht und riecht und so. Und wer weiß, was die für Geräusche macht, wenn wir in der Koje sind. Da is ja jede Nuss anders, wie die so abstöhnt und so. Oder was die für Tricks draufhat, das wär natürlich nochmal ein extra Punkt. Dass man durch solche Wechsel ein extrem erfahrener Sexer wird, weil man soviel kennenlernt. Und dass die Deutschen dann mit der Zeit auch nen anderen Ruf kriegen würden, alles die super Gigolos und so. Und dann schnappen die sich die besten italienischen Weiber statt umgekehrt, und das ist dann wiederum voll gut für die Gene der Nation.

Aus der ganzen Welt kommen dann die hübschesten Ischen nach Deutschland, Boah ey, das sollen ja dermaßen geile Lover sein, da muss ich unbedingt mal hin und so. Und wie die sich einem dann aufdrängen, das wär bestimmt n heiden Spaß. Also dass dann quasi son Pulk Brasilianerinnen innen Baumarkt reinschneit und so tut, als wollten die was kaufen. Campingkocher oder Bastmatten oder so, weil sie auf Urlaub sind. Aber dass die in Wirklichkeit eben garnix kaufen wollen, sondern nen deutschen Mann suchen. So, Oh und Ah, ist das aber eine große Säge! Und dass die voll am Abstaunen sind, was ich alles zuschneiden kann. Alles mögliche Holz, also Vollholz und Sperrholz und Spanplatten und alles, aber eben auch Plexiglas, wenns sein muss. Die tun dann also so, als wollten sie alles genau wissen, wie das funktioniert und so, dabei sind die eigentlich nur scharf auf mich. Weil ich n deutscher Mann bin und die diesen irrsinnigen Ruf haben. Laufen dann alle im Baumarkt auf und wollen mit mir zusammen sein. Und ich so, Jetzt is aber gut, Babys, ich hab noch zu tun und so. Voll viel zum Zuschneiden, aber ihr könnt ja im Kosmos auf mich warten.

Aber andererseits, dann häng ich da an meiner Sägemaschine rum, und womöglich werden die Ischen dann in der Zeit von dem blöden Wirt angemacht. Wenn da mal neue Weiber reinkommen in den Laden, dann seh ich doch immer genau, wie sich dem die Hose beult. Und dass der dann immer sonen Laber mit denen anfängt. Das wär dann natürlich gefährlich, zumal Old Holger ja wies aussieht auchn Deutscher ist. Und dann hängen die sich womöglich an den, und wenn ich nach der Maloche ins Kosmos komme, wollen die nix mehr von mir wissen. Genau so wird das kommen, bei dem Pech, das ich immer hab. Genau so. Dass ich die aufreiße, aber dass dann irgendson Megaspacken die abstaubt.

Vielleicht besser, dass ich mal ins Ausland fahre. Ich mach ja nie Urlaub, weil hier hab ich alles, was ich brauche. Aber dann flieg ich nach Costa Rica und erzähle allen, dass ich n Deutscher bin. He, Señorita und so, die Deutschen sind die super Lover, wussten Sie das schon? Und klar weiß die das, weil sich das schon in der ganzen Welt rumgesprochen hat. Was, Señor aus Deutschland, schreit die dann und fällt fast in Ohnmacht und dann mir voll um den Hals und so. Dass die mich quasi direkt ihrer Familie vorstellt und mich heiraten will, weil ich n Deutscher bin und so gut poppen kann. Und die Mutter von der ist logo auch komplett aus dem Häuschen, wenn ich da aufkreuze. Bekocht mich mit so superleckeren

Sachen und der Vater überlässt mir seinen Fernsehsessel, wo er sonst immer drin sitzt. Und ich so, Aber mal langsam, Conchita, auch andere Mütter haben schöne Töchter und so. Am besten erzähl ich denen, dass ich zuhause schon vergeben wär und dass ich nur drei Wochen Zeit hab. Vielleicht lassen die mich dann in Ruhe von wegen heiraten, und am nächsten Morgen zisch ich dann ab. Aufn Marktplatz von Costa Rica, Hört mal alle zu, Mädels, ich bin der Fränki aus Deutschland und so. Und wie die dann alle ankämen und mir Trauben schenken. Oder so Blümchenketten umhängen und alle um mich rumtanzen. Und ich son bisschen am Mittanzen, zu der Hübschesten von denen hin und dann ab durch die Mitte mit der. Und Holger ist nicht mitgeflogen, und deshalb hab ich die dann ganz für mich alleine.

Drei Wochen volle Motte durchpoppen und dann zurück zum Baumarkt. Und abends im Kosmos den Kumpels paar Geschichten erzählen, das wär was.

Ich hab nen Durst heute, das is einfach unglaublich. Als wenn die das Bier mit Salzwasser gebraut hätten. Je mehr man trinkt, desto durstiger wird man. Aber gut, ich will nicht jammern. Das bringt ja nix, jammern, und ich bin ja auch keine Schwulette. Ich sitze hier rum und trinke mein Bier. Und irgendwann kommt dann der Zeitpunkt, da geh ich nochmal pinkeln.

Ich bin ja hier niemandem Rechenschaft schuldig. Ich trinke mein Bier, ich bezahl meinen Deckel und pisse nicht daneben. Ich bin der absolut zuverlässige Gast. Wenn alle so wären wie ich, könnte dieser scheiß Wirt sich sogar die Putzfrau sparen. Oder den Putzmann, im Kosmos macht das ja son Kümmel. Dass der sich nicht schämt. Also dass den alle beim Putzen sehen und so. Der hat immer sonen Kittel an und so Gummihandschuhe mit nem langen Schaft und so. Ich glaub, die sind gelb. Anhören tut sich das ja noch einigermaßen normal: Putzmann. Aber eben die ganz bestimmten Sachen, die der machen muss. Dass der seine Gummihandschuhe in sonen Eimer mit schaumigem Putzwasser tunkt und so. Da hört doch echt alles auf, da kann man sagen, was man will. Das ist Frauenarbeit. Nicht weil die dafür geschaffen worden sind, sondern einfach weil denen das halt nich peinlich ist. Wenn da sone Putzfrau ankäme und würde sagen, Fränki, kannste mir mal nen Eimer sauberes Wasser holen. Würd ich sofort machen, selbst wenn das nächste Wasserloch fünf Kilometer entfernt wäre. Der Frau würd ich ihr Wasser bringen, damit die putzen kann. Aber nur, weil das Tragen von sonem Eimer völlig in Ordnung ist. Und das Knien aufm Boden und das Eintauchen ins Seifige und die ganze Rumschrubberei eben nicht.

Das ist schwer zu erklären, aber letztlich muss man ja auch nich alles erklären. Wer son bisschen Stil hat, der versteht das von selbst. Allein die Vorstellung, dass ich meinetwegen auf der Straße stehe und den Türknauf und den Schlüsselzylinder vom Kosmos saubermache. Das ist voll unvorstellbar! Nen Türknauf saubermachen, das ist wie das Meer trockenlegen. Nicht weil das unmöglich wäre, sondern weil mir das so fernliegt. Ich hab noch nie im Leben auch nur daran gedacht, meinen Türknauf zu putzen. Das ist so dermaßen absurd, da könnt ich nen Lachkrampf kriegen. Ich putze für niemanden dem seinen Türknauf. Das ist Weiberarbeit und basta.

Weil die ja letztlich auch mehr Angst vor Bakterien haben und so. Son Typ, wenn der ne Tür aufmacht, dann denkt der logo nicht an Bakterien. Wenns die Tür vom Kosmos is, dann denkt der zum Beispiel an das Bier, das er gleich trinken wird. Aber sone Ische, die hat Angst, dass sie sich was einfängt. Die geht dann erstmal Händewaschen und so, Hach, überall Bakterien, wird Zeit, dass die mal wieder ihren Türknauf putzen. Wahrscheinlich hat das mit dem ganzen Schönheitsscheiß zu tun. Dass Ischen da einfach ängstlicher sind, was Bakterien und so betrifft. Dass die also quasi beim Türaufmachen die Bakterien an die Hände kriegen und dann gehen sie sich mit den Fingern durchs Gesicht. Und so kommen die Bakterien dann eben an die Nase und dann kriegen die da nen Pickel und sind hässlich. Dann haben die den Salat, und deswegen machen die lieber vorher den Türknauf sauber.

Klar ist man als Mann auch eitel. Bis zu nem gewissen Grad. Aber eben auch nur bis dahin. Ich sehe zum Beispiel zu, dass ich möglichst Klamotten ohne irgendwelche Flecken trage. Eigelb oder so, das find ich fies. Und dass ich nicht stinke. Son scheiß T-Shirt muss man ja nun nicht nach einmal Tragen in die Wäsche tun. Da wäscht man sich ja blöd bei. Aber dass man mal die Nase unter die Achseln hält, das ist wohl das Mindeste, genauso wie mit Unterhosen. Wobei, klar dass ich da nicht dran rieche, ich bin ja nicht pervers. Aber wenn ne Unterhose dreckig ist, das spürt man. Das ist ein dreckiges Gefühl, das einen dann überkommt, genauer kann man das garnicht sagen. Aber da son Gesetz draus machen, dass man Unterhosen jeden Tag wechseln muss, das ist auch wieder bescheuert. Wer sich auf sein Gefühl verlassen kann, der macht schon von selber alles richtig.

Im Prinzip kann man das ziemlich genau festmachen: Ischen kucken in jeden Spiegel, Typen nur in jeden zweiten. Und ich in jeden dritten, das reicht mir.

Soll mir mal irgendeiner erzählen, was daran nicht normal ist. Ich mein, kann schon sein, dass ich mit Menschen nicht so richtig gut umgehen kann. Also so ganz normale Sachen, Tag sagen oder so. Wenn da einer ankommt, beim Holzzuschnitt oder so. Oder andersrum ich im Supermarkt. Und dann sagt man sich Guten Tag und ich denke direkt, Was will der Spacken von mir? Und imgrunde isses so, wenn der mich jetzt noch fragt, wies mir geht, blas ich ihm die Omme weg. Weil das für mich einfach nicht normal is, so Fragen. Hey du Spacken, das interessiert dich doch nen Scheiß, wies mir geht. Weiß ich ganz genau, weil mich interessiert das auch nen Scheiß, wies dir geht. Also frag nich so blöd.

Wenn ich ne Schwester hätte oder so, dann hätt ich bestimmt weniger Probleme. Dann hätt ich besser reden gelernt, wie man sich unterhält und so. Oder wenigstens nen scheiß Bruder. Bei nem Bruder wär klar, der müsste jünger sein als ich. Dass ich den verkloppen könnte, wenn er mir frech kommt. Und dass ich klüger wär als der, denn alles andere könnt ich nicht ertragen. Aber am besten fänd ich ne ältere Schwester.

Einfach so, weil Ischen sich mehr um einen kümmern. Weil die dann irgendwann Titten hätte und ihren Freund mitbringen würde. Vielleicht dass die mal zuhause voll abgestöhnt hätte oder so. Und dass die mich dann mal mitgenommen hätte, wenn die ausgeht. Hey Fränki, willste mit in die Disse, kommen nochn paar andere. Bringen ihre kleinen Schwestern mit und so, ich erklär dir das dann alles. Und dann machen wir uns hübsch, meine Schwester und ich, und die erklärt mir schonmal das eine oder andere. Wie so Ischen eigentlich ticken und so.

Dass man quasi nie gradeheraus das sagen darf, was man denkt, das hab ich natürlich gecheckt. Aber was man stattdessen sagen muss, um bei einer zu landen. Weil genau das eben das große Rätsel ist, und mit ner älteren Schwester wäre man der Sache bestimmt ein Stückchen näher gekommen. Dass die einem zum Beispiel verklickert, Also Fränki, erzähl der Ische nie, dass du sie flachlegen willst. Weil dann streckt dir die die Zunge raus und is weg. Geh mal voll davon aus, dass die exakt flachgelegt werden will. Aber dass du das eben auf nem klitzekleinen Umweg regelst. Und jetzt gehste zu der hin und sagst, Boah, Ische, du glaubst nich, wieviel Sterne heute am Himmel stehen. Und dann geht die mit dir nach draußen und zum Strand runter, und dann kannst du die flachlegen.

Oder meinetwegen aufm Schulhof: Siehst du jeden verschissenen Tag den Megaschuss, jede große Pause. Und denkst dir, Scheiße, die Lady krieg ich nie. In zehn Leben nicht. Aber dann: Große Schwester am Start und die erklärt dir das mal genau. Also vielleicht erstmal Blickkontakt suchen, so zweidrei Sekunden aushalten und so, und unbedingt bisschen lächeln. Und nächste große Pause, Hey Superlady, du hast mich gestern angekuckt aufm Schulhof, wir könnten ja mal nen Kaffee trinken oder so. Sagt die Ja, weil du eben erst am zweiten Tag gefragt hast. Weil du nicht direkt mit Flachlegen und dem ganzen Scheiß angefangen hast. Aber dafür dann am dritten Tag. Dass du dann vorschlägst, mal zusammen Mathe zu üben, und dass du sie dann flachlegst. Weil welcher Spacken übt schon Mathe, wenn er die Megalady bei sich im Zimmer hat. Quasi hängst du dann über der ersten Matheaufgabe und riechst schon der ihre Hautcreme und so, und die voll dein Shampoo. Oder vielleicht dass du dich grade rasiert hast. Rasierwasser und die Creme von der, und sagen wir der geile Frühsommertag und so, und dann ist natürlich nix mehr mit Mathe üben. Dann legt die sich quasi von selber vor dir aus. Und dann hast du total sensationell deine erste Freundin und alles deiner großen Schwester zu verdanken.

Das ist echt n Ding, was fürn riesen Unterschied das ist: ne große oder kleine Schwester. Ich mein, ich hab ja überhaupt keine Geschwister. Aber ne kleine Schwester kann man sich garnicht anders als nervig vorstellen. So ein kleines, giftiges Teil, das dir nix gönnt und alles klaut und so. Und n großer Bruder verkloppt dich jeden Tag und von dem lernst du auch höchstens so Sachen, die du selber rauskriegst, wenn du in dem seinen Alter bist. Wichsen und so. Lernt man von selbst. Irgendwann ist halt Ständer angesagt, und dann hobelst du dir den runter. Und dann willkommen im Club, dann machst du das jeden Tag n paar Mal, bis du tot bist.

Hobelhobelhobel.

Ich glaub, ich könnt mit Miss World zusammen sein. Und meinetwegen noch dazu mit der ihrer kleinen Schwester. Ich würd trotzdem hobeln. Da geht echt nix drüber. Weil da eben niemand ist, dem man nach dem Poppen was vorspielen muss. So, Hey Baby, is so geil mit dir und so. Dabei isses mit der garnicht besonders geil, du willst halt nur abspritzen. Und dass man beim Hobeln auch denken kann, woran man will.

Klar hätt ich gern mehr Erfahrung und so, ne große Schwester meinetwegen, die einem sowas erklärt. Aber eigentlich reicht schon einmal bumsen, um zu kapieren, wie die Sache läuft. Zwei Spacken hängen irgendwie ineinander und schreien blöd rum, aber jeder ist imgrunde für sich. Hey Erika, is dir eigentlich klar, dass ich in Gedanken grade mit der Vanessa bumse. Weil die viel hübscher is als du? Weil das die geile Nummer is und du eben nur die, die mit mir in die Kiste gegangen is? Willste nich wissen, ne, sag ich dir aber jetzt. Weil ich einfach mal regeln will, was Sache is. Und willste noch was wissen? Wenn ich jetz die blöde Vanessa am Bumsen wär, würd ich vielleicht an dich denken dabei. So von wegen Boah ey, die Erika, die macht sich rar, wenn ich die doch jetz hier am Start hätte. Oder sagen wir, du bist die Erika, spielst aber die Vanessa. Dann wärst du für mich die Erika, verstehste? Obwohl, meine große Schwester hat mir erklärt, dass Poppen nix mit Verstehen zu tun hat. Dass das quasi das Gegenteil von logisch und sonem Scheiß ist. Und eigentlich is das ja super, für mich jedenfalls. Ich versteh nämlich garnix. Ich hab auch keine große Schwester.

Frauen machen sich ihre Welt einfach nicht so kompliziert. Die sind schon das starke Geschlecht irgendwie, da ist schon was dran. Muss man ja nur mal an die Babyzeit denken, wenn die da monatelang mit dem dicken Bauch rumeiern müssen. Und den Einkauf schleppen und die Möpse werden ja auch immer dicker mit der Zeit. Als Typ kriegt man vielleicht nen Bierbauch, das kann auch anstrengend sein. Aber dafür hat man ja auch mehr Muckis als die Weiber. Von Geburt an und so. Und dann sind die voll schwanger und haben womöglich schon zwei andere Blagen. Und die sind total am Rumschreien und gehen ihnen auf die Eier, und dann müssen die mit denen schimpfen und das kleinere Blag vielleicht noch auf den Arm nehmen und dabei noch den ganzen Einkauf tragen. Da würd ich bekloppt werden.

Oder beim Poppen zum Beispiel. Dass da die Männer auf denen draufliegen. Wobei bei der Aktion selber gehts ja noch, da machen die Typen ja noch paar Liegestütze und so. Aber dann. Wenn sie abgedengelt haben. Dann sacken die so völlig in sich zusammen und lassen sich auf die Ische fallen. Wenn man sich das überlegt, da müsste doch so manche schon bei erstickt sein. Wenn die sich von irgendsonem fetten Spacken hat höggeln lassen und dann plumpst der auf die drauf wien Toter. Nachspiel oder sowas könnte mir da echt gestohlen bleiben, also als Frau jetzt mal. Hauptsache der erstickt mich nicht, wälz dich runter, du dicke Rippe!

Deswegen haben Weiber auch so breite Hüften. Weil sich bei denen alles obenrum abspielt. Da sitzen die Möpse, da tragen die den Einkauf, und da sacken nachm Poppen die Typen drauf. Schnelle Beine brauchen die ja nicht, Mammuts jagen ist Männersache.

Eigentlich find ich das fies, irgendwie. Dass die so breite Hüften haben. Hüftknochen, sowas richtig Grobes, Sperriges. Man kuckt sich so Schüsse an, so richtig schlanke und hübsche, und insgeheim weiß man doch: Die haben extrabreite Hüftknochen, damit sie den Einkauf besser tragen können. Oder damit sie besser die Hände in die Hüfte stemmen können, das ist auch sone typische Weibergeste. Hände in die Hüften. So an der Wursttheke oder so, Ja das gibts doch nich, ja sagensemal, tratschtratsch. Oder wenn man als Kind was angestellt hat. Dass die Alte dann die Hände in die Hüften steckt, bevor sie dich zusammenfaltet. Absolut schockierender, total abtörnender Gedanke, dass alle Ischen, dass selbst die jüngsten Superschüsse früher oder später die Hände in die Hüfte klemmen und Jasagensemal sagen.

Meine Alte war früher genauso. Hände in die Hüften, und dann dieser Blick. Auf dich runter. Dieser Blick, den Kopf schräggelegt und die Hände, die Fäuste rechts und links in den Kittel gedrückt. Fränki, du altes Schwein, was hat du denn da wieder angerichtet? Auf der Stelle! Kommst du jetzt! Und dann! Baller ich dir eine, dass dir Hören und Sehen vergeht! Du Nichtsnutz! – Irgendwann, hab ich mir immer gedacht. Irgendwann hack ich ihr die Hände ab. Immer beim Metzger, wenn der Koteletts am Abtrennen war. Diese schönen, kurzen, gezielten Schläge, und dann fällt das nächste Kotelett aufs Hackbrett. Und dann sind das die kleinen, weißen, fetten Hände von meiner Alten und sie schreit nur noch Auaaua. Warum hast du das getan, Fränki, warum um Gottes willen? – Weil du mich geschlagen hast, du alte Hexe, und dann nehm ich die abgehackten Hände und halt sie ihr unter die Nase. Dass die Finger noch am Zucken sind und ich werf die dann ausm Fenster und so, dass der nächste Köter sie fressen kann. Während die blöde Kuh aus ihren Armstümpfen rausblutet und langsam am Verrecken ist.

Na, sag ich, Leg doch nochmal deinen scheiß Kopf schief. Versuch mir doch nochma eine zu ballern. Geht wohl nich mehr so richtig mit appen Händen, wa? Biste selber schuld, und jetzt kannste dir nichmal mehr n Brot schmieren.

Ich glaub, da bestell ich mir jetzt glatt mal nen Schnaps drauf. Mach ich normalerweise nicht, Kurze zwischenschieben. Da verlier ich zu sehr die Kontrolle, über die Schlagzahl und so. Bei Bier kannst du dir im Prinzip genau ausrechnen, wieviel du noch verträgst. Das schwankt nur minimal. Und selbst mit schlechter Form kommst du immer noch bis zum Limit und schaffst es ausm Laden raus. Aber Schnäpse sind unberechenbar. Die sind so unberechenbar wie Ischen, du weißt einfach nicht, wo du dran bist. Und vor allem, wann du dran bist. Trinkste dir fünfsechs Schnäpse und denkst, alles ist easy, und plötzlich schlagen die zu. Wien Hammer aufn Kopf, und dann bist du fertig. Kannst du dich nicht mehr rühren, weißt nicht, wie du hier rauskommst, Schweiß auf der Stirn und Panik und die Angst vorm Kotzen. Neenee, das hab ich mir abgewöhnt, auch wegen dem Kater danach. Nur einen jetzt, um irgendwie von dieser Mutterscheiße runterzukommen.

Ich mein, die hat sich das selber zuzuschreiben. Dass ich so Phantasien hab. Weil die sone schlechte Mutter war. Aber irgendwann muss auch mal gut sein, so sollte man eigentlich nicht über seine Alte denken. Trink ich jetzt mal nen Schnaps auf die, so Prost, Mutter, komm, wir vertragen uns wieder. Ich hack dir auch nicht die Hände ab, keine Angst. Trink ich nen Schnaps auf die und dann ist wieder gut, Hey Holger, du Spacken, mach mir doch mal, sagen wir, nen Korn. Was Klares, Deutsches, da kann man nix falsch machen.

N richtig deutscher Schnaps, aus deutschem Getreide, ist doch immer noch am besten. Und son vorgekühltes Glas mit Eiskörnern um den Rand rum wär schön. Mal kucken, ob der gute Holger sowas auf Lager hat. Viel Korn geht hier logo nicht über die Theke, weil hier nur so Modespacken abhängen. Son Kümmel im Kümmelcafé, der würde nie auf die Idee kommen, sich nen Korn zu bestellen. Der trinkt seinen Rakischeiß, bis er nur noch aus Zahnpasta besteht. Aber die Deutschen: Haben alle einen an der Waffel, Serranoschinken und so. Ne hauchdünne Scheibe für vierzig Euro. Als wenn irgendwer was gegen nen anständigen gekochten Schinken vonner echten deutschen Kuh sagen könnte. So eine lappengroße, zwei Millimeter dicke Scheibe innem Mohnbrötchen, garniert mit nem genauso deutschen Salatblatt. Nix Rucola oder so, sondern stinknormaler Salat. Das ist doch ein Klassiker, da sind Millionen von Menschen mit groß geworden. Die kannten son bescheuertes Wort wie Serrano garnicht, und die kannten auch Ramazotti nicht oder Nike oder Yamaha. Und im Prinzip könnte man sonen scheiß Computer auch Apfel nennen, wenn der in Deutschland vertickt wird.

Ein Bier ein Korn, Alter, jetz schaff das mal endlich rüber. Ich will mich mit meiner Mutter vertragen, weil ich der die Hände abgehackt hab und so. Also mach hinne, du Spacken.

Und rauchen tu ich jetzt eine. Das ist immer wie ne Erleuchtung, wenn man plötzlich den Tabak da sieht. Die ganze Zeit hat man son ungutes Gefühl, dass einem irgendwas fehlt oder so. Und dass das auch auf die Gedanken abfärbt, die einem so durch den Kopf gehen. Ich wollt, ich wär vier Männer, dann könnt ich n Tennisdoppel spielen. Nur son Schrott die ganze Zeit, große Schwester und so. Dass man also quasi total am Rad dreht, und dann liegt da plötzlich das blaue Päckchen. Komplett vergessen hatte man das, für nen Moment. Und dann fällt es einem wieder ein und alles ist gut.

Wobei manchmal krieg ich son schlechtes Gewissen, wenn ich mir eine anstecke. Da wär ich lieber n Kümmel, die scheißen auf den ganzen Ökoterror. N Kümmel ohne Fluppe unterm Schnäuzer, das gibts garnicht. Die werden so geboren, die Spacken. Und an denen sieht man auch am besten, dass das alles Schwachsinn ist, was die Gesundheitsheinis einem erzählen. Von wegen Rauchen schadet Ihren Spermien und sonem Scheiß. Wenn das so wäre, gäbs längst keine Kümmels mehr. Aber in Wirklichkeit sterben die Deutschen aus, und aufm Grab vom letzten Arier schmaucht Ali ne Davidoff.

»Schlechtes Gewissen killt Ihre Spermien« – so sollte man das nämlich schreiben. Ich weiß echt nicht, wann das angefangen hat. Also wann ich zum ersten Mal dachte, Scheiße, Fränki, die Fluppe hättste dir mal besser nicht angesteckt. Diese Seitenblicke manchmal im Kosmos, von Ischen meistens. Die kommen echt hier rein und beschweren sich über den Qualm. Ich grade das Feuerzeug angeknipst, da linst mich auch schon eine an. So vorwurfsvoll, na du armer Süchtiger, machst du grade wieder deine Spermien kaputt? Wenn ich sonen Blick kriege, könnte ich ausrasten. Dann blas ich soner Ische erstmal direkt die erste Ladung voll auf die Nase. Und wenn die mit keinem übermäßig großen Typen da ist, die zweite auch noch. Und so halt. Solche Unverschämtheiten wie so Blicke muss man einfach direkt im Keim ersticken. Oft bin ich dermaßen geladen, dass ich mich glatt vertue. Dass ich also quasi einer den ganzen Qualm ins Gesicht blase, die garnix gemacht hat. Weil das weiß man ja nie, warum so Ischen einen ankucken. Aber denkt man halt, Ha, wieder sone blöde Kuh, die lieber inner Nichtraucherloge säße, die kriegt jetzt erstmal ne Ladung Qualm ab. Aber dann hustet die voll ab und so, und beim zweiten Mal kuckt die wie son verletztes Reh. Da merk ich dann erst, dass die garnicht wegen dem Kippeanstecken gekuckt hatte. Dass der vielleicht was ganz anderes an mir aufgefallen war.

Scheiße, denk ich mir dann. Scheiße, Fränki, die stand auf dich. Und jetzt hast du der den ganzen Qualm ins Gesicht geblasen, jetzt findet die dich bestimmt blöd. Und alles nur wegen der Nichtraucherkacke überall. Und weil ich mich davon anstecken gelassen hab.

Früher konnte man soner einsam rumstehenden Ische ja noch ne Fluppe anbieten. Ich mein logo, wer sowas macht, der hat sie nicht mehr alle. Aber das war halt ne Möglichkeit, um ne Alte anzubaggern, Hey Baby, willste ne HB, ich hab auchn Apartment um die Ecke. Oder andersrum, dass man eben nach was zu rauchen gefragt hat. Voll die Schnorrerkacke, aber man konnte das ja immer son bisschen verkleiden. Ja verdammt aber auch, gute Frau, hab ich doch glatt meine Fluppen im Hotel liegen lassen. Und jetzt hab ich kein Kleingeld für mir neue zu ziehen, aber grade voll den Schmacht. Vielleicht dass Sie mir da mal aushelfen könnten und so. Also quasi die feingeschmirgelte Schnorrernummer, und danach lädste die Alte dann zu nem Cocktail ein. So Geschichten halt, aber das ist heute alles finito. Was, du willst ne Kippe von mir, du Schwein? Verpiss dich, sonst hol ich die Bullen. Ah ja, Sie kommen mir grade recht, Herr Wachtmeister, ich hab Kinder und so und der Typ quatscht mich am helllichten Tag für Zigaretten an, den sollten Sie sich mal zur Brust nehmen.

Allein dass ich sowas denke! Das zeigt doch schon, wie weit es mit mir gekommen ist. Dass ich also quasi nur noch Schlechtes mit der Quarzerei verbinde. Und ist ja auch so, morgens zahl ich immer die Rechnung. So rachenmäßig und die Spuckerei und logo auch der Schädel. Fluppen schädeln extrem, da kann der gute alte Alkohol manchmal garnix für. Trinkste dein Quantum, haste im Griff und so, aber dann ne Packung Tabak dazu. Dann sieht die Sache eben leider n bisschen anders aus. Eine Aspirin pro jeweils zehn Kippen, so läuft das bei mir, schätze ich. Die kleine Ecke mit dem Spülstein, hinterm Holzlager. Mein scheiß Blechbecher da und die Aspirins, meine Fresse. Da könnteste ne Smartiesfabrik mit aufmachen, mit den ganzen Pillen, die ich da schon eingeworfen hab.

Ich glaub, die einzigen Menschen, die noch rauchen, sind die Kümmels und die Angestellten vom Baumarkt. Alles Ledergesichter um mich rum. Im Pausenraum ist natürlich verboten inzwischen, is klar. Wieder sone Idee von dem Obergertz, dem blöden BWLer. Aber dafür eben draußen, hinten am Tor. Zum Glück liegt das direkt am Holzlager, da kann ich immer um die Ecke linsen. Ich brauch das echt nicht, so im

Chor zu quarzen. Die treffen sich da immer richtig, wie verabredet, und dann sabbeln und quarzen die rum. Wenn ich da so Grüppchen sehe, dann verkneif ich mir die scheiß Fluppe einfach noch ne Weile. Und wenn die dann weg sind, knall ich mir eben zwei hinternander rein. Leben ist hart genug, wenn man Holzzuschneider ist. Muss man auch mal auf Vorrat rauchen dürfen.

BWLer sind Leute, die nix genießen können. Die einfach nur so funktionieren, egal wo du die hinstellst. Mal n gutes Buch gibts für die genauso wenig wie sich hin und wieder ordentlich zu besaufen. Ich glaube, alle BWLer sind Evangelen. So total pflichtversessene Arschkrampen. Ich hab schon keine Ahnung, was das überhaupt ist. Betriebswirtschaft, ja leck mich. Hallo Jungs, is Feierabend. Jetzt gehen wir runter in Parterre, zum alten Betriebswirt. Grüß Gott, du Spacken, mach mal zehn Bier klar. Da sollte man die echt zu verdonnern. Alles klar, Alter, haste Betriebswirtschaft studiert, was. Dann hau dich mal direkt hintern Zapfhahn, du Heini.

Aber in Wirklichkeit ist das sowas Überallesmäßiges, da kannst du danach in jeder Art von Firma mit anfangen. Dass es da also quasi um die Kohle von dem Betrieb geht, egal von was für einem. Ein BWLer, na super, wollen Sie lieber im Atomkraftwerk oder inner Eisdiele anfangen? Ich mein, das gibts doch garnicht. Ich kann ja jetzt auch nicht einfach als Dreher oder Schweißer arbeiten, obwohl das genauso Handwerke sind wie meins. Aber son BWLer, den kannst du irgendwie überall hinsetzen. Und dann fällt der auch nicht auf, der macht seine Arbeit und dann isser weg. Oder auch wenn er nicht weg ist, fällt der nicht auf. Sitzt in seinem scheiß BMW rum, und im Sommer zieht er manchmal Hemden mit kurzen Ärmeln an, das ist dann voll gewagt. Das erzählt er seinen BWLer-Freunden, wenn die mal abends auf ne Limo vorbeikommen, Ey Volker, stell dir vor, heut hatt ich n kurzärmeliges

Hemd an. – Boah, Frieder, ich auch, heut hatten alle BWLer von der ganzen Welt ein kurzärmeliges Hemd an, das war vielleicht ein Spaß.

Aber dann am nächsten Tag ziehn sie wieder lange Ärmel an, ist doch klar.

Und BWLer rauchen auch nicht. Die kommen aus scheiß Nichtraucherfamilien und sind selber auch Nichtraucher. Und denen ihre Kinder trauen sich selbst in der Pubertät kein einziges Mal anner Fluppe zu ziehen. Das ist, als wär das sone Zukunftsrasse. Wo alle Menschen weder dick noch dünn sind, immer genau das Richtige machen und sagen und logo nie geraucht haben. Eine BWLer-Welt, komplett mit Rollrasen ausgelegt und niemand hat je was vom Kosmos gehört. Kosmos? Fränki Kattwinkel? Kenn ich nicht, wer soll denn das sein? – Ah, n alter Raucher mit kaputten Spermien, klar. Arme Sau und so.

Obwohl, einer hier sieht voll BWLer-mäßig aus. So blauweiß gestreiftes Hemd über nem weißen T-Shirt, das hat der immer an. So einmal die Woche kreuzt der glaub ich hier auf, immer mit soner anderen Brillenschlange. Das ist nämlich auch son Kennzeichen von denen, dass die immer Brillen tragen, BWLer und Versicherungsspacken. Die werden quasi mit nem Sehfehler geboren, oder das ist n Täuschungsmanöver. Dass die Brille halt zur Ausstattung gehört, wie der Schnäuzer zum Kümmel. Jedenfalls kommen die rein, die zwei Spacken, stellen sich annen Tisch an der Wand, und dann labern die los und hören bis zum Abgang nicht mehr auf. So voll die Wichtigtuer, die reden bestimmt nur über ihre Arbeit.

Der eine Typ ist mir dann auch mal vor der Tür begegnet, da wollten wir beide zur gleichen Zeit ins Kosmos rein. Und da sagt der echt Sie zu mir. Sagt der, Sie zuerst. Und ich direkt, Du blöder Wichser zu dem. Weil der hat sie ja wohl nicht mehr alle. Mich inner Kneipe zu siezen und so. Das fand ich so dreist, das hatte was brutal Arrogantes. Dass der sich quasi den ungeschriebenen Kneipenregeln nicht anpasst, sondern seine scheiß geschäftsmäßige Distanznummer durchzieht. An der total kaputten, total mit Postern zugemüllten Tür vom Kosmos. Du blöder Wichser, da hat der vielleicht Augen gemacht. Der kuckt mich bis heute schief an, wenn er reinkommt. Das ist auch so einer, der den Laden cool findet, weil er so verratzt ist. Da denkt der, der geht innen Zoo und die ganzen Schlucker hier sind die Tiere. Und am nächsten Tag erzählt er stolz rum, dass er in der schäbigsten Bude von der ganzen Stadt gesoffen hat. Und dass ers überlebt hat und so.

Dabei saufen die natürlich nix, die beiden BWLer-Spacken. Ich beobachte die immer übern Spiegel, wie die sich spätestens nachm zweiten Bier n Wasser bestellen. Und wie die sich dann am Ende vom Abend so Blicke zuwerfen von wegen, Mann ey, was ham wir heute wieder zugeschlagen und so. Das sind Typen, die sollte man mal ordentlich vermöbeln. Oder am besten garnicht hier reinlassen. Dass da son Schild draußen hängt »Kein Einlass für BWLer und Versicherungsspacken«. Das wär mal was, und wie die sich dann womöglich verkleiden würden, um doch noch irgendwie ins Kosmos reinzukommen. Wie so Zivilbullen, die man ja meistens auch direkt peilt. Ha, Bürschchen, denkst du etwa, mit der schwarzen Lederhose erkennen wir dich nicht? Du bist dochn stadtbekannter BWLer. Kehrt Marsch, Baby!

Das fänd ich so geil, da wär ich am liebsten der Türsteher. Hundertpro würde der keinen besseren als mich finden. Ich erkenne sonen BWLer auf dreihundert Meter. Nanana Bürschchen, versuchst dus heute etwa als Rapper? Hättste dir sparen können, die Kohle für das Piratentuch. Oder dann besorgen die sich vielleicht ne Nickelbrille und ne Latzhose, aber sind trotzdem frisch rasiert und geföhnt und so. Oje, du kleiner Volltrottel, denkst du, auf sone Nummer fallen wir rein? Du hast ja noch dein scheiß Laptop im Brustbeutel.

Wenn ich das richtig sehe, sind die schon wieder bei ihrer Selters-Phase angekommen. Da fragt man sich echt, mit was für Frauen die wohl zusammen sind. Also was für ne Nuss das wohl sein muss, die sich innen Typ mit Streifenhemd und weißem T-Shirt verliebt. Der immer kurz vorm Betrunkenwerden n Wasser bestellt und so, also son kompletter Lauspacken. Oder wahrscheinlich haben die sich ne Ausländerin geangelt, die hat dann noch weniger Ahnung von BWL als ich. Die kann schon das Wort nicht aussprechen. Ich mein, man muss sich ja garnicht jeden Abend besaufen. Is ja klar, dass das kein richtiges Ziel ist. Aber son BWLer, der das nie tut. Der ohne im Boden zu versinken den Kragen von seinem weißen T-Shirt rauskucken lässt und so. Dass der ne Frau abkriegt und zum Beispiel ich nicht, das kann einem wahrscheinlich niemand erklären.

Ich mein, klar, ich bin Raucher und so, und der BWL-Spacken nicht. Aber für die Richtige würd ich je nachdem auch aufhören. Am allerbesten wäre, die raucht selber nicht und ist ihr egal, dass ich weiterrauche. Klar, Schatzi, rauch du deinen Tabak, das macht mir garnix aus. Aber da müsste man schon richtiges Schwein haben, um so eine abzukriegen. Da isses natürlich wahrscheinlicher, die zwingt einen aufzuhören. Ich oder die Fluppe, Fränki, da musst du dich entscheiden.

Wie sauer ich da schon wieder werden könnte, weil sonem BWLer sowas alles erspart bleibt. Dem seine Ische raucht natürlich genauso wenig wie der, und darum ist das für die auch gar kein Thema. Höchstens dass er mit verqualmten Klamotten ausm Kosmos kommt und sie dann son bisschen das Näschen verzieht oder so. Hach, Schatz, sagt der Spacken dann, du hast ja recht. Das T-Shirt wasch ich morgen schnell mit der Hand durch. Das krieg ich bestimmt noch schnell hin vor der Arbeit im Atomkraftwerk. Und dann häng ich das irgendwo im Hobbyraum zum Trocknen auf, damit das nicht mit deinen

Höschen aufn Wäscheständer muss. Dieses ganze Verständnisvolle von diesen Ärschen. Dass der das hundertpro dann selber wäscht, wenn Madame sich aufregt, und dass die dann so allen Problemen aus dem Weg gehen. Da könnt ich kotzen. Da könnt ich mir direkt noch eine anstecken, und das mach ich jetzt auch. Und noch son scheißleckeres Bier saufen, während die Megaspacken an ihrem Wasser rumsüffeln.

Ich glaub, so langsam bin ich breit. Jetzt müsste man mal wissen, wieviel ich schon getrunken hab. Theoretisch könnte ich ja den blöden Wirt fragen, so, Na, du Spacken, sag mir doch mal, wieviel ich aufm Deckel hab. Aber dann denkt der nachher, ich will bezahlen. Und dann muss ich dem das endlos erklären. Dass ich nur mal eben nen Zwischenstand haben wollte, weil ich wissen will, ab wann ich breit werde und so. Aber sowas rafft der wahrscheinlich sowieso nicht. Dass man sich mit sowas beschäftigt. Und eigentlich will ich dem das auch garnicht sagen. Das geht den ja letztlich auch nix an, und bescheißen tut der mich sowieso.

Jede Wette, dass der mir immer mal wieder nen Extrastrich macht. Im Prinzip kann ich mich an keinen einzigen Abend erinnern, wo ich nicht hinterher dachte, der hat mir zuviel aufgeschrieben. Das merkt man doch zum Beispiel dadran, dass ich nie ne glatte Zahl hab. Ich hab noch nie zehn oder fünfzehn oder zwanzig bezahlt. Sondern immer dreizehn oder siebzehn. Daran erkennt man das doch. Normal wäre, dass man auch mal auf ne runde Zahl kommt, aber nein. Der dreht das immer so, dass es wie zufällig aussieht, und grade deshalb kanns kein Zufall sein. Hab ich ihm auch mal gesagt, so, Hey du Spacken, ich soll siebzehn Bier getrunken haben, das glaubst du doch selber nicht. Und da hält er mir völlig sinnlos den Deckel vor die Nase und sagt, Zähl mal. Ich mein, klar waren das dann siebzehn, aber das beweist ja nichts. Und da waren auch zwei Striche bei, die sahen völlig gleich aus. Die hat der direkt hinternander gemacht, zackzack, der Fränki wirds schon nicht merken.

Höchstens dass ich vielleicht mal über die Theke linse. Wenn ich mich auf den Ring von dem Hocker stelle und dann vorbeuge, müsste ich eigentlich die blöden Deckel sehen können.

Aber mach ich nicht.

Weil das auch irgendwie bescheuert ist. Genauso wie mitzählen, mach ich auch nicht mehr. So die ganze Zeit sieben, sieben, sieben denken, und acht, acht, acht. Das versaut einem den ganzen Abend, und irgendwann hauts einen sowieso aus der Kurve.

Ist ja auch egal, wieviel ich getrunken hab, so langsam merk ich das jedenfalls. Das is ja son ganz merkwürdiges Stadium. Da fängt einem langsam die Birne an zu schwimmen. Und weil man das merkt, denkt man, dass man eigentlich noch ganz klar ist. Aber wenn man jetzt nüchtern neben sich stehen würde, würde man schon merken, dass man schon ganz schön breit ist. Also so halb am Schielen ist und viel zu laut redet und lallt und auch viel zuviel Scheiße labert.

Und dann gibts ja noch die, die immer nur so besoffen vor sich hinstarren. Das kann ich am wenigstens leiden. So Frustspacken, die sich am Glas festhalten, als wären sie am untergehen. Horror. So heul und knaatsch, meine Freundin hat mich verlassen. Und dann hamse noch meinen Hund überfahren und so, und ich krieg langsam n Raucherbein. So Typen würd ich am liebsten zum Arbeitsdienst schicken. Die sollen Blumen gießen im Park oder so, damit die mal auf andere Gedanken kommen.

Oder meinetwegen sollte man die alle mal bei mir im Baumarkt antreten lassen. Dass ich die quasi mal ordentlich rannehme. Was, du Jammerspacken, deine Alte hat dich verlassen? Kein Wunder ey, aber echt. Und dann würd ich den mal das Holzlager aufräumen lassen. Dass der die ganzen schweren Platten umsetzt und so. Kuck mich an, du Heini, ich hab überhaupt keine Freundin. Ich hab sogar noch nie in meinem scheiß Leben eine gehabt. Und bin ich am Heulen? Hm? Klaro nicht, sondern ich mach meine Arbeit. Alles für Deutschland, Alter, mein Land. Wichtige Arbeit. Immer im Einsatz für deutsche Küchen und Kellerbars. Damit die Belgier uns nicht kriegen. Und die Chinesen und so, die lauern doch nur da drauf, dass hier alles den Bach runtergeht. Baumärkte und so, hast du das etwa nicht gewusst? Bist nur deiner Nuss am Hinterherheulen. Du solltest mal Zeitung lesen, tu ich jeden Tag. Die Belgier und die Chinesen, Asiate fängt nicht umsonst mit Asi an. Wenn du dir jetzt ne neue Freundin suchst, geb ich dir nen guten Rat: Nimm keine Belgierin. Mal abgesehen davon, dass die hundertpro ne Schlampe ist und so, und dass die dich ganz schnell wieder verlässt. Aber vor allem der ihr Vater und so, die ganze Familie. Habens nur auf deine Kohle abgesehen, da musst du verdammt gut aufpassen. Da hast du n Loch im Kopf, bevor du Pommes sagen kannst.

Und dann würd ich den noch in die Baustoffe-Abteilung schicken. Zementsäcke ins Regal wuchten und so. Oder zu der Alten von den Lampen, da kriegt er die Ohren dermaßen vollgelabert, da will der nie wieder ne Frau nach. Und meinetwegen dass wir nach der Arbeit noch einen trinken gehen, vielleicht will der ja nochn paar Tipps von mir. Komm, Alter, wir hauen uns nochn Feierabendbierchen im Kosmos rein, was? Dann pfeifst du sowieso irgendwann auf die Weiber. So geht das mir jedenfalls, dass ich nach so vierfünf Gläsern überhaupt keinen Gedanken mehr an Ischen verschwende. Du hast deinen Hocker, du hast deinen Thekenplatz, vor dir steht dein Bier und liegen deine Kippen, und der Rest ist Kakadu. Wirste sehen, Alter.

Obwohl ich den lieber doch nicht mit ins Kosmos nehmen würde. Nachher denkt noch einer, ich bin schwul. Kuck mal, der Fränki, hat seinen Freund mitgebracht. Hätt ich ja nie gedacht, dass der ne Schwulette is, also echt jetzt. Und dann beobachten die uns die ganze Zeit, ob ich den jetzt küsse oder so. Oder ob wir heimlich am Händchenhalten sind. Das könnt ich nicht ertragen, und dann ist ja noch die Frage, ob überhaupt zwei Plätze am Tresen frei sind. An einen von den Hochtischen geh ich bestimmt nicht, das hab ich noch nie gemacht. Das ist irgendwie nicht richtig Kneipe für mich, wenn man einfach irgendwo im Raum steht. Das ist eher wie bei nem Empfang oder so, nee. Also notfalls müsste der Spacken sich dann hinter mich stellen. Ich auf meinen Hocker und der hinter mir, und dann müsste man eben mal sehen, wie das dann mit dem Unterhalten ist.

Also die ganze Zeit umdrehen tue ich mich bestimmt nicht. Ich weiß jetzt schon, wie mir dabei das scheiß Unterhemd verrutscht und so, und wie dann alles wieder schief sitzt, dass ich wahnsinnig werden könnte. Und mir ist das auch zu unbequem, die Umdreherei. Soll der Spacken einfach warten, bis neben mir n Platz frei wird. Kann ich auch nix für, ich hab den ja nicht gezwungen hierhin zu kommen. Und ich will mich ja auch eigentlich garnicht mit dem unterhalten. Ich will nur, dass der nicht sone trostlose Flappe zieht die ganze Zeit.

Da sieht man mal wieder, wie kompliziert alles ist. Wie aus was Gutem was Schlechtes wird und so, ich wollte dem ja nur helfen. Aber dann hab ich den am Bein und alle halten mich für ne Schwulette und mein Bier kann ich auch nicht mehr in Ruhe trinken.

Warum soll auch ausgerechnet ich sonen BWLer umerziehen. Theoretisch brauch ich bloß nicht mehr da halbrechts in den Spiegel kucken, dann sind die zwei Spacken komplett ausm Blickfeld. Das ist doch die reine Wichtigtuerei, wenn sich einer ne ausländische Braut nimmt. Oder andersrum, dass sich ne deutsche Ische nen ausländischen Spacken anlacht. Am besten noch nen Neger oder so, oder mindestens nen Itakker. Das ist doch einfach nur, um sich interessant zu machen, So jetzt kuckt mal alle her, ich bin jetzt mit nem Itakker verlobt. Klar, normal wär, dass sich ne Deutsche mit nem Deutschen zusammentut. Aber normal ist spießig, klaro, darum musses n Ausländer sein. Und Nudeln sind auch viel gesünder als Kartoffeln und son Scheiß. Haben ihr ganzes Leben lang Kartoffeln gegessen, aber auf einmal müssens Nudeln sein. Und linksdrehendes Olivenöl und so, und dass die dann alle Cappuccino statt Kaffee sagen. Tschau Amore, ich geh mal ins Cappuccino, nen Latte saufen.

Und dann kriegen die Kinder und geben denen ausländische Namen, das find ich sowieso bescheuert. Was die Deutschen ihren Kindern für Namen geben. Son scheiß Itakker oder Spanier oder so, der käme nie auf die Idee, sein Kind Frank zu taufen. Oder Herbert oder so. Aber wenn du in Deutschland annem Spielplatz vorbeikommst, heißen alle Francesco und Jeanette. Francesco, du kleiner Spacken, tu nich immer die anderen Kinder von der Schaukel schubsen und so. Dieses ganze blöde Gekreische, das man auf sonem Spielplatz mitkriegt. Jetzt tuste aber dalli ma die Förmchen einsammeln, Jeanette, sonst kriegste Haue.

Ich finde echt, so Spielplätze sollte man an den Stadtrand verlegen. Dass man die genauso auslagert wie Gewerbegebiete. Meinetwegen dass die scheiß Mütter dann alle umsonst mit der Bahn fahren dürfen und so. Aber Hauptsache ich muss die nich mehr hören, wie die mit ihren Kindern reden. Einfach sonen ganzen Vorort zum Spielplatz machen. Der totale Gigantospielplatz, wo alle kloppen und kreischen und sich in die Hose kacken dürfen, soviel sie wollen.

Wenn ich mal nen Sohn hab, dann geh ich mit dem bestimmt nicht aufn Spielplatz. Vielleicht dass ich den mit ins Kosmos nehme, da lernt der was übers Leben. Oder ich schicke den hinten durch, kann er flippern. So, Hier, Herbert, haste nochn paar Euro, kannste locker fünf Spiele für drücken. Papa hat da an der Theke noch was Wichtiges zu besprechen. Und dann schlörk, Hauptsache, der kleine Spacken ist beschäftigt.

Fragt man sich doch sowieso, warum ich mich auch noch um den kümmern muss. Bei meinen Arbeitszeiten. Inklusive Samstag und so, und in der Woche manchmal bis acht und alles. Ich mein, dafür hat man doch ne Frau, dass man sich dann die Arbeit teilt. Dass ich mich also quasi um den Holzzuschnitt kümmere und die sich um die Bude. Und klaro dann auch um die Kinder, ich kann die ja schlecht mit in den Baumarkt nehmen. Und dann komm ich abends nach Hause, total am Arsch und so, und soll mich auch noch um den Kleinen kümmern. Dass ich den dann quasi mit zum Kosmos nehme, damit Madame in Ruhe fernsehkucken kann. Das würd ich echt nicht mit mir machen lassen. Sone faule Nuss zuhause haben und so. Zumal man ja auch sagen könnte, dass der ins Bett soll. So rein rechnerisch hat man von sonem Kind überhaupt nichts. Die sind nur am Schreien und wollen Süßes und aufn Spielplatz. Und wenn deine Frau dann auch noch ne Schlampe is, dann musste deinen Nachwuchs auch noch abends mit in deine Stammkneipe nehmen.

Männer kannst du wenigstens einschätzen, die sind ja letztlich alle gleich. Aber Ischen. Wenn so Typen nicht in derselben Liga spielen wie du, sind sie freundlich. Und wenn doch, sind sie asozial. Also sagen wir mal, das Schiff kentert und ich lande mit ner Lady und nem Spacken auf ner einsamen Insel. Wenn der Typ jetzt groß und kräftig ist und aussieht wien Popstar, dann ist der freundlich zu mir. Weil er nämlich logo davon ausgeht, dass die Lady sich auf jeden Fall für ihn entscheidet. Aber wenn der jetzt eher normal rüberkommt, so wie ich. Wenn der beispielsweise nen kleinen Bauch hat und ihm hin und wieder n Haar ausfällt. Dann werd ich ziemlich flott Ärger mit dem kriegen. Dass man sich also so irgendwie respektvoll behandelt, aber dabei imgrunde nur auf den ersten Fehler vom anderen lauert. Damit man dann darauf einhacken kann, um der Lady zu imponieren. Stell dir mal vor, Lady, was der gesagt hat. Sowas würde ich nie sagen, da hab ich viel zuviel Stil für. Und klar auch Respekt vor dir, das gehört sich einfach nicht und so. Aber logo kommt dann auch der Tag, wo du dir selber irgendne blöde Sache leistest, und dann läuft alles andersrum. Zum Glück komm ich ja vom Holzzuschnitt, das kann einem auf soner Insel nur nützen. Dass ich dann also quasi mit Holz umgehen kann und so, und der andere Spacken war im richtigen Leben nur bei ner Versicherung. Dass man also exakt nichts mit dem Doof anfangen kann und ich hätte dadurch bei der Lady schon ein paar Steine im Brett.

Es sei denn, die honoriert sowas nicht, so praktische Arbeit. Dass ich quasi da die Palisaden am Bauen bin, und die vergnügt sich mit dem anderen in der Lagune. Das wär natürlich vollproll. Ich so der Arbeitsidiot von denen, und die poppen voll ab.

Kompletto alles anders wäre, wenn jetzt die Lady nicht hübsch wär. Unvorstellbares Pech wäre das, das will man sich garnicht vorstellen. Du wirst also quasi auf ne einsame Insel verschlagen, zusammen mit ner Frau, und dann ist die hässlich. Sowas kann sich echt nur der Teufel ausgedacht haben, so eine Gemeinheit. Außer dass dann eben alles n bisschen entspannter ablaufen würde auf der Insel. Zwischen dem Kollegen und mir nämlich, weil wirs uns dann beide sparen könnten. Komm, vergiss es, Alter, die Lady sieht aus wie meine Oma und so. Um die braucht man sich echt nicht zu kloppen. Und stattdessen erklär ich dem dann, wie man Bäume fällt und Holzhäuser baut, und wenn wir dann irgendwann gerettet werden, sind wir dicke Freunde. Und die Lady geht zurück zu ihrem Schrat.

Ist schon erstaunlich, dass das immer gleich läuft. Also dass du quasi keinem Mann trauen kannst. Wenn ich ins scheiß Kosmos reinkomme, weiß ich meistens nachm ersten Blick, wer hier wen poppen will. Und ich seh auch sofort, welche drei oder vier Spacken dieselbe Ische anpeilen. Peilpeil, und wie die sich dann gegenseitig checken und so. Die Ische macht auf Tralala, is klar. Die tut so, als würde sie nix bemerken, unverschämte Schnalle. Reckt sich und streckt sich und streicht sich dann vielleicht mal wie zufällig durch die Haare und so. Dass alle ihre rasierte Achsel sehen und sich sonstwas Schweinisches dabei denken. Oder dass sie plötzlich besonders gerne lacht und ihre Zunge kommt ab und zu son bisschen raus.

Wie die das nur immer hinkriegen: Eigentlich rattengeil sein, voll auf der Suche nach nem Kerl, aber komplett so tun, als wären sie glücklich. Labern mit ihrer Freundin oder so, dabei sind sie garnicht wegen der hier, sondern nur wegen den Typen. Labern, egal über was, weil sie eigentlich nur da sind, um sich beim Labern beobachten zu lassen. Ja, seht mal ruhig rüber, Jungs, wie vollkommen cool ich bin, wie vollkommen ich in diesem unglaublich intensiven Gespräch mit meiner Freundin aufgehe und wie ich der an den Lippen hänge und mir den Kopf mit den langen Haaren schüttele, wenn die was besonders Wahres oder Witziges sagt. Und wie ich euch quasi mit dem Arsch nicht ankucke, auf den ihr die ganze Zeit starrt! Und um sie rum die ganzen Checker und ich an der Theke irgendwo dazwischen. Kucke mir das Spielchen ganz in Ruhe an und überlege, wer wohl das Rennen macht. Und meistens hab ich dann auch recht. Und dass ich am Ende wieder in die Röhre kucke, ist sowieso klar.

Kann ich echt machen, was ich will. Ich schleppe keine Alte ab, außer einmal die ganz Dicke. Boah, wenn ich da nur dran denke. Und die war ja auch ziemlich hässlich, wenn man so die üblichen Maßstäbe anlegt. Also mein Typ war die jedenfalls überhaupt nicht, wenn ich das nur gewusst hätte. Aber Kneipenlicht macht jede Ische hübsch, und wahrscheinlich war ich sowieso schon zu breit zu dem Zeitpunkt.

Ich hätte schön gemütlich im Kosmos an der Theke sitzen können. Aber nein, ich musste ja mit der mitgehen.

Die hatte echt noch son altes Che-Guevara-Poster an der Wand hängen. Ich dachte, das gibts doch nicht. Und nen Kunstdruck von dieser behinderten Mexikanerin, die war bestimmt aus ner Frauengruppe. Und logo keinen Stuhl vorm Schreibtisch, sondern sonen bunten Sitzball. Hätt ich drauf wetten können. Das ist doch der pure Trotz von diesen Ökos: Ha, ihr Spießer, sitzt alle aufm Stuhl, nix da, dann nehm ich nen Sitzball. Kann ich schön doing doing doing drauf machen beim Sitzen und ist voll gut fürn Rücken. So denken die, die halten sich immer für klüger. Aber mit dreißig dann voll der Bandscheibenvorfall. Dann ist finito mit in der Bürgerini arbeiten und protestieren. Dann latschen die auf meine Kosten zum Ayurveda-Orthopäden.

Denen sollte man allen die Luft aus ihrem Sitzball lassen. Da sollte so richtig einer vom Amt kommen, mit ner Stricknadel, und sagen: So, du blöder Heini, du titschst jetzt mal dalli von diesem Ding runter und dann lassen wir da die Luft raus. Das geht nämlich auf die Kosten der Allgemeinheit, dein blödes Getitsche. Und bei Lidl umme Ecke hamse schöne, voll moderne Bürostühle im Angebot, mit Arschbackenritze und Hydraulikfederung und allem Pipapo. Tuste in deiner WG mal schön bisschen Geld zusammenschnorren und dann holste dir so einen.

Eigentlich hätte mich schon dieser Umhang von der stutzig machen sollen. Dass das weder n Kleid noch ne Bluse war, sondern eher sone Stoffbahn. Die hatte sich in ein Laken eingewickelt, das tun so Ischen immer, wenn die sich zu dick finden. Voll die Tarnung, genauso wie dass die hundertpro auf nem niedrigen Hocker gesessen hat. Dass die das auch extra gemacht hat, weil die nämlich so groß war. Da schämt die sich für und dann dachte die sich, Ha, der Fränki nimmt mich bestimmt nicht mit, wenn der sieht, dass ich größer bin als der. Eiskalt berechnet. Auf nen kleinen Hocker hat die sich gesetzt, und ich falle drauf rein.

Männer müssen größer sein als ihre Frauen, da kann man sagen, was man will. Alles andere ist Ökogeschwätz. Ey Alter, is doch voll egal, wie groß deine Frau ist. Kommt doch aufs Gefühl an und so. So einen Scheiß können nur Körnerfresser erzählen. Dabei gibts logo nichts Lächerlicheres, als wenn son Zwergenmacker mit ner größeren Ische durch die Stadt geht. Wer nichtmal Bier verträgt, soll sich keinen Whiskey bestellen, und irgendwie hat das auch was Perverses. Wie son aufgeblasener Zoodirektor, der n Monster durch die Gegend führt, Hey, kuckt mal, Leute, was ich für ne Sensation im Angebot hab.

Ich versteh auch die Frauen nicht, die sich sonen Zwerg halten. Ist doch klar, dass die neben dem total unförmig aussehen. Litfaßsäule trifft Bierbüchse, und die ganze Welt lacht sich die Hosen nass. Die einzigen Macker, wo größere Frauen normal aussehen, sind Rockstars. Je älter die Sänger, desto größer und jünger sind denen ihre Weiber.

Ich wusste dann auch echt nicht, wie ich mit der höggeln sollte. Wo die so groß war. Und dann lag die plötzlich ausgezogen vor mir. Einfach so. Hatte mir n Bier hingestellt und sich frischgemacht und aufs Sofa gelegt. Nur mit nem Bademantel.

Ich bin ja nun nicht der Kleinste, echt nicht. So mittel, würde ich sagen. Aber dann will die da mit mir höggeln, und dann reich ich nur bis zu der ihren Titten im Liegen. Hänge ich der am Brustbein rum und die hat meine Haare in der Nase und so. Eigentlich wusste ich schon aufm Weg, dass das nix wird. Und das is natürlich n ganz schlechter Anfang.

Letztlich war das dann wohl so, dass ich erstmal garnix gemacht hab. Dass ich dachte, vielleicht tut die mir ja nochn Bier aus, bevors losgeht. Oder sie schläft ein, das wär meine Rettung gewesen. Die war doch total breit, vorher im Kosmos. Die hat doch kaum noch die Augen aufbekommen. Wenn die einfach weggeknackt wäre, ich glaube, dann wär ich der ewig dankbar gewesen. Überhaupt, wenn ich das richtig sehe, hab ich gar keine Anstalten gemacht. Ich war ja auch nicht mehr ganz nüchtern, aber im Prinzip hab ich die kein bisschen angemacht. Sondern im Gegenteil und so. Und? Kommst du mit? hat die gefragt, und ich direkt, Wo wohnst du denn? Weil es gibt Viertel, wo ich zum Verrecken nicht hinfahre. Wo nur Kümmels und Prolos wohnen, keinen Schritt setz ich in so Gegenden.

Ich mein, ich hab nix gegen die, Kümmels und Prolos. Das weiß ja auch jeder. Fränki Kattwinkel bedient jeden, ohne Ansehen der Hautfarbe und so und ob einer nen fetten schwarzen Schnäuzer unter der Nase hat. Aber die haben was gegen mich. Das gibt immer nur Ärger, wenn ich auf so Typen treffe. Als wenn da »Kanaker raus« auf meiner Stirn stehen würde. Dabei esse ich gern Pizza und so, und bei nem guten Döner sag ich erst recht nicht Nein.

Aber wenn ich die Typen dann auf mich zukommen sehe, weiß ich schon Bescheid. Pass bloß auf, sag ich mir dann, bestimmt spucken die dir jetzt heimlich hinterher. Oder die lachen über dich, sobald sie vorbei sind, oder sagen irgendwas Abfälliges, so von wegen: Haste den Spacken gesehen, was der für nen alten Pullover trägt und wie dem seine Hose sitzt? Oder sowas. Richtig rantrauen tut sich keiner von denen, da gäbs auch direkt was auf die Gelmütze. Aber ablästern tun die volle Motte, da bin ich mir sicher. Und deshalb hab ich die Ische auch direkt entsprechend interviewt.

Letztlich kam ja dann raus, die wohnt ganz in der Nähe vom Kosmos. Wir sind sogar an meinem Haus vorbei, aber das hab ich der natürlich nicht gesagt. Man weiß ja nie bei den Ischen. Ob sie sie noch alle haben. Sieht man denen nicht auf den ersten Blick an, und ehe du Njet sagen kannst, hast du die an der Backe kleben. Das kommt davon, dass die sich immer sofort verlieben müssen. Du sagst denen Guten Tag, und wenn du deine Hand zurückziehst, steckt n Ring dran.

Da war mal eine, der hatte sich die Kette vom Fahrrad zwischen Ritzel und Nabe verhakt. Blöde Kuh, hab ich gedacht, hättste mal besser rechtzeitig die Kette gespannt. Aber dann hab ich ihr doch geholfen. Ärmel hochgekrempelt und ran an den Brei, und die stand nur daneben und hat an ihrem Bagel geknabbert. Ischen kaufen sich nie n Leberwurstbrötchen oder so, das fällt einem echt auf. Muss immer n Croissant oder Bagel sein, oder son großer, honigverklebter Ökokeks. Die knabbert also da rum und grüßt noch irgendwen, und ich knie vor der aufm Bürgersteig. Danach sah ich logo wie Sau aus, die Arme bis zu den Ellbogen voll Schmier, und dann wollte die mich doch glatt zu nem Kaffee einladen. Neenee, Mädel, sag ich, die Tour kenne ich. Dann muss ich nachher jeden Morgen mit dir Kaffee trinken. Und dann muss ich plötzlich am Tisch gradesitzen und darf den Kopf nicht mehr aufstützen, wie bei meiner Mutter früher. Und womöglich will die dann immer mit, wenn ich ins Kosmos gehe. Weil sie Schiss hat, dass ich da womöglich was mit anderen Frauen anfange und so. Und dann fragt die mich zehnmal am Abend, wann wir nach Hause gehen, und der Wirt fragt, ob wir getrennt oder zusammen zahlen. Und dann zahl natürlich ich und bin am Fünfzehnten pleite. Also echt nicht, Mädel, tritt du mal schön in die Pedale. Den Kaffee mach ich mir zuhause selber, und vorher wasch ich mir deinen Schmier von den Flossen.

Am Ende hab ich ihr noch erklärt, wie man sone Kette reinigt und spannt. Aber ich wette, die hat das nicht gemacht. Die hat garnicht zugehört, sondern mich nur angeglotzt, als wär ich vom Uranus. Bis ihr dann der Nächste aus der Klemme helfen muss.

Die machen das hundertpro extra, die Ischen: sich doof stellen. Tun so, als könnten sie keine Schraube vonner Mutter unterscheiden, aber sonst immer schön die Klappe aufreißen: Mein Bauch gehört mir, Übermittagbetreuung, Essen auf Rädern und so. Wer seinen Platten nicht flicken kann, der soll Socken stopfen, und außerdem war die fast genauso hässlich wie die Dicke damals. Nur dass da halt Tageslicht war, da hab ich das direkt gecheckt.

Richtig hart wurde das, als die dann irgendwann ernsthaft loslegen wollte. Hat mich so runtergezogen zu sich, ich weiß auch nicht. Da hab ich dann plötzlich den Pöppel bei der auf den Rippen gesehen. Son kleines, labbriges, popelgroßes Kügelchen, das anner dünnen Nabelschnur hängt. Ganz dünne, durchsichtige Haut drumrum, wie Stullenpapier, und innen drinnen sowas Braunes. Wie Soße. Wie Dünnschiss in Kühlbeuteln.

Hätte mir ja egal sein können. Wenn ich nicht grade mit der da aufm Sofa gelegen hätte. Dödelmäßig war das natürlich nicht grade motivierend. Und dann eben, dass ich ja auch son Teil hab. Tiefer als die. Weiter unten. Also ziemlich weit unten, quasi kurz über der Leiste. Vielleicht war ich ja genau deswegen auch so sauer auf die, weil die mich an meinen eigenen Pöppel erinnert hat.

Und dass ich den mal abgemacht habe, mit nem Nagelknipser. Vorher in kochendes Wasser gehalten, das verdammte Ding, perfekt desinfiziert, aber dann hat sich das Teil trotzdem entzündet. Und dann der Schmerz und so. Das war unfassbar, der fürchterlichste Schmerz, den man sich vorstellen kann. Höllenqualen, wie wenn man im Bus nach Kamtschatka sitzt und pinkeln muss. Und dann hab ich gewartet und immer Creme draufgeschmiert morgens und abends.

Melkfett. Das war vielleicht peinlich, in der Drogerie, als ich da mit dem Melkfett für scheiß Babys am Laufband aufgekreuzt bin. Hatte ich extra noch drei Großpackungen Shampoo und Zahnpasta und all sonen Kram dazugepackt. Aber die Alte vom Schlecker, was macht die? Zieht alles übern Scanner, und beim Melkfett kuckt sie mich so komisch von unten an. Als wollt ich mir die Rosette damit einschmieren. Als wär ich ne verdammte Schwulette. Tolle Sache, dass sich das reimt: Rosette und Schwulette. Das ist perfekt, als hätte das jemand erfunden. Goethe oder so.

Manchmal hab ich das Gefühl, der Pöppel lebt. Dass der pumpt und pulsiert, bilde ich mir dann ein. Dass da auf jeden Fall son kleines, stetiges Zittern durchgeht. Aber vielleicht liegt das auch nur an meiner verrenkten Haltung, wenn ich den ankucke. Immer den Kopf so nach links vorne unten ziehen, dass der Nacken wehtut. Den ganzen Oberkörper nach links unten verdrehen, und dann bilden sich zwangsläufig ja auch so dicke Speckringe um die Taille. Und das blöde Ding liegt dann immer genau inner Spalte, und dann muss ich den Speck auseinanderziehen. Ist ja klar, dass das anstrengend ist. Dass man dann ins Zittern kommt. Und deshalb weiß ich eben nicht: Bin ich am Zittern oder der Pöppel?

Ich sag ja auch »Kopf« dazu. Eigentlich »Köpfchen«. Ist natürlich megapeinlich, dass man son fieses Ding »Köpfchen« nennt. Aber das kam mir irgendwann mal in den Sinn. Als das Teil mal wieder am Hüpfen war. Heidiheida, hat das gesagt, Ich bin hier, an dir dran, ich gehör zu dir. Du bist mein Papa.

Da fand ich das auf einmal süß, und das war genau der Moment, kurz bevor ichs abgeknipst hab. Weil das nicht zum Aushalten war. »Köpfchen«, gings mir immer durch den Kopf. Das ist mein Kind, dieser blöde Pöppel da unten, mein siamesisches Kind. Ist verwachsen mit mir, was willst du machen, aber manchmal nickt es schon mit dem Köpfchen und kann schon n bisschen sprechen. Papa, hat das zu mir gesagt, bitte knips mich nicht ab! Und dann fand ich das eben auf einmal süß. Tuttitutti hab ich mit dem gemacht, so mit den Fingern an dem rumgespielt, dass es mal richtig auf und ab hüpfte. Und wo ich mich jetzt dran erinnere: Es hat ein Gesicht gehabt. Beim Tuttituttimachen hat das Teil plötzlich ein Gesicht bekommen, so richtig mit Mund und Nase und Augen. Und die Nase war so klein, ganz klein, und die Augen ganz dunkel. Kohlschwarze Augen, hab ich gedacht, das ist ein richtiges Rassekindchen, aber dann. Genau in dem Moment, wo ich die Augen gesehen hab, hab ich auch in den Spiegel gekuckt. Und das wars dann.

Da sah ich dann mich, den Fränki, voll erwachsener Mann, der mit seinem braunen Beutelchen rumspielt. Das war dermaßen lächerlich und abstoßend und sowas, da bin ich echt ausgerastet. Fränki steht nackig vorm Spiegel und macht Bubu mit sonem Teil. Muss Aa machen, hat das noch zu mir gesagt, das war dann schon der reine Hohn. Bin ich also los, direkt ins Badezimmer, und habs abgeknipst.

Keine drei Tage hat das gedauert, da fing das Ding wieder an zu wachsen. Aus dem ganzen verkrusteten Blut und dem Eiter raus. Erst dachte ich, das gibts ja wohl nicht. Ich wollte das nicht wahrhaben. Hundertmal am Tag hab ich da draufgedrückt: Blutkruste, klar, aber auch wieder son kleiner Pöppel drunter. Und klar, der Pöppel, das war das Ding, und nach zwei Wochen wars wieder genauso groß wie vorher. Und zwar exakt genauso! Ich hab das ja immer mit der Schieblehre gemessen. Die Breite und die Länge gemessen, und auch die von der Nabelschnur. Immer die gleichen Maße, jeden Tag, dreihundert Tage lang.

Zarte Eigenhaut. Du stehst nackt vorm Spiegel, drückst und ziehst an dem fiesen Labberteil an deiner Hüfte rum und denkst: Zarte Eigenhaut. Knacker Einfach in zarter Eigenhaut – total perverse Werbung, haben wir uns in der Schule krankgelacht drüber. Und ein paar Jahre später kuckt man in den Spiegel und hat selber son Ding. Zarte Eigenhaut. Kackwurst statt Knackwurst, da ist man bedient. Könnte ich heulen, wenn ich bedenke, wie die Zeit vergeht. Worüber man am lautesten lacht, das hat man wohl auch am ehesten am Arsch.

Wem ichs richtig gönnen würde, ist die Schleckertante. Die linst nämlich heimlich in die Fototaschen von den Kunden rein, da bin ich mir sicher. Deshalb hat die mich damals an der Kasse auch so voll mit Verachtung angekuckt. Ich hab das Säckchen ja immer fotografiert. Immer geknipst, bevor ichs abgeknipst hab, haha. Superlustig, aber das Lachen verkneif ich mir lieber. Denkt die dicke Ische nachher noch, ich amüsier mich mit ihr. Jeden Tag einmal geknipst, fast ein Jahr lang. Immer bevor ich zum Kosmos gegangen bin, mit Selbstauslöser. Hab ich mir extra sone Fußmatte für gekauft und die einen Meter vorm Fensterbrett installiert. Immer da draufgestellt, und dann Foto. Und wenn der Film voll war, zum Schlecker damit.

Ich dachte, vielleicht erkenne ich leichte Farbunterschiede mit der Zeit. Oder dass sich die Lage von dem Ding verändert, dass das vielleicht nach oben wächst im Sommer, sein Köpfchen streckt oder so. Aber nix da, dreihundert Bilder und immer dasselbe schlaffe Beutelchen drauf. Braun und schlaff und scheiße. Wenn die Schleckertante da reingesehen hat, ist natürlich alles klar. Dann muss die mich für komplett verschädelt halten. Dabei stand da ein ganz vernünftiger, eisern durchgezogener Plan hinter, aber wie soll das sone neugierige

Wachtel schon wissen. Zum Schlecker geh ich jedenfalls nicht mehr. Nie mehr, da linsen sie einem in die Fototaschen rein.

Und auch nie mehr mit der Dicken nach Hause. Krieg ich nicht ausm Kopf raus, diese Horrornacht. Ich hab schon ganz schwitzige Hände, und bestimmt ist auch meine Birne knallrot. Als wenn ich wieder bei der auf der Couch läg, hat die etwa grade gestöhnt?

Gehts jetzt endlich los mit uns, Baby? Sieht ja fast so aus, als hätte der alte Fränki deinen G-Punkt getroffen.

Dabei hab ich ihr nur mal son bisschen ans Steißbein gelangt. Schönes sattes Fettpölsterchen hat die da, da greif ich eigentlich ganz gerne rein. Dieser Steißbeinschinken ist mir fast noch angenehmer als Tittenfleisch. In Titten hast du immer diese Adern oder was das ist, du greifst da rein und im selben Moment entgleitet dir das auch wieder. Wie Gelatine, wie Slime, dieses Zeug, mit dem man früher rumgesaut hat. Das hat natürlich auch was für sich, weil man quasi die ganze Zeit am Gewinnen und Verlieren und Hinterherjagen ist. Da ist man als Mann gefordert, von seiner Natur her. Aber das Steißbeinpolster ist fester. Die ganze Gegend da, das ist wie ne kleine, sichere Insel zwischen Rücken und Arsch. Und dass man das packen kann und in der Faust behalten und so. Kann man dran rumkneten und weiß, das ist das Filetstück, das findest du so nirgendwo sonst am Körper.

Meine eigene Insel da hinten pack ich ja auch gerne an. Auf der Seite liegen, im Bett, und sich ins Steißbein zwicken. Das find ich so geil, da könnt ich schreien. Dass ich da nicht früher drauf gekommen bin, dass das der Dicken genauso gut gefällt. Na ja, besser spät als garnicht. Jetzt hat sie jedenfalls angebissen, vielleicht geht die jetzt mal n bisschen aus sich raus.

Ist ja nun leider schon ne Weile her bei mir, die letzte Höggelei. Ganz schön lange schon, und dadran will ich echt nicht zurückdenken. Das war so dermaßen scheiße, mein Gott.

Wenn ich mich jetzt nicht sofort zwinge, das zu verscheuchen, geht mein Dödel für alle Zeiten auf halb sechs. Dann wird das hier nie was. Und vielleicht war das ja auch gar kein Stöhnen. Vielleicht ist die ja eingepennt. Das wär natürlich der Hammer, aber andererseits. Dann könnt ich jetzt weglaufen. Und morgen sonstwas erzählen. Wenn die dann das nächste Mal zum Kosmos reinkäme, na ja, garnix würd ich erzählen. Ich würd die auch nicht ankucken oder so, nur notfalls, wenn die auf mich zukäme. Und dann würde ich ihr so voll dreist in die Augen sehen, so, Hi Baby, du hast ja geschrien wie am Spieß letztens. Als ich dich rangenommen hab und so. Normal beschweren sich die Nachbarn bei sowas, und weißt du noch bei der dritten Nummer? Als du nur noch Auaauaaua gestammelt hast und ich dich so voll einfühlsam gefragt hab, ob ich dir wehtu und aufhörn soll? Und wie du dann gesagt hast, Ohgott, Fränki, mach bloß weiter, sonst reiß ich dir die Nüsse aus? Du warst aber auch drauf, Mädel!

Obwohl, wahrscheinlich sollte ich das Ganze doch was sparsamer angehen. Nachher denkt die, sie hätte n Abo bei mir. Dann wär ich aber richtig gefickt. Ich glaube, jeder zweite Trottel lernt seine Alte inner Kneipe kennen. Oder auf ner Party, oder beim Karneval. Alle verklemmt, aber dann: Alkohol, Anmache, klar, tanzen knutschen Frau meines Lebens. Wenn die Ische glaubt, sie kann mich um den Finger wickeln, dann ist die selber extrem schiefgewickelt. Ich heirate doch keine Alte ausm Kosmos!

Das ist überhaupt ein schrecklicher Gedanke: dass die Dicke demnächst nochmal im Kosmos aufkreuzen könnte. Vielleicht ist die zugezogen und rein zufällig hier gelandet. Und dann staubt die direkt am ersten Abend nen Lokalmatadoren ab. Wär ja kein Wunder, wenn die jetzt andauernd da auflaufen würde. Wo man einmal gut gegessen hat, da geht man wieder hin.

Ich könnte die ja gradeheraus fragen, so, Hey Baby, bist du etwa eingepennt? Aber was, wenn die noch wach ist. Wie ich dann dastehen würde und so. Als wär ich unsicher. Ein Typ, der Stöhnen nicht von Schnarchen unterscheiden kann. Der ist ihr rechtes Bein vom Sofa gerutscht, die ist offen wien Scheunentor. Aber auch sowas kann ja Absicht sein. Die machen die Augen zu, die Ladys, und lassen dann alles so gleiten. Lassen sich gehen, alles schlaff und bereit, Nimm mich, Macker, und kuck mal, wie zufällig grade mein Bein vom Sofa gerutscht ist.

Das stinkt mir immer, sowas. Wenn man so dreist mit der Nase drauf gestoßen wird, was als Nächstes zu tun ist. Erst liegt sie stundenlang nur so rum wie ne tote Robbe, und dann schnickt sie ihr Bein vom Sofa. Mach mal hinne, soll das wohl heißen. Und so primitiv auch. Aber andererseits ist ja auch mein Dödel son bisschen steifer geworden. Ob das echt an dem blöden Trick mit dem Bein liegt? Sagen wir mal so: Am besten ist, ich wühl mich jetzt einfach mal so richtig in die rein.

Ich verstehe einfach nicht, was die vorhat. Und irgendwie weiß ich noch nichtmal, ob mein Dödel wirklich in der drinsteckt. Da ist plötzlich alles Gefühl raus, ich spür den nicht mehr. Der könnte hart sein wien Besenstock, aber auch weich wie ne Knetstange. Ich weiß es einfach nicht. Und ich kann ja jetzt auch schlecht da runtergreifen, an meinen eigenen Dödel. Ich bin ja schließlich am sexen, eventuell oder so, und da wär das doch ziemlich uncool, sich jetzt vergewissern zu wollen. Andererseits liest man das ja manchmal von Nutten, dass die den dumpfgeilen Typen ihren Pimmel nur zwischen die Oberschenkel stecken. Und die Spacken denken dann, sie wären voll am Abhöggeln. Konnt ich nie glauben, diese Geschichten, dass Männer so dämlich sein können. Aber auf jeden Fall fühl ich mich jetzt so. Ich häng in keiner Muschi drin, sondern irgendwo zwischen den Oberschenkeln von der Ische. Und das Warme an der Spitze von meinem Edelfränki ist das Polster von der ihrem abgeranzten Sofa.

Aber dann wär die ja nicht plötzlich so aktiv. Die ist mir jetzt wirklich das Rückgrat am Kneten. So langsam, aber richtig feste von oben abwärts. Die ist kräftig, klar, das sind so dicke Ischen immer. Schon specki, aber auch Muskeln drunter. Die denkt bestimmt: Steißbein für Steißbein, und da hat sie ja auch recht. Tatsch nur ruhig an meinem Steißbein rum, Kleines, der Fränki mag das. Ist wirklich wahr, ich bin mir jetzt fast sicher, dass ich in der drin bin. Auf jeden Fall ist mein Ködel irgendwie am Bimmeln, da gibts gar kein Vertun. Und dann macht man ja auch quasi automatisch so Bewegungen, hoch und runter, das ist alles der genetische Code. Wenn die jetzt was sagen würde. Uh uh, oder so. Dann wär ich mir ganz sicher. Wenn die irgend sowas sagen würde, dann wärn wir auf jeden Fall richtig dabei.

Sagt sie aber nicht. Die sagt garnix. Stattdessen fummelt die immer tiefer an mir rum, ich glaub fast. Ich glaub fast, die will mir an die Rosette. Das wär jetzt wirklich der GAU. Das wär absolut das Ende. Wenn die denkt, sie darf mir nen Finger in den Hintern schieben, dann sterbe ich. Dann schlag ich die tot.

Das kann die echt nicht bringen. Hat die denn gar keinen Respekt vor mir? Jetzt ist sie schon auf halbem Weg, da wo die Arschhaare anfangen. Wo die Haut brauner wird und die Haare anfangen. Ich kneif die Backen zusammen wie blöd, aber die kämpft sich weiter vor. Ich hab schon dieses komische Gefühl, dass ich scheißen muss.

Was sagt man denn in soner Situation? Lass das, Baby, ich brauch das nicht? Dann hält die mich doch glatt für verklemmt. Vielleicht ist das ja üblich heutzutage, dass die Ischen einem nen Finger reinschieben. Vielleicht machen das ja alle, das hat ja auch was. Ich mach das ja auch, manchmal, ganz selten. Früher mal. Aber Ischenfinger, das geht einfach nicht. Und jetzt ist die auch noch am Grinsen, ganz leicht. Die macht sich heimlich über mich lustig. Ich könnte dir ja mal eine scheuern, du Trulla, wie wäre das denn? Hab den Hintern son bisschen angehoben, damit sie nicht mehr drankommt. Aber dabei sind die Arschmuskeln kurz abgeschlafft, und jetzt ist sie nochn Stück tiefer gekommen.

Wenn ich allein an die Finger von der denke. Im Kosmos hat die ne Packung Nüsschen gegessen. Zwei Happse, dann waren die weg, die Ültjes. Und dann hatte die dieses salzige Fett an den Flossen, damit schmiert die mir jetzt die Rosette ein. Oh Hölle! Man müsste Haifischzähne an der Schwarte haben. Dann wär der jetzt ab, der Finger von der.

Das Gemeinste ist, ich hab jetzt wirklich nen Ständer. Ich glaub fast, grade hab ich auch son bisschen gestöhnt. Peinlich ist das, nicht dass die womöglich denkt, ich hab Spaß an der. Dass die womöglich denkt, ich würd auf sie abfahren. Ist doch klar: Fängst du einmal an zu stöhnen, denkt sich die Ische, ihre Arbeit ist getan. Dann tut die nix mehr. Als müsste sie nur am Zündschlüssel drehen und den Motor starten. Immer groß auf Gleichberechtigung machen, ich sags doch, aber beim Höggeln wollen sie dann doch alle unten liegen. Na mach schon, Macker, jetzt nagel mich mal ordentlich. Ich hab doch gehört, dass du grade voll gestöhnt hast, du bist doch auf Touren.

Neenee. Besser ist, man lässt sich nix anmerken. Damit lockt man die Ischen aus der Reserve, dann setzen die noch einen drauf. Und noch einen, und wenn man Glück hat, kriegt man sogar richtig einen abgekaut. Scheiße Scheiße. Das hätt ich auch mal so gerne. Das fänd ich so schön, wenn mir mal eine richtig einen blasen würde. Im Holzlager oder so.

Klar, wenns drauf ankommt, erzähl ich, dass mein Dödel jede Ische am Zungenschlag erkennt. Aber in echt hat mir noch nie eine einen abgekaut. Irgendwas mach ich falsch bei den Ladys, irgendwas hab ich einfach nicht kapiert. Alle kriegen einen geblasen, nur ich nicht. Dabei ist da doch garnix bei. Ich stell mir das einfach wahnsinnig geil vor, wenn sone Frau meinen Schwanz in den Mund nähme. Dass sich dann beim Hoch und Runter der ihre Lippen nach außen stülpen und die Nase kriegt sone leichte Biegung und so. Und dass sie dann vielleicht da unten am Rumkauen ist und kuckt mal zu mir hoch. Große Augen, kucken mich an, und die hat dabei meinen Schwanz im Mund. Hach! Das wär echt der Hammer. Und vielleicht klappts ja noch. Vielleicht besinnt die sich ja noch und kaut mir richtig einen ab. Die denkt sich halt: Steck ich dem Typ mal erst den Finger in den Arsch, und dann verpass ich ihm ne ordentliche Fellatio. Man muss halt nur Geduld haben mit den Frauen. Und man darf auf keinen Fall stöhnen.

Diese blöde Denkerei immer. Da wird mein Edelfränki schon wieder ganz klein von. Ist der beleidigt, wenn ich nicht bei der Sache bin. Das spür ich, wie ner Schnecke ihre Fühler zieht der sich zurück. Ich weiß nichtmal, ob ich gekommen bin. Wenn ich mein Ding so betrachte: Klar, total vollgeschleimt. Aber das kann ja auch von der Dicken sein. Ich weiß es einfach nicht. Ging alles so plötzlich. Wahrscheinlich wars der Moment, wo sie mir den Finger kompletto reingeschoben hat. Und dass ich dann zugestoßen hab wien Nashorn, weiß nicht mehr genau. Ein Stoß womöglich nur, aber dabei ist dann alles raus. Das kann ja sein. Mit einem Schuss die volle Ladung. Scheint ihr irgendwie wehgetan haben, jedenfalls hat sie dann direkt den Finger rausgezogen.

Gottseidank, und ich hoffe, dass die das im selben Moment vergessen hat. Vielleicht ist die ja auch gekommen, wer weiß. Vielleicht ist die ja voll abgegangen bei dem Stoß, voll Orgasmus und so, und hat dabei vergessen, dass sie zwischendurch nen Finger in meinem Hintern hatte. Hoffen wirs mal. Nicht dass die womöglich demnächst im Kosmos aufkreuzt und mich so schelmisch ansieht. Mir mit ihrem Finger vor der Nase rumspielt, um mich an die Sauerei zu erinnern. Oder dass die das jemand erzählt, Ey, wisst ihr schon das Neuste, der Fränki hats gerne von hinten.

Dann wär ich erledigt, für alle Zeiten. Dann müsst ich mir ne neue Pinte suchen.

Am besten, ich setz mich jetzt mal einfach wieder aufrecht hin. Werd ich nie erfahren, ob das jetz ne richtige Nummer war oder nicht. Einfach weglaufen würd ich am liebsten. Hose hoch und raus. Tür zu und Treppe runter. Den Reißverschluss und den Gürtel, darum könnt ich mich ja immer noch später kümmern, auf der Straße. Das würde mir im Moment so richtig garnix ausmachen, mir den Latz erst auf der Straße zuzumachen. Und wenn hundert Leute zusehen würden, und wenn fünfzig davon superhübsche Ischen wären. Der große Befreiungsschlag wäre das, verglichen mit der Scheiße hier aufm Sofa.

Ich könnte ja sagen, Hey Baby, mach mal grade die Augen zu. Mach mal die Augen zu, sag ich, und dann denkt die natürlich, jetzt kommt was ganz Besonderes, das superspezielle Fränki-Nachspiel. Und dann macht die die Augen zu und ich zieh schnell die Hose hoch und zische ab. Nur schnell die Jacke noch vom Haken gezogen und ab durch die Tür, das wärs doch. Und dann gefälligst mal ganz schnell ins Kosmos, bevor das zumacht.

Aber was würde die Lady dazu wohl sagen? Ist vielleicht besser, ich bleib noch ein bisschen hier. Gibt Situationen im Leben, die muss man einfach aushalten, auch wenn alles auf einmal kommt. Grade hatte ich das Gefühl, dass der Pöppel sich regt. Schaue runter an mir, und da sind plötzlich wieder diese kleinen, kohlschwarzen Augen. Ich will noch ein Schwesterchen, sagen die. Bitte, Papa, ich bin so allein, ich will jemand zum Spielen haben.

Wenn das nicht so vollkommen schwachsinnig wär, würd ich den zu der Dicken schicken. Kuck mal da rüber, Kleiner, da ist ein Spielplatz. Da ist son kleines Pöppelmädchen, genau wie du, das würde sich riesig freuen, wenn du mit dem Nachlaufen spielst. Meine Fresse, ich drehe echt am Rad so langsam. Ist echt an der Zeit, das Ding mal wieder abzuknipsen. Höchste Eisenbahn. Aber erst muss ich zusehen, wie ich aus der Bude hier rauskomme. Ich werd jetzt der ihr Bein von meinem Schoß heben und die Hose hochziehen und mich nach draußen schleichen. Dann gehe ich ins Kosmos und trinke noch zwei Bier. Und zuhause ziehe ich mich aus und gehe schnurstracks ins Badezimmer. Heftpflaster, Melkfett, Nagelknipser.

N frisches Bier wär jetzt sowieso die Lösung. Ganz schnell nochn Bier bestellen und den Horrorfilm mit McSpecki ausschalten. Immerhin ist die ja wirklich nicht mehr wiedergekommen seit damals. Am besten ich kleb mir nen Schnäuzer an oder so. Oder ne Perücke, dann wär auch der Mist mit der Glatze erledigt. Hauptsache, die erkennt mich nicht.

Sowas prägt einen natürlich, sone Enttäuschung wie die mit der Dicken. Aber im Prinzip hab ich das vorher gewusst, ich bin da irgendwie nicht der typische Mann. Also ich kämpfe nicht rum nur wegen ner Ische. Wenn ich hier auflaufe, will ich mein Bier trinken, sonst nix. Ich glotz nicht jedem Rock hinterher und ich messe mich auch nicht mit den anderen Spacken hier. Die können meinetwegen ihre Show abziehen wie sie wollen. Solange ich meinen Thekenplatz kriege, ist alles easy, und ich denk auch nichts Schlechtes über die. So von wegen, Na, ihr dämlichen Schwänze, könnt ihr wieder euren Abend nicht genießen, weil da hinten ne halbwegs bumsbare Ische rumgurrt? Mein Gott, was seid ihr arm dran, seht mal mich an: Fränki Kattwinkel, trinkt sein Bier und sonst nix. Darum würde die auch viel lieber mit mir in die Koje gehen, die Ische. Weil meine Tour viel sympathischer is. Weil ich die nich die ganze Zeit anglotze und der mit blöden Bemerkungen aufn Wecker gehe. Ich sehe doch, wie die euch ankuckt. Verpisst euch, sagen der ihre Augen. Und dann, wie die ab und zu zu mir rüberlinst, so voll, Fränki, bitte ey, lass uns gehen.

Aber nix da.

Von Weibern hab ich im Moment echt genug. Und ich hab absolut keinen Bock, jetzt schon nach Hause zu gehen. Ich geh nie um die Zeit nach Hause, und warum soll ich nur wegen soner Ische alle meine Gewohnheiten aufgeben. In der Woche bis um eins, und am Wochenende so lange, wie ich aushalte. So is das, Baby, und da musste dich schon dran orientieren. Spricht im Prinzip echt nix dagegen, dass ich dich mitnehme. Aber eben nicht schon jetzt, verstehste.

Und genau das findet die dann wahrscheinlich auch wieder gut an mir. Dass ich so konsequent bin, rasend vor Verlangen macht die das. Die weiß genau, die braucht bloß mit dem Finger zu schnippen, dann lauft ihr blöden Spacken der hinterher. Würdet ihr hundertpro euer Bier und euren besten Kumpel für stehen lassen. Oder dass euch grade sone gute Busenfreundin erzählt, wie sie ihr Typ verlassen hat und dass sie sich jetzt umbringen will und so. Die würdet ihr auch stehen lassen, um mit dem Schuss abzuhauen. Aber genau das is auch der Fehler. Für die Lady seid ihr damit unten durch, weil das beweist, dass ihr eben kein Rückgrat habt. Kein Rückgrat, kein Schwanz, und der Fränki is da ganz anders.

Der bleibt eisern sitzen, der lässt sich von soner Nuss nicht so schnell weichkochen. Eher kocht der die weich, bis sie fast am Schreien ist vor Gier und so. Bis die dann quasi alles für den tun würde, ihm auf der Stelle einen blasen und so. Oder dass sie schon nasse Knie kriegt, wenn sie nur an dem seinen alten Pullovern riecht, und dass sie heimlich von der Uni abhaut und in den Baumarkt kommt. Weil sies nicht mehr aushält ohne ihn und unbedingt im Holzlager gevögelt werden will, Bitte, Fränki, ich pass auch auf, dass die OSB-Platten nich nass werden.

Aber dann hat sie natürlich doch nicht aufgepasst, weil sie völlig von Sinnen war beim Höggeln, und ist n feuchter Fleck auf der obersten Platte.

So läuft nämlich der Hase bei den Weibern. Dass dies mögen, wenn mans ihnen son bisschen schwieriger macht. Dass die dann abgehen wie die Lufthansa, wenn man sie nur lang genug zappeln lässt. Mein Gott, im Holzlager. Wie oft ich mir da einen gekloppt hab. Da gibts echt keinen Winkel, wo Fränki nicht schon aufgeschlagen ist. Aber eben immer alleine, ich glaub, da würd ich sogar die Nuss von der Lampenabteilung vögeln. Obwohl die einem tierisch auf die Nerven geht und womöglich lesbisch ist und so. Einfach um das einmal gemacht zu haben, was man sich da so den ganzen Tag vorstellt. Hach, das wär so schön. Ich und irgendein Schuss im Holzlager, und voll am Knutschen und so. Und dann will die mit mir schlafen und ich hab schon voll die Latte und sag Ja und so. Einfach zwei Böcke und ne große OSB-Platte drübergelegt. Und ich mit der da drauf, kompletto nackt und so und am Höggeln. Oh ja, Fränki, ohgottohgott is das geil, warte, ich dreh mich mal grade um und so. Und ich die dann so von hinten am Nehmen, in dem scheiß Holzlager, wo ich sonst immer nur mit meiner Latzhose am Rumlaufen bin.

Aber nützt ja alles nichts. Muss ich mir wohl ausm Kopf schlagen, ich mein, was ist am Poppen auch schon besonders? Da wird immer ein Spiel drum gemacht, das glaubt man garnicht. Poppenpoppenpoppen. Steckst du deinen Dödel irgendwo rein, tocktocktock und ab die Luzzi. Und das wars dann, bis zum nächsten Mal in acht Tagen. Oder so. Kann ja sein, dass das nochmal ne andere Sache is, wenn zwei jetzt richtig verliebt sind oder so. Dass das dann mehr als nur Sex ist. Keine Ahnung, ist mir aber auch scheißegal. Sollen die doch alle poppen, bis sie nur noch Rühreier im Sack haben.

Abwarten, sag ich da nur. Man muss nur warten können, meine Zeit wird schon noch kommen. Wenn die sich alle blöd gepoppt haben. Dass quasi alle Spacken mit so Spiralaugen durch die Gegend laufen, weil sie sich das Hirn aus der Birne gepoppt haben. Oder dass keiner mehr einen hochkriegt, weil ers so satthat. Weil sein Schwanz sagt, Du kannst mich mal, ich hab die Schnauze voll und so. Und dann kommt Fränki Kattwinkels großer Auftritt. Dann hat keine Ische mehr nen Stecher und ich bin der Einzige, der noch nen ordentlichen Ständer vorweisen kann. Oh Fränki, bitte, heute bin ich mal dran, bitte sag Ja und so.

Dass die quasi vorm Kosmos Schlange stehen. Dass da Zeitungsartikel erscheinen: »Der letzte Mann mit nem Ständer – Fränki Kattwinkel an der Theke von seiner Stammkneipe«. Dass die so richtig bis zur Stadtgrenze Schlange stehen, nur um mal mit mir poppen zu dürfen. Seh ich schon den bescheuerten Holger, wie der da nervös wird. Weil der hat sich ja auch über die Wupper gepoppt. Und dass wir dann unten auf der Kegelbahn son Bett aufstellen. Eine Minute poppen fünf Euro, zehn Minuten fünfzig Euro, mit Abspritzen n Hunni extra. Oder am besten direkt n Hunni Startgeld, vorher fass ich mir nichtmal an den Gürtel. Und auch jede Minute immer wieder hundert Ocken, weil ich kanns mir ja leisten. Weil ich so anständig abgewartet hab, bis alle anderen sich blödgepoppt haben. Oh Fränki, kreisch und so, mir juckt die Muschi wie zehn Mückenstiche auf einmal, und wie die dann an der Fensterscheibe kratzen und die ablecken und so. Um nur mal nen Blick auf mich zu erhaschen, und dass dann quasi jedes Mal der höllen Applaus aufbrandet, wenn ich mir nur n neues

Bier bestelle. »Fränki-News, Mittagsausgabe, Fränki Megapopper hat sich sein zehntes Bier bestellt, nun wartet die Damenwelt darauf, dass er sich zu seinem ersten Klogang erhebt. Jede Sekunde kanns soweit sein, dass er pinkeln muss. Das Glied der Nation ergießt sich ins Urinal vom Kosmos, und paar Meter weiter auf der Straße fallen die Weiber reihenweise in Ohnmacht.«

Das wäre dann immerhin eine Situation, wo Poppen echt was Besonderes wäre. Weils dann halt richtig selten ist. Fränki Megapopper, der letzte Ständer vom Blauen Planet. Wie ich da quasi mein Erbgut über die ganze Welt streue, Millionen kleiner Fränkis von Kuala Lumpur bis Kurdistan. Und alle ham nen richtig großen, kerzengraden Dödel und sind mit zehn komplett geschlechtsreif und so. Und der Dödel wird auch immer sofort steif, aufn Fingerschnippen sozusagen, dass sich nie ne Ische über irgendeinen Fränki beschweren muss. Dass da quasi »Made in Germany« drauftätowiert wäre, auf jeden von den kleinen Nachwuchsdödels.

Sagen wir mal so: Wenn mich jetzt eine anquatschen würde, so mit dem Stevie in der Hose und so, dann würd ich glaub ich sofort mit der mitgehen. Ab in die nächste Koje, und womöglich sogar nichtmal mein Bier austrinken. Einfach um das gleich mit der durchspielen zu können. Dass die also n paar hundert Ocken gelatzt hat, um mit mir poppen zu dürfen. Und wie die dann schon am Abkeuchen ist, wenn ich mir nur das Unterhemd aus der Hose ziehe und so. Und dann fragt die immer, wieviel Zeit noch ist und ob sie nochmal kommen darf und so. Und wegen Küssen mit Zunge und so, wieviel das extra kostet, Oh Fränki, ich sterbe.

Am besten, ich bestell mir nochn Bier. Das sind so Phantasien, da merkt man dran, dass man son bisschen besoffen ist. Dass einem das Zeug langsam in die Birne steigt. Wahrscheinlich bin ich doch son bisschen wie die anderen Spacken auch. Dass es mir letztlich nur um das eine geht. Wie komm ich sonst auf sone brutal abgeschädelte Idee? Dass die Weiber wegen mir Schlange stehen und so, meine Fresse. Aber ist schon wahr: Wenn ich ne Ische sehe, dann check ich die ab auf ihre Bumsbarkeit. Ohne jede Ausnahme und in jeder scheiß Situation. Da könnt ich grade den Job verloren haben oder einer erzählt mir, er hat Hodenkrebs oder so. Wenn in dem Moment ne Alte vorbeiläuft, check ich die ab. Sagen wir so: Die Sache mit der Insel, Schiff gekentert, und nur die und ich haben überlebt. Und dann die Frage, Wieviel Tage dauerts, bis ich mit der in der Koje lande? Also bis ich die anpacke.

Gibt natürlich welche, da geht garnix. Aber sagen wir so Mittelhässliche, da käms ungefähr am sechsten, siebten Tag über mich. Schätze ich. Und richtige Schüsse sind logo schon direkt am ersten Tag reif. Also quasi dass das Schiff noch am Untergehen is und ich schon auf der drauf und so. Hey Fränki, was meinste, ob wir uns nich nochn paar nützliche Sachen von dem Wrack holen sollten? – Nee, Baby, lass uns mal lieber direkt poppen. Ich bastel dir dann schon alles, was wir brauchen. Ich bin aus der Holzwirtschaft und so, nen besseren Robinson als mich findeste nich so schnell. – Okay Fränki, dann popp mich weiter, ich dachte ja nur.

Und genauso machen das auch alle anderen Spacken auf der Welt. Jeder Eskimo und jeder Indianer, und erst recht son Belgier oder Chinese oder so. Sehen ne Frau, kucken der ins Gesicht, auf die Titten, Arsch und so, scannen die komplett ab innerhalb von Sekundenbruchteilen, und fällen ihr Urteil: Die da, sagen wir zweiter Tag, weil zwar hübsches Gesicht, aber n bisschen kurze Beine. Die da fünfter Tag, bei der muss ich erstmal son bisschen notgeil werden. Die da achter Tag, scheiße, hoffentlich kommt vorher n Boot vorbei, das uns rettet. Und dann die da zehnter Tag, Gott, du Schwein.

Dabei sollte man doch eigentlich nur kucken, dass die n stabiles Gebärbecken hat und so. Weil der Mensch will sich ja eigentlich nur fortpflanzen. Dass man der Ische also ansieht, was fürn fähiges Muttertier die ist, Ha, zehn Kinder, kein Problem, komm, Fränki, mach die Fußballmannschaft voll. Aber ist nicht so. Ist einem vollkommen Wurst, geht nur um den Body, und jetzt hätt ich echt gern mal das Glas wieder vollgemacht. Das ist so abtörnend, wenn man nix zu saufen hat in soner Kneipe. Dass man quasi am Vertrocknen ist und einem auch schon das Hirn schrumpelt und man plötzlich nur noch Scheiße im Kopf hat.

Ich muss jetzt unbedingt an was anderes als poppen denken.

Das Beste an Männern ist doch eigentlich, dass man sie nicht ficken will. Dass man also mal schwanzmäßig seine Ruhe hat. Nur eben bei Schwuletten nicht. Wenn man weiß, dass einer n Schwanzlutscher ist, fühlt man sich plötzlich selber abgecheckt, als wär man ne Frau. Das ist mir so unangenehm, da tut mir direkt der Hintern weh. Wenn einen son Ferkel geil ansieht. Da bricht einem der Schweiß aus und man will nur noch weg von da. Aber andererseits fängt man natürlich in sonem Moment auch selbst an rumzuchecken. Das passiert ganz automatisch, ohne dass man was dagegen tun kann. Man ist dann auch kein bisschen schwul, logo nicht. Das ist eher so, dass man den wie ne Frau betrachtet, ganz routinemäßig also, und deswegen ist man eben auch nicht schwul. Dieser Checkvorgang, der spult sich ab wien Jingle, und dann ist das erledigt und man wacht irgendwie auf und sagt sich: Iih, das is ja ne Schwulette, die ich da abgecheckt hab, jetz aber nix wie weg hier.

Ich sollte mich einfach mal n bisschen unterhalten. Dass ich auf andere Gedanken komme und so. Oder dass man vielleicht mal wieder aufs Klo geht. Sich die Beine vertreten, paar Leute sehen und so. Ich mein, eigentlich muss ich noch garnicht. Aber theoretisch könnt ich ja jetzt n bisschen abstrullen, und dann nachher direkt nochmal. Dann hätt ich schon wieder nen Grund aufzustehen. Gibt ja so Leute, die laufen auch inner Kneipe die ganze Zeit rum. Stehen mal hier und mal da, immer scharf aufn Gespräch. Und im Zweifelsfall natürlich mit ner Ische. Aber zu den Leuten gehör ich nunmal nicht, ich brauch meinen festen Platz. Und darum lern ich eben auch weniger Leute kennen. Ich sehe sogar weniger, weil umdrehen tu ich mich natürlich auch nicht.

Aber jetzt schon wieder pinkeln gehen, ich weiß nicht. Solange ist das noch nicht her, dass ich war. Da könnte jemand auf dumme Gedanken kommen. Dass ich womöglich Durchfall hab oder so, Haha, kuck dir den Fränki an, der hat den schnellen Otto und so. Das wär mir peinlich, wenn einer sowas denken würde. Oder dass ich ne schwache Blase hab, das geht ja auch keinen was an. Gibt ja so Leute. Die achten genau drauf, wann einer aufs Klo geht, wann der sich ne Kippe ansteckt oder mit wem der grade labert. So verstörte Spacken, die nix mit sich anfangen können. Denen ihre scheiß Neugier wie son Tentakel aus der Stirn wächst. Denen werd ich jetzt mal schön n Schnippchen schlagen. Und einfach sitzen bleiben.

Das Problem is ja auch, dass ich nicht mehr so ganz nüchtern bin. Dass ich womöglich schon son bisschen schwanke. Gibt hier Leute, die kommen grade von zuhause. Oder ausm Kino oder so, die sind noch völlig trocken. Und dann ich so zwischen denen durch und knalle allen an die Schulter. Dass die sich dann zuzwinkern, so von wegen, Kuck mal der, der hats aber hinter sich. Der is ja schon total abgeschädelt, die arme Sau, und kuck dir nur die Klamotten von dem an und so. Boah, hier hängt aber auch ein Pack rum!

Neenee, da halt ich lieber noch was ein. Eh ich so über mich reden lasse. Am besten bleib ich hier einfach sitzen. Solange bis ich das Gefühl hab, dass ich nicht mehr schwanke.

Ich kenn das doch schon. Das is nur sone Phase. Die Schwankphase. Noch dreivier Bier, dann is alles wieder gut.

Wer hier behauptet, ich wär schon betrunken, der muss den Verstand verloren haben. Ich bin so nüchtern, ich könnt jetzt nochn Tausender-Puzzle zusammensetzen. Oder nen scheiß Berg hochklettern oder eben nochn paar Bier trinken. Und genau das werd ich auch machen, was soll ich denn mit nem Puzzle.

Der Vollproll neben mir, der ist echt am Schwanken. Der singt auch schon länger nicht mehr mit, und meinen Aschenbecher lässt der inzwischen auch in Ruhe. Aber als der sich grade so aufrichten wollte auf seinem Hocker. Da hab ich das gemerkt. Der wäre beinah hinten rüber gefallen, so breit is der schon. Echt peinlich sowas, hoffentlich kotzt der mich nicht noch voll oder so. Zum Glück besteht wohl keine Gefahr mehr, dass der mich nochmal anbrabbelt.

Blöd is nur, dass die Hose mit jedem Bier n bisschen enger wird. Ich hab schon heimlich den Knopf aufgemacht, aber im Prinzip könnt ich auch in irgendnen Sportverein gehen. Irgendwas, wos nicht so auf die Knochen geht, Tischtennis oder so. Aber da wird man von allen Ischen auf der Welt natürlich volle Motte ausgelacht, Was, du spielst Pingpong, du armer Willi? Und dann laufen sie kichernd von einem weg und halten sich die Hand vorn Mund und so.

Mit Fußball kann man einfach mehr strotzen. Oder mit Autorennenfahren, aber wer fährt schon Autorennen. Sagen wir mal, man sieht gut aus, hat n frisiertes Moped und ist Mittelstürmer im Dorfverein – dann gehts richtig ab. Dann kann man sich seine Maus aussuchen. Aber wenn du nur Tischtennis spielst, an Brett 5 in der 2. Mannschaft oder so, dann kannst dus vergessen. Dann kannst du quasi alles vergessen. Kommst du ins Festzelt, Allerheiligen oder so, dann zeigen schon alle mitm Finger auf dich: Kuck mal, der Spacken da, der spielt an Brett 5 in der 2. Mannschaft vom Tischennisverein, glaubst du das? Und nachm Spiel geht der mit den anderen Wampen Skat kloppen und dem sein Schlafanzug ist aus Frottee. Und so.

Das ist genau das, was man über Tischtennisspieler denkt. Genau wie Minigolf. Wenn da aufm Minigolfplatz son Irrer sein Köfferchen mit den Titschbällen auspackt. Dass die also quasi zwanzig Bälle haben, und die titschen solange gegen den Ring, bis sie mal das Loch kreuzen und dann reinfallen. Das gibts wahrscheinlich nur in Deutschland, Minigolfvereine. Und so Spacken, die sich da hinstellen und ohne sich zu schämen ihr Köfferchen auspacken. Die haben dann logo dieselbe Stammkneipe wie die Tischtennisleute. Weil der Ball ist ja auch fast gleich groß, und titschen tut er auch. Na, wie wars denn bei euch heute, habt ihr ne gute Runde gespielt? – Aber hallo, und ihr, voll Schneider gewonnen und ordentlich Kantenbälle und so gemacht? – Kannst du glauben, Alter, wir lassen nix anbrennen und so, komm, lass uns ne Runde Skat kloppen.

So können sich nur die größten Deppen gegenseitig antörnen, da bleib ich lieber dick. Tischtennis spielen, und paar Meter weiter in der Disse knutschen die Fußballjungs mit den süßesten Mäusen rum.

Betrunken sein ist ja das eine. Aber wenn ich betrunken bin, dann bin ich immer noch der Gleiche wie nüchtern. Dass ich nämlich anständig hier sitze und mein Bier trinke. Aber die anderen Spacken: Werden immer lauter, immer asiger, keinen Stil, diese Menschen. Und ist ja auch völlig klar, wieso. Weil sie nämlich imponieren wollen, und weil sie im Suff keine Hemmungen mehr haben. Deshalb werden die immer lauter, so, Hey, ihr versammelten Ischen, ich bin ein Pavianmännchen und mach euch den Silberrücken. Und dann trommeln sie sich quasi die ganze Zeit auf die Brust.

Is aber auch scheiße.

Dass man das alles durchschaut.

Dass man hier quasi vollkommen unbeachtet sitzt, aber alles kompletto durchschaut.

Und dass das keiner, aber auch kein Schwein würdigt.

Sagen wir mal die Pumucklfrau. Die mich erst so dreist angemacht hat und dann nur den blöden Flyer gelesen. Mensch, Baby, sag ich, merkst du denn nicht, was hier abläuft? Dass die dir alle den Pavian machen, weil sie dich begatten wollen?

Und dann beugt sich Madame lässig zu mir rüber und sagt, Wichs ab, Alter.

Weil sie das nämlich natürlich weiß und logo auch alles durchschaut. Und weil sie das genauso haben will und weil sie selber genauso funktioniert. Klar, logo, die machen den Pavian für mich, wär ich auch enttäuscht, wenn nicht.

Und dann verlässt man die scharfe Braut wieder und schlappt zurück zu seinem Hocker. Voll der Durchblicker, aber keine Chance bei den Weibern. Beziehungsweise genau deshalb. Fränki, der Mann, der zuviel wusste. Da liegt er, hat sich totgewichst. Immer noch zeugungsfähig, das Sperma da links und rechts von dem. Nur die Leiche is schon völlig verwest. Hat keinen wirklich gekannt, der arme Fränki. War nie mit ner Frau zusammen, obwohl ihm nachgesagt wird, dass er einiges auf der Pfanne hatte. Die Zuverlässigkeit in Person, ein Holzzuschneider, wie ihn sich jeder Baumarkt wünscht. Aber jetzt ist er tot. Gefunden von einem hageren, voll unsympathischen Hausmeister namens Wehner. Frank Kattwinkel, den alle Fränki nannten. Oder jedenfalls er sich selbst, weil seine Mutti ihn so gerufen hat. Manchmal, als er noch klein war, hat er sich gewünscht, ihr die Hände abzuhacken. Dass sie so langsam verbluten würde. Aber eigentlich hat er sie geliebt, seine Mutti. Die ihn als Einzige auf der ganzen scheiß Welt immer Fränki genannt hat. Tot in seinem Fernsehsessel, mit offenem Hosenstall, weil er sich eben immer mal einen kloppen musste. Gegen die Einsamkeit. Gegen diese kalte, unbarmherzige Einsamkeit. Und wegen den Weibern, wegen den ganzen Millionen Ischen auf der Welt, die alle nicht gerafft haben, was sie an Fränki Kattwinkel gehabt hätten. Die sich lieber mit irgendnem Pavian vom Kosmos zusammengetan haben. Oder mit den ewig gutgelaunten Sonnyboys von der Gartenabteilung vom Baumarkt. Oder mit sonstwem.

Er war ein anständiger Mieter, sagt sein ehemaliger Hausmeister über ihn. Und, Der Herr Kattwinkel, meint der Chef vom Baumarkt, hat hier immer seine Arbeit erledigt, zu unserer vollsten Zufriedenheit. Außer samstags, weil er sich da oft krankgemeldet hat. Und weil man da vermuten musste, der hat sich den Abend zuvor volllaufen lassen. Und dann, dass er bei der weiblichen Belegschaft nicht so gut ankam. Nicht dass man ihn direkt unfreundlich hätte nennen können. Eher war er son bisschen unnahbar. Weil er eben nie geredet hat. Und wer nicht redet, dem unterstellt man seltsame Augen. Dass der quasi böse kuckt. Jedem Arsch hinterher und so, dabei stimmt das garnicht. Wie gesagt, kein Brett, das der nicht perfekto zurechtgesägt hätte. Und so, der BWL-Spacken eben.

Oder im Kosmos die Säufer. Dass die quasi meinen Hocker für immer leer lassen würden. So wien Fußballverein ne bestimmte Nummer nicht mehr vergibt, weil da immer der Megastar mit aufgelaufen ist. Und weil der irgendwie tragisch gestorben is. Und dass die dann eben vielleicht meinen Namen in den Hocker ritzen. So ganz schlicht, »Fränki Kattwinkels Hocker«, auf nem Emailleschild am besten. Und dann fragen alle neuen Gäste, wer Fränki Kattwinkel war, und der gute alte Holger erzählt praktisch den ganzen Abend über mich.

Wie ich mal die Dicke abgeschleppt hab und so. Oder wie ich dem Blödmann den Aschenbecher wieder abgeluchst hab.

Und die Story mit den fünf Euro, wie großherzig der Fränki da war. Dass der den Typ quasi nie mehr da drauf angesprochen hat, obwohl die fünf Euro ihm regulär noch zugestanden hätten. All so legendäre Nummern, und vielleicht käme ja auch einer von den Spoken-Word-Fuzzis mit nem Fränki-Buch an. Dass der quasi meine ganzen alten Suffgeschichten ausm Kosmos gesammelt und aufgeschrieben hätte. Und voll rumrecherchiert hat der auch. Wie ich manchmal woanders war, um ne Alte aufzugabeln und so. Und dann verkauft sich das Ding wie Sau, so voll Bestseller und so, und dann wird logo auch Hollywood da drauf aufmerksam. »Live and Death of Fränki Kattwinkel« oder so. Oder »Only the Young die hard« oder eben »The Fränki-Kattwinkel-Story«, so voll auf den Punkt.

Dass das dann quasi son richtiger Straßenfeger würde, mit alle Leute stürmen die Kinos und so, und am besten auch sone Prise Humor dabei. Die ganzen Spacken kommen mit einem weinenden und einem lachenden Auge ausm Kino. Das würd mir gefallen.

Es muss unbedingt ein Leben nach dem Tod geben. Die Idee ist einfach zu geil, um nicht wahr zu sein. Ich wüsste zum Beispiel gerne, wie der Schauspieler aussieht, der mich spielt. Da nehmen die dann ja oft einen, der ganz anders aussieht als das Vorbild. Besser und so, aber das soll mir egal sein. Für den Typ wird das jedenfalls der große Karrieresprung. In Hollywood kommt das ja immer gut an, wenn einer sone Rolle an irgendner harten Kante vom Leben spielt. Kaum dass sone Lady ne Nutte gespielt hat, kriegt sie auch schon nen Oscar reingeschoben. Und mein Darsteller natürlich auch. Weil er quasi alles ausm Sitzen heraus machen musste. Neunzig Minuten Film, er war zweimal pinkeln und hat sonst nur auf seinem Hocker gesessen. Alles mit Mimik und Gestik und so geregelt.

Oder sagen wir, dass die vielleicht ne Rückblende machen. Ich mit der Dicken bei der aufm Sofa. Und dann noch eine Szene ausm Baumarkt. Wie ich voll souverän sone riesige Spanplatte zur Säge hieve und die dann in Nullkommanix in tausend kleine Stücke säge. Die Kundin ist so begeistert, dass sies mit mir treiben will. Am besten wird die von irgendnem Ex-Model gespielt, so eine, die ihr sauberes Image abstreifen will, damit man sie jetzt auch mal als Schauspielerin richtig ernst nimmt. Und die dann mit mir im Holzlager sone richtige Hardcore-Sexszene hinlegt, so volle fünf Minuten. Mit Wälzen im Sägemehl und so, und vielleicht, dass auch paar Schraubzwingen ne Rolle spielen. Ohgott, da könnt ich schreien, echt scheiße, dass ich da im Prinzip schon tot wäre. Dass ich die Rolle also quasi nicht selber spielen könnte, so, Hey Fränki, dein Einsatz: Sexszene die 17., und Klappe. Und da geht dann wieder was bei schief, weil Madame zu laut am Keuchen ist und so, und dann popp ich die eben auch noch ein 18. Mal.

Das wär überhaupt die Megaidee: dass ich eben in Wirklichkeit garnicht tot bin. Sondern das ganze Spektakel noch voll mitkriege und so. Das Buch, den Film und natürlich auch die ganzen Werbesachen rundrum, da freu ich mich auch drauf. Wackel-Fränkis fürs Auto, Kulis, wo ich mich langsam ausziehe, wenn man die anknipst, und vielleicht dass jemand ne Biersorte nach mir benennt. Kattwinkel-Bier, Feine Pinkel – trinken Kattwinkel. Aber auch normale Leute, nicht nur feine Pinkel. Frank sei Dank und so. Okay, Fränki, halt dich bereit, Sexszene die 32., Klappe und ab die Luzzi.

Interessant wäre das natürlich auch wegen dem Kosmos. Weil ich dann ja wüsste, dass die mich eigentlich alle doch ganz gut leiden konnten. Widmen mir nen Hocker, einer schreibt n Buch über mich und so. Und dann stellt sich raus, Fränki Kattwinkel hatte nur son kleines Koma oder so, und am nächsten Tag lauf ich da wieder ein. Und alle kämen an, Hey Fränki und so, Wahnsinn, is so geil, dass du wieder da bist. Und die Pumuckl-Ische fällt mir voll um den Hals, Fränki, mein Gott, was hab ich dich vermisst. Morgen is wieder Punknacht im Autonomen Zentrum, bittebitte lass uns da zusammen hingehen und so.

Oder dass der Spacken vom Durchgang auf mich zukäme, wortlos, mit feuchtem Blick und so, und dann gibt er mir die fünf Euro zurück. Mit Zinsen, Komm, Fränki, nimm. Hach, das wäre dann echt mein Tag. Und dass der nie enden würde, praktisch, weil alle um mich rumstehen und mit mir reden wollen. Und die Ischen logo voll mit Hintergedanken und so, aber alles ganz koscher erstmal. Die reine Freude über mein Zurückkommen, Mein Gott, wir haben den Fränki wieder. Aber dass der Abend dann eben doch irgendwann enden würde und dass die Ladys eben eigentlich mehr wollen als nur feiern und reden. Und mein Chef vom Baumarkt hat irgendwie mitgekriegt, dass ich doch nicht tot bin, und der ruft im Kosmos an und sagt, dass er mir morgen frei gibt. Danke, Chef, sag ich, und dann schnips ich mitm Finger nach der schnuckelsüßen Pumucklfrau und wir ziehen zusammen ab. Und draußen vor der Tür legt die so den Arm um mich, um meinen Gürtel rum und so. Dass mir richtig warm wird in der ganzen Gegend da, und ich lege meinen Arm um der ihren Nacken und die Hand auf ihre nackte Schulter, wo der Spaghettiträger son bisschen von runtergerutscht is. Is total warm draußen, mitten in der Nacht, aber warm, und mein Unterhemd is irgendwie hochgerutscht und ich spür der ihre Haut.

Dass die sonen hauchdünnen Schweißfilm um die Taille rum hat. Und ich auch und so. Und dass wir uns beim Gehen eben dauernd da berühren. Ich weiß genau, wie die riecht und so. Diese zum Sterben geile Mischung aus Schweiß und Parfumresten. Und son Ansatz von Haaren inner rasierten Achselhöhle. Son leichter, sanfter Spuckegeruch, wenn die sich beim Gehen zu mir hindreht und was sagt. Dass man beinahe ohnmächtig wird von dem Geruch. Ein Daumen mit nem festen Nagel, der vielleicht an meinem Rücken langstreicht, das Geräusch von der ihren Füßen, wenn die von der Sohle von den Flipflops hochschnalzen. Dieses ganze Selbstverständliche. Dass man redet, ohne reden zu müssen, weil da ein ganz großer Satz um uns herum geschrieben ist: Wir gehören jetzt zusammen, Fränki, und gleich sind wir allein.

So ungefähr könnte das laufen, tja. Wahrscheinlich ist am besten, ich bestell mir noch ein Bier. Das ist immer sone Sache mit den Samstagen, weil ich da eben lange pofen kann am nächsten Morgen. Klar kann ich auch mal nen Freitag bis zum Schluss bleiben. Aber dann muss ich halt entweder voll abgeschädelt zur Arbeit, oder ich melde mich krank. Und das kommt nicht so gut, der BWL-Spacken oben im Chefbüro hat mich da schon voll aufm Kieker. Herr Kattwinkel, nun ja, nicht dass Sie oft krankfeiern würden. Da gibts echt Schlimmere und so. Aber wenn, dann immer samstags, wie kommt das? Und ich zu dem Arsch, Tja, das ist voll der Zufall, ist mir noch garnicht aufgefallen. Und seitdem hält der mich garantiert für den letzten Schwachkopf, nur weil mir halt nix Besseres eingefallen is in dem Moment. Aber heute: Samstag, open end und so, da weiß ich nie so richtig, wann ich Schluss machen soll.

Das Problem ist ja auch, dass ich nicht mehr so richtig betrunken werde. Also so richtig. Früher hat einem der Körper noch Signale gegeben, so, Fränki, du solltest jetzt mal besser. Dass er einem vielleicht sone kleine Dosis Säure vom Magen in die Kehle gepumpt hat, als ernste Warnung. Oder dass man einfach einschlief. Auf ner guten Theke, die die richtige Höhe zum Hocker hat. Oder auf nem Ecksofa vonner Party, oder dass man sich einfach so halb automatisch in die Pofe von dem scheiß Gastgeber gelegt hat. Alles gesunde Reaktionen, wo man im Nachhinein das Gefühl hatte, man kann sich verlassen auf seinen Body.

Aber heute.

Sagen wir mal, das Kosmos würde nie dichtmachen. Dann säß ich wahrscheinlich bis übermorgen hier, Hey Wirt, alter Spacken, machste mir noch eins, und so. Man wird n bisschen müde zwischendurch und man fühlt sich n bisschen angesäuselt – das is alles heutzutage. Und dass man in Wirklichkeit vollkommen zugeschädelt war, das merkt man erst am nächsten Morgen. Diese grauenhaften Kopfschmerzen, diese Schwäche und dieses Würgenmüssen und schwarze Schleimbröckchen auswerfen.

Das müsste alles nicht sein, wenn man eben noch gesund reagieren würde. Oder dass der liebe Holger einem das sagt. Dass der quasi die kaputte innere Uhr ersetzt. Dass man dem vertrauen könnte, weil er ein absoluter Fachmann ist auf dem Gebiet. Hey Fränki, ist kurz vor knapp, zwei Bier noch, schätz ich mal.

Aber dann kriegt man natürlich voll die Panik, Scheiße, ich darf nur noch zwei Bier und so. Das Schöne am Saufen ist ja genau, dass es kein Limit gibt. Beziehungsweise dass man beim Erreichen vom Limit längst mehr oder weniger bewusstlos ist. Sodass man den Suffabend also im Prinzip als grenzenlos empfindet. Und wenn einem irgendein Arsch diesen Traum zerstört, dann setzt natürlich Panik ein, Halts Maul, du Spacken. Wann ich genug hab, bestimme ich immer noch selbst. Also häng dich an den Zapfhahn, und nochn Schnaps dazu. Auf meine Mutter, der hab ich die Hände abgehackt.

Am einfachsten wärs natürlich, man wär so abgestumpft wie neben mir der Spacken. Dass man also quasi trinkt wie son Tier, ohne groß nachzudenken. Und irgendwann ist man dann eben unter Wasser und taucht am nächsten Morgen wieder auf.

Man könnte das ja mal versuchen: Aufhören zu rauchen und dann in irgendsonen scheiß Sportverein. Also nicht grade Tischtennis oder so, aber irgendwas Organisiertes. Damit auch son bisschen Druck dahintersteckt. Und zuhause dazu jeden Tag ne halbe Stunde Gymnastik, oder dass ich vielleicht ab und zu mal joggen gehe.

Obwohl, man soll nicht zuviel auf einmal wollen. Dann klappt womöglich garnix. Und außerdem: Joggen! Das ist echt nur was für Schwachköpfe. Wenn ich die sehe, die Spacken, oder so Nordic Walking, da hörts dann endgültig auf. Mitten in der Stadt durch die Abgase am Traben, voll am Japsen und so. Aber die megateure Ausrüstung anhaben, so knallenge Radlerhosen, wo man Schwanz und Eier unterscheiden kann. Das ist so ekelhaft, eigentlich sind das Schweine. Wer seinen Schwanz so ausstellt, ist imgrunde n Exhibitionist, der gehört eingebuchtet. Und zuhause Gymnastik reicht ja auch eigentlich, da brauch ich nicht auch noch joggen zu gehen.

Vielleicht dass das dann auch noch ganz andere Sachen ins Lot bringt, die Sportmacherei. Also dass ich zum Beispiel nie mehr das Gefühl hab, mein Unterhemd hängt schief. Oder dass mir die Unterhose in die Arschritze gerutscht ist und so. Dass man einfach son richtig geiles Körpergefühl kriegt, wo einen nichts mehr stört. Dass man quasi zu sich selber sagt, Fränki, ja leck mich, deine Wampe is ja weg. Und dir fallen auch nicht mehr die Haare aus und so, das is ja n richtig gestählter Body, den du da rumträgst. Und wie deine Klamotten sitzen, ja sag mal. Alles total akkurat und so, zeig mal dein Unterhemd. Und logo kriegen das dann auch die Weiber mit, so, Ey Jessica, hasse in letzter Zeit den Fränki Kattwinkel gesehen? – Nee wieso? – Ja den musse dir aba mal ankucken, der sieht aus wien Zehnkämpfer. – Nee echt ey? Is ja geil, ich glaub, den hol ich mir heute direkt mal in die Pofe. Und so.

Dass ich das also quasi ausstrahle, dieses neue Körpergefühl. Obwohl ich vielleicht n weites T-Shirt anhab oder so, irgendwas garnicht Körperbetontes. Aber die Ischen spüren sofort, da steckt n Modelkörper drunter. Oh Fränki, mein Gott, ich will nur mal dein Sixpack anfassen. Und dann spricht sich das rum, und alle wollen mein Sixpack anfassen, Boah, die Jessica durfte Fränki sein Sixpack anfassen, die Ratte. Ich will auch und so. Und dann kommen die ersten Ischen auf die Idee, mir irgendwo aufzulauern. Dass also quasi plötzlich unglaublich viele Weiber im Baumarkt rumhängen. Und alle wollen angeblich Holz zugeschnitten kriegen. Hach ja, was denken Sie denn? Ich brauch wirklich grade unbedingt son Brett für über meine Badewanne. Badewanne, wissen Sie, wo ich immer nackt drin rumliege und mir die Muschi brause, bis ich total abschreie. Ich bin doch nicht wegen Fränki Kattwinkel hier.

So streiten die das dann ab, aber sind natürlich doch alle wegen mir da. Und ich direkt ins Büro vom Chef, dass ich erstmal Umsatzbeteiligung will. Weil ohne mich wär das ganze Spektakel ja nicht, und dann befördert der mich oder so. Und vorm Zuschnitt steht schon die riesen Schlange, alles so superhübsche Schüsse mit halbnackten Möpsen und so. Und ganz kurzen Röcken und wahrscheinlich haben schon welche von denen spitzgekriegt, dass ich auf rotlackierte Zehnägel stehe. Hochhackige Schuhe und rotlackierte Zehnägel, und so kommen die dann alle da zum Zuschnitt gestelzt.

Da müsste man dann richtig aufpassen. Weil die dürfen ja nicht hinter die Theke, das gehört ja alles zur Schutzzone von meiner Sägeanlage. Aber die wissen natürlich, dass hintendurch das Holzlager is, die Ischen. Und dass man sich da ziemlich gut verstecken kann, zwischen den ganzen Stapeln und Platten und den riesen Containern mit den Resten und so. Und zwei oder drei schaffen das dann auch immer. Rennen durch und werden nicht wieder eingefangen und verstecken sich. Bis nach Feierabend, wo ich dann nochmal nach hinten muss. Alles aufräumen und so, und die Bestellungen für die Lieferanten machen. Und dann ist natürlich klar: Ich sitze da an meinem alten Schreibtisch, die ganzen Papiere vor mir und gemütlich ne Kippe am Rauchen, und dann wagt sich der erste Schuss aus seinem Versteck. Total ausgehungert, weil die vielleicht schon seit heute Morgen hinter dem Leimholz hängt, aber deswegen erst recht total geil. Stürzt die also auf mich zu und so, aber die anderen trauen sich jetzt eben auch raus. Dann droht natürlich ne richtige Weiberkeilerei, aber ich so, Mädels, jetzt mal immer mit der Ruhe. Jetzt lasst mich erstmal die Bestellungen fertigmachen, sonst ist morgen kein Holz im Zuschnitt. Dann kann der ganze Baumarkt dichtmachen und ich bin meinen Job los. Und die Ischen verstehen das natürlich und setzen sich erstmal ruhig hin. So um mich rum aufn Boden, ich hab ja nur den einen Stuhl da.

Ich bin mir ziemlich sicher, dass dann schon die eine oder andere von denen zu fummeln anfängt. Dass die nicht mehr an sich halten kann, Oh Fränki, bitte beeil dich, mir schwimmt schon das Fell davon. Und so. Aber weil ich eben unbedingt meinen Job erledigen muss, fangen die schonmal ohne mich an und ziehen sich gegenseitig aus. Ich die scheiß Formulare am Ausfüllen, so 8 Quadrat Span 20 mm, 10 lfd. M Tischlerplatte 16 mm, und die Ladys um mich rum voll am Abfummeln und so. Und irgendwann steig ich ein und mach die alle glücklich. Voll unter der Überwachungskamera vom Baumarkt, und den Film verkauf ich dann an irgendsone Schweinefirma.

Bleibt eben nur die Frage, was mit dem Kosmos wird. Sport machen und Gymnastik und nicht mehr rauchen und so, schön und gut. Dafür kommen dann ja die ganzen Schüsse ins Holzlager. Aber theoretisch müsste ich wohl auch mit der

Sauferei aufhören, wenn ich n Sixpack kriegen will. Ich könnte natürlich sagen, okay, ich geh nur noch einmal die Woche ins Kosmos.

Obwohl.

Einmal ist jetzt echt n bisschen wenig. Da wärs vielleicht besser, ich nehm die Mitte. Also bisher siebenmal, die Mitte zwischen sieben und eins ist vier. Oder fünf. Na ja, eigentlich vier, aber ich müsstes ja nicht so supergenau nehmen. Dass ich demnächst also nur noch fünfmal die Woche Biertrinken gehe. Das müsste klappen, nur dass man dann klären müsste, welche Tage demnächst wegfallen.

Also Wochenende geht schonmal garnicht. Freitag Samstag muss ich da hin, das hab ich mir verdient nach ner harten Arbeitswoche. Und Sonntage in der Kneipe sind mir heilig, da bin ich meistens sogar nochn paar Stündchen früher da. Montag ist erster Arbeitstag, da hab ich mich wieder mit fünf Millionen Megaspacken rumgeschlagen. Da geht das garnicht anders, als dass ich danach n Bier trinke. Das muss einfach.

Bleiben also Dienstag, Mittwoch und Donnerstag. Also am besten Dienstag und Donnerstag. Am Stück wär das sonst ne ziemlich lange Strecke, so zwei Tage. Wenn ich sagen wir mal montags um eins ausm Kosmos gehe und dann erst Donnerstagnachmittag wieder hindürfte, das wären sogar deutlich mehr als zwei Tage. Und man sollte da auch nicht so superstreng mit verfahren, mit so Regeln. Kann halt immer mal was dazwischenkommen. Dass man sich total geärgert hat auf der Arbeit oder so. Das kommt bei mir ja echt nicht grade selten vor. Oder dass vielleicht in der Nachbarschaft irgendwo gearbeitet wird. Bauarbeiter oder so, oder dass jemand in seiner Bude am Bohren ist. Dann hält man das nicht aus und dann geht man eben mal n bisschen in seine Stammkneipe.

Da wär ja dann nichts dabei. Wenn ich innem Sportverein bin, hab ich ja sowieso regelmäßig nen Abend Training. Da käm ich logo später ins Kosmos, an so Tagen. Und die Stunden, die ich mir da spare, die könnte ich dann mit sonem Dienstag oder Donnerstag verrechnen. Sodass das quasi immer noch fünf Tage bleiben würden, jedenfalls wenn man die Stunden nimmt, die ich da war. Das wäre dann zumindest die Möglichkeit, auch an den freien Tagen ein Bierchen trinken zu gehen, und so muss das auch sein. Is doch Spießerscheiße sonst, und außerdem merk ich grade, wie ich da Panik bei kriege. So dieses Gefühl, dass mir einer was wegnehmen will. Zwei Tage die Woche klauen, und dieser eine bin auch noch ich selber. Is doch eigentlich logisch: Wenns erstmal soweit kommt, dass man Bauchschmerzen kriegt wegen seinen eigenen bescheuerten Prinzipien, dann soll mans besser lassen.

Und mit Rauchen hör ich auch nicht auf, ich bin ja nicht bescheuert.

Wenn sone Lady mir im Holzlager auflauern will, dann tut die das auch unabhängig von meiner Wampe. So richtig schwabbelig ist die ja auch garnicht. Das hält sich ja noch voll in Grenzen, und ich hab mir schon ne ganze Weile keine neuen Hosen mehr kaufen müssen und so. Vielleicht dass ich mir das mit dem Sportverein mal für in fünf Jahren oder so aufhebe, dann ist immer noch Zeit genug.

Zumal ich ja auch durch meinen Job auf Trab bleibe. Immer die schweren Platten stemmen, und dann die ganzen Laufwege von der Theke zur Säge zum Holzlager und zurück und so. Es geht doch nichts über nen guten Handwerker. Son Bürohengst, der hantiert ja praktisch nur mit Sachen, die man nicht anfassen kann. So Typen quasi, die dich blöd anmachen dürfen, weil du angeblich unfreundlich zu den scheiß Kunden bist. Aber wenns um denen ihre eigentliche Arbeit geht, dann kannst du imgrunde nichtmal überprüfen, ob die die gut oder schlecht machen. So, hat der Wichser mich jetzt gut oder schlecht zusammengeschissen? Motiviert mich dem sein Gesabbel oder geht mir das auf die Eier? Und so, das wäre ne Möglichkeit, den zu prüfen. Und völlig klar motiviert mich das kein bisschen. Ich tu jetzt zwar so, als wär ich freundlicher, aber in Wirklichkeit denk ich umso gemeinere Sachen dabei.

Son Familienvater zum Beispiel, der klassische Heimwerkerspacken, der mir mit irgendwelchen scheiß Sonderwünschen für die scheiß Eisenbahn von seinem scheiß Sohn kommt. Da denk ich dann, dass ich sonen kleinen Packen Dynamit in son kleines Astloch von dem Holz stecke. Und dass ich das dann hochgehen lasse, wenn der Sohn grade mit seiner Modelleisenbahn spielt. Dass ihm der ganze Scheiß so richtig um die Ohren fliegt. So mit Schleudertrauma und allem Pipapo, dass der nie wieder Eisenbahn spielen will. Dabei war ich noch total freundlich zu dem, als er mit seinem Alten bei mir war. Hab dem einen von den fiesen Werbebonbons gegeben und so. Na du kleiner Spacken, tuste auch schon wichsen? Hier haste ne Kamelle, du Arsch, kannste lutschilutschi üben und so. Aber nach dem Unfall dann, Papa, du Schwein, das hast du mir nicht gesagt, dass sone scheiß Eisenbahn explodieren kann. Ich sag nie mehr Papa zu dir, nur noch Mörder. Der nette Onkel vom Holzzuschnitt soll ab jetzt mein Papa sein. Und der hat wenigstens auch nen richtigen Beruf, nicht Versicherungsangestellter wie du blöder Spacken. Und dann kommt der zu mir innen Baumarkt gelaufen und ich pack den ins Taxi und liefer den im nächstbesten Heim ab, Hier, gute Frau, n armes Waisenkind, hat seinen Vater bei nem Eisenbahnunglück verloren. Mutter unbekannt, war ne Belgierin, Sie verstehen. Dann hat der das eben auszubaden, dass ich plötzlich freundlicher zu den Kunden sein soll.

Der größte Beschiss war doch letztens das mit den zwanzig Prozent Ermäßigung. Als wenns bei uns auch nur nen verrosteten Nagel umsonst geben würde. Hab ich mal ausgerechnet: So zwischen sieben und dreiundzwanzig Prozent ham wir die Wochen vorher auf alles draufgehauen. Ganz langsam, nach dem Rezept von den Drecksamis, denen die Kette gehört. Mal irgendwann fünf Prozent auf Rigipsplatten drauf, sieben auf Holzbeitel und zwölf auf alle möglichen Ketten und Bänder, die du hinten beim Werkzeugspacken als Meterware kriegst. Und paar Wochen später derselbe Scheiß nochmal, und schon kannst du total beruhigt alles um ein Fünftel senken.

Ich möchte wetten, die machen sogar Aufstellungen: Was wird bei welcher Preissteigerung seltener verkauft? Und was bei welcher Senkung häufiger, und wie oft häufiger? Am Ende kostet das die Säcke keinen scheiß Cent. Aber wir im Verkauf haben eine Woche die Kacke am Dampfen, weil die Leute uns die Bude stürmen.

Die sind aber auch dämlich, diese deutschen Heimwerker. Ich glaube, der deutsche Heimwerker ist der dümmste Spacken, der auf der ganzen Erde rumläuft. Dem erzählst du, Kuck mal hier, du Schwachkopf, wir ham jetzt Hammerstiele aus Kokospalme, die brechen nicht so schnell. Und schon läuft der Heimwerkerspacken los und kauft sich zehn so Dinger.

Oder Kombimaschinen. Ich möchte wetten, sowas gibts nur in Deutschland. Ne Maschine, mit der du schleifen, bohren, schrauben, sägen und fräsen kannst, und auf die du verschiedene Aufsätze für jede Art von Untergrund stecken kannst undsoweiter, sone Maschine jedenfalls kriegst du nur in Deutschland. Nichtmal n Belgier wäre so blöd, sich sowas zuzulegen. Der wüsste: Multifunktion, das heißt automatisch, dass jede Funktion total schlecht funktioniert und der ganze Scheißapparat in zwei Wochen komplett am Arsch ist.

N Belgier könnte sich vermutlich sogar überlegen: Nie, nie, nie im Leben werd ich all die Funktionen brauchen. Was soll ich mit ner Oberfräse, gibt doch vorgefräste Leisten. Und ich hab doch schon ne Bohrmaschine und nen Akkuschrauber. Das ist intelligent, das muss man dem belgischen Heimwerker echt lassen. Der Deutsche dagegen: Wat, nur 69,90, un dann auch noch zwanzig Prozent weg davon, dat muss ich haben.

Ich seh die Typen ja, immer wenn sone Maschine rauskommt oder wenns grade Sonderangebote gibt. Als ich angefangen hab, waren die so einssechzig groß und hatten ne Plauze und nen Schnäuzer. Die sind son bisschen am Aussterben, aber die sind mir immer noch lieber als diese neue Generation von Heimwerkerspacken. Also altgewordene Ökos und so. In Pusemuckel die Grünen gegründet und haben jetzt zwei Kinder und so, und jetzt leben die ihre Naturverbundenheit eben mit Weichholzarbeiten aus. Titi kriegt quasi zur Geburt schon seine Laubsäge und Papa baut nen Tunnel für die Eisenbahn.

Die Schnäuzerplauzen sind dagegen der klassische deutsche Irre. Die machen das noch aus soner Art innerem Trieb. Stürzen sich auf die neueste Kombimaschine wien Hund auf die läufige Hündin. Ich muss jetzt diese Kombimaschine haben, weil die hab ich noch nicht. Und so. Die kaufen die vor allem wegen den Köfferchen, wo die drin sind. Diese grauen Hartplastikköfferchen, wo alles formgerecht reingepasst ist. Die haben alle ihre Maschinen in dem gleichen scheißgrauen Hartplastikköfferchen, und die stehen alle nebeneinander irgendwo unten bei denen im Kellerraum, so voll ordentlich aufgereiht. Das ist denen ein Bedürfnis, Ordnung muss sein und so.

Wogegen die modernen Fuzzis eben voll die Pfennigfuchsertypen sind. Die alle Werbebeilagen von allen Baumärkten lesen und genau abchecken, wo sie grade was am billigsten abgreifen können. Und dann fahren die da hin, haben ja Zeit. Haben ja Zeitmanagement gelernt, um drei die Kinder abholen um fünf zum Baumarkt halb sieben Abendbrot, die hass ich, die Spacken.

Die kommen auch total oft zum Zuschnitt. Das sind so Wichser, die holen sich die OSB-Bodenplatten und lassen sich die für Möbel oder was zurechtschneiden. Könnten Sie da Nut und Feder absägen und mir dann siebzehn Stücke à 11 mal 13 machen?

Die haben genau nachgerechnet, dass sie die Bodenplatten quadratmetermäßig ausm normalen Verkauf billiger kommen als das OSB bei mir im Zuschnitt. Was die nur übersehen haben, die Ärsche: Unsere Bodenplatten im Gang sind nicht glattgeschliffen, die Plattenware bei mir aber schon. Und ich schneid also siebzehn Plättchen à 11 mal 13 und stell mir vor, wie Sohnemann damit kleine Frauenhäuser baut. Oder Asylantenheime oder so, Kuck mal, Papa, ich hab nochn Haus für die armen Leute gebaut, denen es bei denen zuhause so schlecht geht und so. – Haste prima gemacht, Juniorspacken, und denk dran, denen noch ne ordentliche Dunstabzugshaube an die Küche zu pflanzen. Damit nicht die ganze scheiß Bude nach Döner stinkt und so.

Wie der Kleine halt die ungeschliffenen Platten vernagelt und sich brutal die Finger aufreißt an irgendnem OSB-Span. Und dann verblutet er auf den Buchendielen. Er war noch so jung, jault der Pfarrer, warum musste er von uns gehen. Und dann Todesanzeige in der Zeitung mit dem kleinen Scheißkind, wies nen erhobenen bandagierten Finger in die Luft streckt. Seht her, das war der Finger, der sich entzündet hat und so, und dass die Familie jetzt am Überlegen ist, ob sie den Baumarkt mal schön anzeigen sollen. Ja wo gibts denn sowas, Sie verkaufen uns hier lebensgefährliche Bodenplatten, ist mein einziger Sohn dran gestorben, und ich war schon früher gegen Atomkraft und so. Und der ist jetzt tot wegen Ihnen.

Und wenn das passiert. Und wenn so ein Spacken dann auf mich zukommt. Also ich quasi vor Gericht, als Zeuge und so, dann stell ich mich vor den hin und sag dem nur: So, du Spacken. Und jetzt hörste mal zu. Jetzt gibste mal zu, dass du dir ungeschliffene Bodenplatten hast zuschneiden lassen für deinen toten Spackensohn, weil du siebzig Cent sparen wolltest. – Genau so würd ich dem das verklickern, und dann kann er zurück zur Beerdigung und weiter mit seiner Latzhosenische rumheulen.

Diese neumodischen Spacken, das ist die Altbaufraktion. Als Studenten haben die drin gefroren, und jetzt mit der Versicherungskohle machen sie ne Luxusbude draus. Kuck mal, alter Vater, so weit hab ichs gebracht. Wohne noch genau wie früher, nur wir ham jetz nich mehr nur nen Ofen in der Küche und sonst nix, sondern überall Heizkörper und den supergeilen, hypermodernen Umluftofen im Wohnzimmer. Viertausend Ocken, das Teil, aber da verkauf ich ma grade eine Police für. Und wenn was kaputt is, nehm ich die Kombimaschine, die kann alles. Schenk ich dir zu Weihnachten, son Teil, kein Problem für mich bei meinem Einkommen. Habt ihr gehört, Kinders, Opi kriegt vom Nikolaus ne Kombimaschine. Wenn er dann noch am Leben ist, der alte Spacken.

Die meisten von den Pennern haben eigentlich sowieso keine Ahnung von richtigem Handwerk. Die hauen nen Nagel in die Wand und dann rufen sie ihre Kinder, damit die den Papa auch ordentlich bewundern. So, Kuckt euch das mal an, ihr Kleinspacken, der sitzt wie ne Eins, der Nagel. Und ich frag mich auch echt, wie der schwindsüchtige Wehner Hausmeister geworden ist bei uns. Ne anständige Lehre hat der jedenfalls nicht gemacht, da hack ich mir die Hand für ab. Vielleicht dass die ganze Versicherung seine Alte poppt. Weil denen eben das Haus gehört und so. Oder dass er son zurückgebliebener Bruder von irgendnem hohen Tier von dem Konzern ist. So, Tjaja, der Oswald is mit sechs inne Jauchegrube geplumpst und seitdem tickter nich mehr sauber. Dass der also quasi sein Gnadenbrot als Hausmeister fristet, und ausgerechnet ich wohne da.

Die sollten mich mal fragen. Das würd ich sofort machen, Hausmeister werden. Fränki Kattwinkel, Herr über fünf Etagen plus Keller und Dachboden. Ach, Herr Kattwinkel, mein Duschablauf is verstopft und jetzt kann ich mir nich die Muschi waschen. Ob Sie vielleicht mal grade nachsehen könnten, ich mach Ihnen auch nen Kaffee. Und dann steht die so vor mir, die kleine Studentin von unten, nur son weißes Handtuch ums Nackte gewickelt. Und ich so, Klar, Fräulein, dann wolln wir das mal wieder in Ordnung bringen, was?

Oder meine Nachbarin, die Blondierte. Dass der vielleicht ne Birne durchgebritzelt ist, an der Decke oder so. Und die ruft mich zu sich, damit ich ihr die Leiter festhalte. Und dann hat die logo nen Rock an und so, und kein Höschen drunter. Und nix an den Füßen außer roten Nagellack, und die Füße genau auf der Höhe von meinem Kopf, wie ich da die Leiter halte. Und is die Birne wieder drin? – Ja, ach Herr Kattwinkel, ohne Sie hätt ich das nie geschafft, man fühlt sich ja manchmal so hilflos als Frau. Und mein Freund is auf Geschäftsreise und so, was meinen Sie, Herr Kattwinkel? Und dann kommt die quasi die Leiter runter und das geht direkt voll zur Sache mit der und mir.

Ätzend nur, dass da eben auch son paar unangenehme Spacken mit im Haus wohnen. Aber mit denen müsste man dann eben entsprechend umspringen, also sagen wir mal der alte Sack vom fünften Stock. Der sich sowieso nicht mehr lange da hochschleppt. Wenn der jetzt zum Beispiel alle Nase lang ankäme, ich soll ihm was tragen helfen oder so. Da müsste man dann vorsichtig sein, dass man seine Rolle als Hausmeister nicht übertreibt. Dass ich dem quasi direkt am Anfang sage,

Du blöder Spacken, wenn du nix mehr schleppen kannst, geh ins Altersheim. Womöglich macht der das dann sogar. Und dann belaber ich die scheiß Versicherung, dass die sich um nix kümmern müssen. Dass ich logo die Annonce für den Nachmieter aufgebe. So, Bude zu vermieten an alleinstehende junge Frau, am liebsten Studentin, weltoffen und so. Unser Objekt wird von einem exzellenten Hausmeister versorgt, der auch die Vorstellungsgespräche macht. Bewerbungen mit aussagekräftigen Fotos an Fränki Kattwinkel und so. Und wenn ich dann son bisschen Bilder gesiebt hab, lass ich die alle bei mir auflaufen, Soso, Sie wollen also hier die Bude haben, dann schaun wir mal und so.

Da würd ich mir sonen grauen Kittel kaufen, auf Kosten von der Versicherung, und den ganzen Tag nur noch mit dem rumlaufen. So mit wichtigen Kugelschreibern oben in der Brusttasche und nem Satz Schraubendreher. Und unten in den großen Taschen den fettesten Schlüsselbund aller Zeiten, klimperklimper, mit Schlüsseln von allen Wohnungen. Dass ich quasi immer überall reinkann, die Möglichkeit muss ein Hausmeister ja haben. Wenns irgendwo brennt oder so. Was, junge Frau, Sie fahren schon wieder in Urlaub, wie lange denn? – Und logo, direkt am ersten Abend kuck ich mal nach, ob bei der in der Bude auch alles in Ordnung ist.

Weil das is halt n verantwortungsvoller Job, Hausmeister. Den muss ja nicht jeder so beschissen machen wie der Wehner, der dürre alte Spacken. Bei mir würde das fluppen im Haus, und auch bei den bescheuerten Putzfrauen. Was, du Kümmeltrine? Fahrräder machen Dreck in Hausflur? Dann tuste eben nochmal putzen. Besser als wenn dein Sohn die ganzen Drahtesel vor der Tür kaputtmacht.

Und abends dann halt wie gehabt ab ins Kosmos. Da hätte ichs ja dann tierisch nah von der Arbeit zur Stammkneipe. Und dann wär ich da vielleicht auch n bisschen bekannter. Dass praktisch jeder weiß, das is Fränki Kattwinkel, der is Hausmeister von dem großen Bau paar Türen weiter. Der hat quasi so fünfzehn Mietsparteien unter sich. Und das wär dann auch logo öfter Gesprächsthema, wenn ich reinkäme. So, Hi Fränki, wie läufts denn im Haus? Wieder Ärger mit den Putzfrauen gehabt und so? Oder dass die Spacken mich nach den hübschen Ladys fragen, die da in letzter Zeit eingezogen sind. Und ich weiß voll Bescheid über die, mache aber nur so Andeutungen. Komm, Fränki, ich geb dir auch n Bier aus, wie is die denn so drauf? Und die is echt aus Frankreich und so, wo haste die denn überhaupt her?

Oder dass plötzlich alle meine Hilfe wollen. Weil die denken, son Hausmeister kann alles. Ich hab natürlich keinen scheiß Schimmer von Elektrik und so, ich komme ja vom Holzzuschnitt. Da muss ich dann zusehen, dass ich mich irgendwie rausrede. Müssten die ja eigentlich schnallen, dass son großes Haus viel Arbeit macht und so. Aber auf jeden Fall wird meine Stellung da besser. Vielleicht dass der Wirt mich fragt, ob ich mal nen Abend Platten auflegen will. Oder dass ich bei dem scheiß Spoken-Word-Abend den Ansager mache und dabei total einschlage. Weil keiner gedacht hätte, dass ich so witzig bin. Und dann entdeckt mich logo einer fürs Fernsehen und ich kriege meine eigene Show und so. Und wenn ich ins Kosmos komme, stehen da schon so diverse Mädels um meinen Hocker rum, so ganz unauffällig, als wenn das n großer Zufall wäre. Wollen die alle Autogramme und so, und alle denken, Mein Gott, das is Fränki Kattwinkel sein Hocker, da sitzt der immer mit seinen superknackigen Arschbacken drauf und so.

Das ist überhaupt das Schönste an der Hausmeisterscheiße: dass das so überschaubar is. Alles unter einem Dach, Arbeit von zuhause aus und so. Und einen klaren Kundenkreis, das wär gegenüber dem Baumarkt auch n riesen Vorteil. Und dass mir von den Spacken auch keiner was könnte, weil ich ihm sonst einfach die Möbel vor die Tür setze. Und nach der Arbeit dann eben son richtig gemütliches Feierabendbierchen, Wenn was is, Frau Meier, Sie finden mich im Kosmos, nur die Straße runter. Ich komm dann nachher sowieso nochmal vorbei.

Das würde halt wirklich davon abhängen, wieviel Freiheiten ich in sonem Job hätte. Das müsste logo so wie im Baumarkt sein. Dass es also nen Anfang und ein Ende gibt, abends ins Kosmos muss absolut gesichert sein. Das sag ich der scheiß Versicherung direkt, Denken Sie ja nicht, ich mach hier auf Rund-um-die-Uhr-Betreuung. Obwohl mir das wahrscheinlich andererseits garnix schaden würde. Ab und zu mal zuhause zu bleiben. Oder jedenfalls heute, weil ich jetzt echt knülle bin. Der blöde Holger kuckt mich schon son bisschen schief an, hab ich das Gefühl. Also dass dem sein Blick so sagt, Jüngelchen, jetzt is aber bald mal Sense.

Wenn ich Pech hab, ist hier inzwischen sowieso keiner mehr. Ich mein, ich dreh mich ja nicht um. Das is mir viel zu blöd, mich nach den anderen Gästen umzudrehen. Aber das Problem ist, im Spiegel erkenn ich überhaupt nix mehr. Das is wahrscheinlich auch der Alkohol. Hat der Spacken irgendwann die Ültje-Ische zur Seite geschoben, aber hilft mir nix. Voll die Augen am Kniepen und so, aber ich seh nichtmal mich selber mehr richtig. Nur sonen halb verschwommenen Fränki, und manchmal auch schon son bisschen doppelt. Dass sich der eine Fränki ausm andern rausschiebt und dann wieder in den zurücksackt. Und dass ich mehr oder weniger vornübergesunken bin, das merk ich auch noch so grade. Das fällt mir eigentlich früher oder später immer auf. Weil mein Kinn dann quasi direkt über dem Rand vom Glas ist, und weil ich das immer wieder erstaunlich finde, wie praktisch das ist. Das sieht vielleicht son bisschen behindert aus, aber da kann man dann praktisch ausm Handgelenk trinken. Musst du nichtmal mehr den Unterarm für anheben, in der Position. Meistens halte ich das Glas dann auch sowieso komplett in der Hand. Dass ich das garnicht mehr loslasse, weil alles so nah beieinander ist, Hand, Glas und Mund. Alles wie verwachsen miteinander, und man fühlt sich sauwohl dabei.

Nur dasses halt schon ziemlich spät ist und die anderen Spacken langsam am Abhauen sind. Das vermiest einem die Sache son bisschen, da fragt man sich im Prinzip, Tja, warum geh ich eigentlich nicht auch? Weil ich noch Durst hab oder was?

Die Pumuckl-Ische is auch schon weg. Die war mir garnicht mehr aufgefallen, die doofe Nuss. Bestimmt dass die jetzt noch irgendwo tanzen geht. Mit ihrer Freundin. Und dass die jetzt über mich am Lästern sind. Aber ist mir echt wurst, ich glaub, ich nehm noch eins. Zweidrei Bierchen, dann bin ich hier durch die Tür. Dann geh ich in die Pofe und dann ist mir das eh alles egal. Der ganze Scheiß hier. Komischerweise störts mich mehr, dass der langhaarige Spacken von neben mir gegangen ist. Vorhin dachte ich noch, der lässt bestimmt den Aschenbecher mitgehen, wenn der sich verpisst. Und dann seh ich das und sag das dem Wirt. Dass der dann für immer Lokalverbot kriegt und sich nie mehr neben mich setzen kann und falsch mitsingen und so. Da hatte ich echt drauf gehofft, aber jetzt.

Jetzt find ich das irgendwie richtig traurig, dass der weg ist. Als hätte mich n guter Freund verraten, Mensch, Johnny, du und ich. Durch dick und dünn sind wir, du weißt schon, und jetzt lässt du mich einfach hier sitzen. Weißt du noch, wie wir damals immer im Kosmos gesoffen haben? Und du immer voll falsch mitgesungen und so? Und wie wir dem beknackten Holger den Aschenbecher geklaut haben? Dabei hatten wir doch beide selber genug Aschenbecher zuhause, wir waren vielleicht drauf. Und deshalb versteh ich das nicht. Dass ich jetzt hier alleine sitze und du dich verpisst hast, weißt du was? – Ich trink noch einen auf uns beide. N Bier und nen Schnaps, jeder hat mal nen schlappen Tag und so. Ich verzeih dir das, bist ja mein Kumpel.

Ist ja klar, dass man das nem Freund verzeihen würde. Also nem richtigen, so Pferdestehlen und so, und dem man alles erzählt. Und der genauso von sich labert, so, Scheiße, Fränki, mit mir und der Hilde is total schwierig in letzter Zeit. Die redet immer von vor unserer Hochzeit und wie wir da noch drauf waren und so. Und auf der Arbeit machen die mich fertig und jetzt springt auch noch mein Motorrad nicht mehr an. Verstehste, Alter, so tausend Katastrophen auf einmal, und im Prinzip vertrag ich auch nix mehr.

Ist doch logisch, dass ich dem dann son paar Tipps geben würde. So, Hörma, Thorsten, als Erstes hauen wir uns jetzt mal son bisschen die Hucke voll. Weil das ist genau eine von den Sachen, die du vor deiner Hochzeit gerne gemacht hast. Voll in der Hilde ihrem Sinn quasi. Und wegen dem Motorrad frag ich morgen mal den Wehner, das is n alter Spezi von mir. Der is son echter Allroundhandwerker, bei dem hab ich noch was gut. Wegen meinem Fahrrad und so, weil ich da immer so kooperativ bin. Dann bringt der quasi deine Karre wieder annen Start und dann machste mit der Hilde ne kleine Tour. Nach Holland oder so, die steht doch voll auf Meer. Im Prinzip sollteste n Zelt mitnehmen, das is auch wie früher. Bauste das auf und so und dann sollste mal sehen. Was meinste, wenn du von sonem Urlaub dann nach Hause kommst. Voll abgebikt und mal wieder auf ner Isomatte gepoppt und so, was meinste, wie du dann den Kollegen gegenübertrittst. Voll braungebrannt und durchgesext, so einen traut sich nie im Leben einer zu mobben. Hey, Arbeit oder was, da dengelste einfach den fünften Gang rein und Ende im Gelände.

Und der alte Thorsten kriegt so glitzerige Augen und legt mir den Arm um die Schultern, Mensch, Fränki, wenn ich dich nicht hätte. Ist doch klar, dass ich dem auch mal nen schlechten Abend durchgehen lassen würde. Dass der quasi früher ausm Kosmos abzischt, weil er zur Hilde muss. Weil die wieder achtzehn sind und so. Die hat das Tambourkorps aufgegeben, Fränki, die will jetzt auchn Kind und so. Dass die quasi ihre Querflöte annen Nagel hängt, weil das Zelten war so geil. Und die fängt schon an, kleine rosa Socken zu stricken, und sagen wir mal so, Fränki, noch eins, dann bin ich durch die Tür.

Da würd ich logo sagen, Is voll in Ordnung, Thorsten, wir sehen uns morgen.

Und dann würd ich halt nen Abend allein weitertrinken, was wär da schon dabei. Weil ich hätte ja dann richtig was Gutes getan und mich als super Kumpel erwiesen und so. Das ist ja überhaupt son großes Plus von mir. Dass ich eben die Leute verstehe. Wer immer gut zuhört, der schnallt auch am meisten. Der steht zu seinen Kumpels und der weiß, wie er ihnen aus der Patsche hilft. Wenns drauf ankommt. Fränki Kattwinkel und so. Also ich. Astrein eigentlich, nur dass eben immer ich der Doof bin, der dann noch weiter im Kosmos sitzt.

Genauso könnte ja zum Beispiel jemand zu mir sagen, Hey Fränki, in dir steckt was. Wie wärs, wenn wir zwei mal n cooles Projekt starten. Irgendwas mit Computern oder so, wo auch ordentlich Patte hintersteckt. Internet oder so, was verkaufen. Ist halt nur blöd, dass ich imgrunde keinen Schimmer von Computern hab. Klar, die Bestellungen für die Lieferanten und so. Soundsoviel Fichte/Tanne, Kiefer, Tischlerplatte, Span, blablabla. Und logo die scheiß Preise für die Kunden berechnen und denen dann die Quittung für die Kasse mitgeben und so. Danach hörts dann allerdings auch so ziemlich auf, und ich hab da auch echt keinen Bock drauf. Wenn mir einer mit sonem Projekt kommt, kann der seinen Scheiß direkt alleine machen.

Aber so in Richtung Musik, sagen wir mal. Dass da son Produzent im Kosmos aufläuft und mich entdeckt oder so. Wahrscheinlich ist der nur wegen dem Spoken-Word-Scheiß im Keller gekommen. Aber dann hat er sich die ganzen Nieten da unten reingezogen und braucht unbedingt noch ein Bier, so, Ohgott, war das grauenhaft, jetzt muss ich mich unbedingt besaufen und so. Und dann stellt der sich zufällig neben mich und kuckt mal zu mir rüber und so und ist direkt total von den Socken. So, Hey man, you are the one I was looking for all the time. You are not like the others und so. Weil der is Profi und hat ein Auge für sowas.

Fränki kann man ja auch super ins Englische übertragen. Da tue ich nur n »y« statt dem »i« hintendran, und dann eben Cattwinkle als Nachname. Müsste man natürlich mal nen echten Ami fragen, ob das vielleicht irgendwas Blödes bedeutet. Also dass ich quasi auf der Bühne stehe und alle Leute fangen an zu lachen, so, Haha, Cattwinkle, weil das übersetzt Vollspacken heißt oder so. Fränki Vollspacken aus Germany, der superheiße Arierimport in Las Vegas und so. Hab ich womöglich ne komplett neue Musikrichtung erfunden, geht alles voll ab, und dann komm ich nach Amiland und heiße bei denen Vollspacken. Das wär natürlich n Desaster, da bräuchte ich am besten garnicht auflaufen. Schlauer wär wahrscheinlich, ich leg mir direkt sonen richtigen Künstlernamen zu. Irgendsowas extrem Internationales, wo man auf der ganzen Welt mit zurechtkommt. Cat Fränky zum Beispiel. Oder Cat Francesco oder so, das wär noch besser. Da könnt ich dann auch in Bolivien mit punkten. Also quasi was Spanisches und was Englisches, aber dass ich dann trotzdem meine Wurzeln nie verleugnen würde. Cat Francesco, immer noch voll der Deutsche, und Weihnachten mach ich dann auch was kompletto auf Deutsch. N ganzes Album mit Stille Nacht und so. Oder dass ich vielleicht auf Spanisch über Deutschland singe, wo Playa drin vorkommt, aber eben auch Wald. Dass man unter ner deutschen Eiche genausogut bumsen kann wie am Strand. Oder vielleicht sogar besser, Hey Baby, im Wald haste keinen scheiß Sand in der Arschritze und so.

Und dass einem dann auch alle zu Füßen liegen. Dass man richtig Fans hat und so, also meinetwegen Spanierinnen. Dass ich quasi son Konzert irgendwo in Madrid oder Sevilla gebe, und nachher in der Umkleide kommen die alle angelaufen und wollen so Groupies von mir sein. So, Ey Conchita, jetz sauf mir aber nich die ganze Sangria weg und so. Und erstmal musste mich jetz das scheiß Interview zuendebringen lassen. Weil die Frau von dem Magazin sieht natürlich auch extrem geilomat aus und hat noch ne Nachwuchsfotografin dabei. So, Ohlala, Señor Francesco, und darf ich fragen, was Sie vor Ihrer Sängerkarriere gemacht haben? – Klaro, da war ich im Holzgewerbe tätig, ist im Prinzip das Gleiche. Wo gehobelt wird, fallen Späne, sagt man bei uns in Deutschland, haha. Und genauso mach ich meine Songs, ich probier das so lange aus und säge und feile, bis dass das der perfekte Song ist und so. Und klaro will die dann auch irgendwann wissen, wo ich in Sevilla abgestiegen bin, und dann muss Conchita eben warten. Weil sone Pressenuss irgendwie interessanter ist als n blödes Mädchen von der Straße.

N bisschen das Problem wäre dabei natürlich auch das mit der Sauferei. Also dass ich quasi dann alle Drinks für lau hätte und jeden Abend total breit wäre. Ist doch klar. Sagen wir mal, der doofe Kosmos-Wirt käme an und sagt, Ey Fränki, du bist ja jetzt berühmt und so, kommste denn trotzdem auch noch jeden Tag in meinen Laden? Kannste frei saufen für, wennde hier aufläufst. Und so, also in Sevilla genauso wie zuhause. Is klar, dann würd ich natürlich reinhauen. Zumal wenn ich dann morgens nicht mehr zum Baumarkt müsste.

Inzwischen kommts mir vor, dass ich jetzt echt durch die Tür muss. Dass ich also quasi mal meinen Deckel anpeilen sollte, weil sonst bescheißen die mich hier wieder. So 48,50 und so, dabei hab ich nur n paar Bier getrunken.

Ich kann das einfach nicht, besoffen poppen. Und dann in Spanien und so, wo man quasi nichtmal seine eigene Koje hat. Voll fremde Matratze und so und dann auch noch Conchita an der Hacke, Oh bitte Francesco, verlass mich nicht. Ich koch dir auch Chili con Carne nachm Poppen und so. Keine Ahnung, wieso andere Spacken das auf die Reihe kriegen. Ist mir auch scheißegal. Ist bestimmt alles voll gelogen. Und das war ja bisher auch garnicht die Sache. Konnte ich normal im Kosmos sitzen und die Biere trinken, und danach hat keiner was von mir verlangt. Gehste nach Hause, haust dich in die Pofe und Feierabend. Aber jetzt mit nem Groupie, sagen wir mal, das wär dann schon was anderes. Kannst du behandeln wie den letzten Dreck, so Ischen, aber letztendlich wollen die ja wenigstens deinen Dödel. So, Hey Francesco, wat is denn jetz mit Amore? Und dann penn ich da einfach volle Motte ein, und am nächsten Tag schreibt die das in ihrer scheiß Zeitung. So, Hallo Leute, von wegen Cat Francesco! Macht groß auf Superstar, aber ist voll die tote Hose. War ich gestern mit dem in der Pofe, hat er nur noch zweimal Cerveza geröchelt und ist eingepennt und so.

Na ja, zum Glück quatscht mich ja sowieso nicht so oft einer an. Kein scheiß Produzent und keine Trulla vom Fernsehen. Gibt so Momente, wo man extrem glücklich ist, mal für ne Weile seine Ruhe zu haben. Also jetzt zum Beispiel. Wenn man sich so unter Stress setzt mit seinem Gedenke, und wenn einem dann plötzlich klar wird, du sitzt nur im scheiß Kosmos rum. Und keiner kann dir was und keiner will was von dir. Und du hast jetzt die Wahl, ob du dir ne neue Kippe anzündest oder nochn Bier bestellst. Oder beides.

Und eigentlich mag ich ja auch gar keine Spanierinnen. Also so allgemein gesprochen. Sagen wir mal, wenn ich n Star wäre, oder wenn ich jetzt schwer krank wäre oder so. Und da stünden ne Spanierin und ne Deutsche vor meinem Bett. Da würd ich immer die Deutsche nehmen. Weil deutsche Krankenschwestern echt was draufhaben und so. Bei der Spanierin weißt du nie, ob die dir deine Spritze auch wirklich um Punkt neun setzt. Oder ob die dann grade ne Familienfeier hat oder so. Und das ist jetzt die Spanierin, es gibt ja auch noch andere. Sagen wir Belgier. Ich da aufm Weg nach Sevilla zum Konzert, und in Lüttich krieg ich was mitm Blinddarm. Und dann kommt da Fräulein van Amstel mit der dicken Spritze an und will mir die reinhauen. Da wär mir der Blinddarm scheißegal. Da würd ich abhauen. Lieber keinen Blinddarm als innem belgischen Krankenhaus.

Manchmal kommt mir das echt so vor, als hätte ich Ausschlag oder so. Irgendwas Ansteckendes. Und dass mich deshalb auch nie einer anlabert. Dabei komm ich doch mit ner Unmenge Leute in Kontakt. Jeden Tag so um die hundert Kunden, sechs Tage die Woche, zweiundfünfzig minus fünf Wochen im Jahr, macht hundert mal sechs mal siebenundvierzig macht locker dreißigtausend. Jedes scheiß Jahr, und ich bin nie out.

Son blöder Sänger hat doch meistens nur ne ziemlich kurze Karriere. Und der singt eben auch nur, Ich liebe dich, das Leben ist scheiße, Komm, lass uns abhauen. Voll lächerlich und so. Aber wenn von mir einer weggeht, son Kunde, dann hat der richtig was in der Hand. Wo der was mit anfangen kann. Also dass der quasi sagt, Danke, Herr Kattwinkel, jetzt kann ich mir endlich die zwei Platten von der Band aufs Regalbrett stellen, die vor dreizehn Jahren mal der große Bringer waren. Ist doch lustig, Herr Kattwinkel, Platten, verstehen Sie. Die Tischlerplatten für die Musikplatten, und jetzt stehen die übernander und so, wenn ich das meiner Frau erzähle. Und überhaupt, Herr Kattwinkel. Was wir Ihnen schon alles verdanken. Ob Sie das glauben oder nicht, aber mein Schreibtisch, als ich studiert hab: zwei Böcke und ne Furnierplatte vom Baumarkt. Haben Sie mir zugeschnitten damals, voll auf Maß. Wer hatte schon Geld damals, is ja klar und so. Student, ich hab ja damals BWL studiert. Und meine heutige Gattin auch, genau da unter dem Plattenregal lag der scheiß Futon, wo wirs das erste Mal getrieben haben. Und aus der Arbeitsplatte hab ich dann später den Wickeltisch für unser Söhnchen gebastelt. N Kattwinkelkind quasi, wir ham das dann auch Francesco genannt.

Klar, inzwischen können wir uns son bisschen mehr leisten, Herr Kattwinkel. Spanplatten kommen mir nich mehr ins Haus, wenn Sie verstehen. Und wir ham jetzt auch nochn zweites Kind, die Franca. Aber wenn Sie nochmal irgendwo auftreten, dann müssen Sie mir unbedingt n paar Karten besorgen. Tu ich die Kinder zu meinen Eltern geben den Abend.

Da bedank ich mich aber, bei sonem Spacken. BWL studieren und sein Kind Francesco nennen, das is imgrunde lebenslänglich. Und alle vier Monate hat er dann mal Freigang und dann siezt der mich an der Tür vom Kosmos und trinkt den ganzen Abend nur Wasser.

Hundertpro, dass der anständig gegessen hat vorher. Dass der sich nicht nur nen fettigen Dönerbatzen reingeschoben hat, sondern was richtig Gesundes. Ne Schwarzbrotstulle mit Schmierkäse und Dillstückchen und so, oder dass ihm seine Frau noch schnell n Nudelsüppchen gekocht hat, Hier, Schatz, jetzt kannste ordentlich einen zoschen gehen. Aber nach zwei Bier dann so, Hach, morgen nachm Sonnenstudio geh ich aber direkt mal wieder in die Muckibude und so. Der ist immer fit, son Spacken, und der kriegt auch nicht diesen brutalen Fresshunger wie ich.

Ist aber auch immer das Gleiche. Dass ich hier jedes Mal total abhungere, wenn ich zu lange bleibe. Also am Wochenende und so, und dann immer die Überlegung, ob ich vor drei abhaue. Weil dann die Kümmelbude dichtmacht. Aber dass ich das im Prinzip nie schaffe und so, genau wie zuhause. Ich mein, ist ja immer was drin, in meinem Kühlschrank. Aber dann latscht man in die Küche und will sich nen Jogurt holen, und dann steht da noch ne Büchse Bier daneben. Eiskalt und so, was soll ich da mit nem scheiß Jogurt.

Ich frag mich so langsam, was der Spacken da eigentlich macht. Stellt der etwa die Stühle hoch? Eins sag ich dir, Holger: Ich bin stärker als du.

Allein schon die Muckis vom Plattenstemmen. Und dann die schwere Säge und so. Aus soner Zierleiste wie dem mach ich Bauklötzchen, bevor der Prost gesagt hat. Was ist schon son Bierglas gegen, sagen wir mal, ne Eichenbohle.

Und in der Birne bin ich ja letztlich auch schneller. Der weiß, was sein scheiß Bier kostet, und dann muss der das nur malnehmen. Aber bei mir ist jedes Brett anders. Mal größer, mal kleiner, und jedes Holz hat ja auch noch nen anderen Quadratmeterpreis. Ganz zu schweigen von den Sonderwünschen, Küchenplatte zuschneiden und so. Aber Hauptsache, der zapft mir noch eins, wobei ich glaub fast, ich bin jetzt allein mit dem. An der Theke sitzt jedenfalls keiner mehr, soviel is klar. Alle weg, die Weicheier, und übern Spiegel kann ich so auf Anhieb auch nix erkennen. Im Prinzip könnte man sich natürlich mal umdrehen, klar. Oder nochmal pinkeln gehen oder so.

Aber mach ich nicht. Dann schließt der mich womöglich noch ein hier, der Spacken. Außerdem wer weiß, wies da aussieht, hinten aufm Klo. Son Haufen Brasilianerinnen hinterlässt ja Spuren. Und dann waren die wahrscheinlich noch stinkesauer, weil ich mich nicht nach denen umgedreht hab. Fränki Megapopper, der letzte Stecher von Deutschland, aber heute hat er sich voll und ganz seinem Bier verschrieben. Die Mädels keines Blickes gewürdigt und so, und deshalb haben die eben randaliert. Alles versaut hintendurch, und den Pariserautomaten eingeschlagen.

Oder dass da die beiden BWL-Spacken am Rumknutschen sind. Haben ihre schwule Ader entdeckt und nach zwei Bierchen trauen sie sich was. Und dann kennen die meinen Chef, weil so BWLer halten ja zusammen wie die Belgier. Sagen die, So, Fränki, du tust jetzt mit uns mitknutschen. Sonst sagen wir das deinem Chef, dann steckt der dich in die Lampenabteilung.

Wenn wenigstens die Pumucklfrau noch da wäre. Die hatte nen ordentlichen Zug, da wär noch was gegangen. So, Holger, du Spacken, du machst uns jetzt noch zwei Bier. Hundertpro hätte die das durchgesetzt, die sah mir ganz danach aus.

Sogar mein Aschenbecher ist weg. Wenn der jetzt gleich die Hähne abdreht, fang ich an zu flennen. Ist aber auch jeden Tag das Gleiche. Dass man quasi wittert, dass hier ganz bald Schluss ist. Und dass man dann sone Panik kriegt und ganz klein wird und den scheiß Wirt praktisch anflehen möchte. Bittebitte, mach noch nicht zu. Und dass man aber genau weiß, man hat keine Chance. Ich will echt noch nicht nach Hause, wer weiß, was da abgeht. Dass der Wehner sich womöglich rächen will oder so. Weil ich den auf die Straße gesetzt hab. Also dass der quasi in dem dunklen Flur auf mich lauert, wo ich immer mein Fahrrad abstelle. Und seine blöde Alte auch, langes Messer in der Hand und so, Hey Fränki, dein letztes Stündlein hat geschlagen, und hier sind auch noch die ganzen anderen Mieter, die du rausgeschmissen hast. Und ich kompletto breit und so und kann mich nicht vernünftig wehren und dann bin ich tot. Fränki Kattwinkel, verblutet im Hausflur, der Täter ist flüchtig. Handelt sich um einen etwa einsneunzig großen, total dürren und vertrockneten Spacken namens Wehner. Auffälligstes Merkmal: seine völlig durchgeknallte Alte und dass er immer gegen Fahrräder sickt, wenn er eins sieht. Absoluter Fahrradhasser, der hetzt sogar seine Putzfrauen auf. Gibt tausend Euro Belohnung, aber den armen Fränki macht das natürlich auch nicht wieder lebendig.

Ich mein, ob ich jetzt hier verdurste oder zuhause verblute. Kommt fast aufs selbe raus. Nur dass ichs im Flur halt mit einer Übermacht zu tun hab, und hier steht nur der Holger. Wenn ich das richtig sehe, rechnet der grade meinen Deckel aus. Ist mich wieder am Bescheißen, der Typ, aber selbst das wär mir heute egal. Komm ey, Holger, hau mir ruhig zehn Ocken mehr drauf. Aber zapf mir noch eins! Ein Bierchen noch, dann bin ich durch die Tür. Ich wollte sowieso noch was spazieren gehen, zuhause läufts grade garnicht gut. Son großes Haus, weißte, da kann mans nicht immer allen recht machen. Und im Baumarkt quasi auch nicht, da haben mich auch welche aufm Kieker. Dass die da mit meiner Schweigsamkeit nicht zurechtkommen und die immer falsch auslegen und so. Oder der Chef da, das ist eigentlich am schlimmsten. Der will, dass ich die Kunden anders behandele, und den nerven die ganzen Frauen im Holzlager. Die würden mich angeblich von der Arbeit abhalten und die Arbeitsplatten hätten neuerdings immer so komische Flecken und so. Dauert nicht mehr lange, dann übernehm ich den Laden. Nach der Revolution, dann knüpf ich den Obergertz an seinem Carport auf.

Ich war hier immer ein guter Kunde. Nie randaliert und so. Und immer brav meine Deckel bezahlt, obwohl du da immer noch was draufhaust. So einen lässt man doch nicht im Regen stehen, wenn er Hilfe braucht. Und geht ja auch nur um ein letztes Bierchen, oder sagen wir zwei. Man muss ja nicht hetzen, weil das auch garnicht gesund ist und so. Und wenn du willst, geb ich dir eins aus. Ist ja klar, eigentlich kostet dich der Scheiß nix, könntest du dir genausogut selber austun. Aber schreibs ruhig mit auf meinen Deckel und leg den jetzt endlich wieder weg, du Spacken.

Wenn ich jetzt wenigstens ein einziges Wort rausbringen würde. Aber ich fühl mich wie eingefroren. Die Musik hat er auch ausgemacht, der würde mich prima verstehen, wenn ich jetzt was zu dem sagen würde. Aber stattdessen ist er die übriggebliebenen Deckel am Stapeln, und da kritzelt er auch was auf meinen drauf. Da gibts echt kein Vertun, der macht mir die Rechnung. Weil der hat ja auch mein Glas schon gespült. Der hat also quasi mitbekommen, dass ich nix mehr zu trinken hab. Und hat mir kein neues gezapft, das ist natürlich ein ganz schlechtes Zeichen. Der dreht sich jetzt um und schraubt die scheiß Hähne ab, und gesagt hat er auch irgendwas. Zahlen, oder so, ist klar.

Am besten ist wahrscheinlich, ich stell mich einfach taub. Dass ich also quasi solange vor meinem verwaisten Deckel sitz, bis da wieder was steht. Gibt halt so Probleme, die muss man einfach aussitzen. Und wenn der mir wirklich keins mehr zapft, dann boykottier ich den. So, Holger, du Spacken, zur Strafe komm ich jetzt eine Woche nicht mehr ins Kosmos. Oder sagen wir zwei Tage, das dürfte reichen. Dann merkt der mal, wie das ist, wenn man sich auf jemanden nicht mehr verlassen kann. Wie sich das anfühlt, wenn man im Stich gelassen wird.

Da freu ich mich doch schon echt wieder auf Weihnachten. Dass das scheiß Kosmos dann zuhat und so. Dass man sich dann eben kein Döner reinschiebt wie sone gehetzte Antilope. Nur um pünktlich im Kosmos zu sein. Sondern dass ich dann erstmal schön zuhause bleibe. Also Sofa statt Theke, und sich dann mal was richtig Leckeres bestellen, Hallo Meister,

Frohe Weihnachten auch. Und jetzt bringense mir mal n Jägerschnitzel mit extra Pommes und dazu ne Flasche Rotwein. Und so, oder besser zwei Flaschen, weil ich letztes Jahr mit der einen nicht hingekommen bin. Da kann mir son Fondue echt gestohlen bleiben, und Entenbraten genauso. Geht nichts übern gutes Schnitzel mit Jägersoße, und dann darfs eben auch mal was anderes als Bier sein. N guter Tropfen oder zwei, und son paar Notfallbüchsen hab ich ja sowieso immer im Keller.

Muss ich demnächst unbedingt mal wieder kontrollieren. Ob der Kellervorrat nicht schon abgelaufen ist. Ich mein, sone Bierbüchse hält sich ja ewig heutzutage, aber wer weiß. Sitz ich eines Tages aufm Trockenen und hab tierischen Durst und so, und dann ist die Plörre womöglich um. Und dann ist das genauson Horror wie mit dem verdammten Hunger jetzt.

Vielleicht dass ich mir noch einen auf die Pumucklfrau kloppe. Das wär ne nette Sache, mal kucken, ob ich das noch bringe. Klar wär aber, dann müsste ich vorher unbedingt nochmal pinkeln gehen. Am besten hier, und dann zuhause direkt nochmal. Dass man auf keinen Fall aufstehen muss, wenn man einmal in der Koje liegt. Nur das scheiß Taschentuch Richtung Mülleimer geschnickt und dann der große Abratz, okay. Das ist ein Plan, da hat man was zum sich drauf Freuen. Da kann ich mir jetzt glatt nochn paar Bierchen drauf reinziehen. Vorfreude erhöhen und so, ich und die Pumucklische.

Sagen wir irgendwo im Süden oder so, und die heißt Karin. Das ist ein geiler Name, Karin. Und Karin hat logo die Zehnägel rot und wir kommen grade vom Strand nach Hause. Liebst du mich auch noch, Fränki? fragt die dann, und ich so, Klar, Karin. – Nee, aber ich meine richtig, Fränki, und ich so, Klar, volle Motte, sonst wär ich doch nicht mit dir in Urlaub gefahren.

Weil wahrscheinlich hab ich den ganzen Trip ja auch bezahlt und so.

Und dass die dann quasi sonen ganz kleinen süßen Seufzer der Erleichterung loslässt und sich noch enger als vorher an mich drückt. Und zuhause steht dann noch die Flasche Rotwein vom Mittagessen und während ich die wegpötte, macht Karin sich schonmal bettfertig. Duscht sich den ganzen Sand und das Salz runter, weil ich da nicht drauf stehe und die das weiß. Und cremt sich mit soner Feuchtlotion ein. Am ganzen Körper, dass alles glänzt und glatt ist und super riecht und so. Dass die sich dann also quasi schon kompletto nackt unter die Decke gekuschelt hat, wenn ich hochkomme. So, Hey Fränki, ich kann noch nicht schlafen, du weißt schon. Und klar weiß ich schon, weil so haben wirs ja die letzten zwei Wochen auch gemacht.

Wobei ich eigentlich lieber immer irgendwas anhabe. Wenigstens n Unterhemd oder so, weil nackig find ich ungemütlich. Da wird mir immer irgendwann kalt und so. Und dann muss ich womöglich nochmal aufstehen, wenn die eingepennt ist. Mir wieder heimlich was anziehen, und man sollte bei soner Buchung auch unbedingt drauf achten, dass man zwei Zudecken kriegt. Dass da kein Streit aufkommt, weil man kann ja nicht die ganze Zeit Löffelchen schlafen. Zwei Wochen oder so, da wird man ja lahm von. Und dann dreht sich eben irgendwann einer rum und zieht die Decke weg, und dann hat man den Schlamassel.

Deshalb wär halt am besten, die steht voll auf weiße Unterhemden. Dass ich das dann quasi einfach anbehalten kann, wenn ich zu der unter die Decke komme. Oder sagen wir, die hat sich erstmal unter meine gelegt und rollt sich nachm Poppen unter ihre. Weil die ist nett, und unter meinem Plumeau ist dann schon schön warm. Aber dann müsste eben auch klar sein, dass sie dann wirklich abhaut. Und vielleicht auch, dass sie das relativ zeitig macht. Also quasi bevor wieder alles aus der raussuppt. Was hab ich vonner warmen Decke, wenn mein Laken klatschnass ist.

Aber man muss es ja vielleicht auch nicht übertreiben mit der Planerei. Wird schon alles fluppen mit der Karin und mir. Zumal heute Nacht, das dauert ja auch keine Ewigkeit. Strandspaziergang, zuhause die Pulle Wein, kuschelkuschel und ab die Luzzi. Fünf Minuten, oder drei, weil ich bin ja auch müde. Ich schätze, wenn ich einmal in der Koje liege, penn ich auch direkt ein. Nach sonem Abend. Vielleicht dass ich mir noch schnell n paar Leberwurstbrote schmiere, damit dieses Magengrummeln weggeht. Und dann eben schnell einen abgekloppt und heia machen. Morgen ist Sonntag, da macht das Kosmos immer schon was früher auf.

Der Mensch braucht halt einfach son bisschen Regelmäßigkeit im Leben. Deshalb mach ich ja auch nie Urlaub, ist mir viel zuviel Durcheinander. Mit Fahrkarten und buchen und so, kann die Karin sich direkt abschminken. Ich würd höchstens mal nach Belgien fahren, ich glaub, da hätt ich gute Chancen. Also dass mir da quasi n Mädel über den Weg läuft, Hey, du bist im Holzzuschnitt? Ist ja geil, wir ham hier nichtmal Wald. Ist alles für mobile Pommeskutschen draufgegangen. Jedenfalls dass ich mir die Spacken da wenigstens mal ankucke, und ist ja auch nicht weit zurück nach Hause. Aber normal fahr ich eben garnicht weg. Lieber mal n paar Wochen richtig ausspannen und n paar neue Kneipen kennenlernen. Mal wieder zum Iren oder so, wer weiß, was da inzwischen für Schüsse rumlaufen. Und so oder so kann man danach noch gemütlich ins Kosmos, das ist eben der Vorteil, wenn man zuhause bleibt.

Oder auch nicht. Wenn ich sehe, was hier abgeht. N Belgier würde mich hundertpro nicht so dreist rausekeln wie der Spacken hier. Der würde sagen, Alles klar, van Kattwinkel, willste noch eins. Und logo würde der mir noch von irgendwoher ne Portion Pommes besorgen, wenn ich Hunger hab. Weil der weiß, da sitzt der Baumarktkönig vor ihm. Und der ist mit der Pommesprinzessin von Belgien verheiratet. Dass dem halt klar wäre, mit wem ers zu tun hat. Und dass er eben ab morgen den ganzen Tag scheiß Kartoffeln schnipselt, wenn er mich nicht ordentlich bedient. Ohoh, Fränki van Kattwinkel besäuft sich in meiner bescheidenen Hütte. Wie gehts der werten Gattin und so. – Spitzomat gehts der, du Spacken, und jetzt klemm dich hinter deinen Zapfhahn.

So würde das laufen beim Belgier. Aber in seiner eigenen Stammkneipe kriegt man nichtmal nen scheiß Absacker. Alle Ischen abgezischt, und der Wirtsspacken präsentiert einem die Rechnung. Und der heißt auch noch Holger, also echt. Pass bloß auf, Holger, ich werd dein Nachfolger. Und dann schick ich dich an die Wolga, da machen die Frikadellen aus dir. Nach der Revolution, du Spacken. Du und der Obergertz. Und die Nuss von der Lampenabteilung, und der Wehner. Und der Irre, der immer die Aschenbecher klaut. Nur ihr, mitten im Mückensumpf, und dann noch alle BWLer und Deutschen und alle, die sich Gel in die Haare schmieren. Voll die Mücken überall, und dann wird der Wodka rationiert. Hilfslieferung aus Belgien, Fränki van Kattwinkel spendiert dem Spackenlager ne Ladung Pommes.

Es sei denn, du machst mir noch eins. Es sei denn, du tust jetzt endlich den scheiß Deckel von unter meiner Nase weg.

Aber tut er nicht. Jetzt hat er grade schon mitm Finger zur Tür gezeigt. So richtig erregt und so, und voll rot im Gesicht. Nie im Leben geh ich hier nochmal hin. Dieser Hocker bleibt von heute an leer.

Dabei muss ich morgen nichtmal arbeiten. Das wär so schön, wenn ich jetzt zufrieden nach Hause gehen könnte. So von wegen, Fränki, das war n schöner Abend, und jetzt knallst du dich bis mittags in die Pofe. Und die Blonde von nebenan legt mir Brötchen vor die Tür, schön aufgeschnitten, und danach machen wir nen Ausflug. Da wacht man einfach ganz anders auf, wenns einem am Abend davor gefallen hat. Dass einem der scheiß Kater quasi überhaupt nix ausmacht. Das wars voll wert, ich bereue kein einziges Bier, sagt man sich dann. Und dann zieht der blöde Kater den Schwanz ein. Nen richtig schönen Tag hätten wir uns machen können. Keinmal vor die Tür, die Karin und ich, nur Liebe machen und Jägerschnitzel essen. Aber der Typ will uns das jetzt echt verderben, wies aussieht, also sagen wir mal so: Is schon okay, Holger. Hast gewonnen, tu einfach den fiesen Finger runter. Ich leg dir jetzt meine Kohle aufn Tisch und du nimmst dir, was du brauchst.

Aber warum erzähl ich dem das überhaupt. Nem Typ, der Holger heißt. Der kann mich doch sowieso nicht leiden. Alle kann der leiden, nur mich nicht.

Der Spacken mit dem Ringelpulli zum Beispiel. Der mir die scheiß fünf Euro schuldet. Der ist halt groß, und dann hat er die langen blonden Haare und Seitenscheitel und so. Und trägt Ringelpullis, logo. Hundertpro, dass den hier alle nett finden. Also die ganzen blöden Ischen sowieso, aber eben auch die Typen. Und da tut der noch nichtmal was für. Läuft hier einfach mal zwischendurch rein für ne Stunde, aber alle denken, Boah ey, netter Kerl, schön dass der hier mit mir in der Kneipe ist. Nie im Leben wäre der schon um sechs hier wie ich, vor zwölf lässt der sich nicht blicken. Und todsicher kommt der auch nie in sone Situation wie ich jetzt. Dass der quasi spackenbreit hier rumsitzt und nochn Bier will, aber keins kriegt. Keine Ahnung, was der jetzt wohl macht. Abtanzen oder so. Oder mit seinem Schuss rumschmusen. Oder vielleicht dass der einfach in seinem blöden Bett liegt und schläft. So voll zufrieden und so, also dass dem quasi nichts fehlt. Warn schöner Abend, sagt der sich, und man muss es ja auch nicht übertreiben. Als wenn der in seinem scheiß Leben überhaupt nichts falschmachen könnte, so tritt der auf. Der hat meine fünf Ocken vergessen und der hat auch noch nie nen Gedanken an Fränki Kattwinkel verschwendet.

Aber ich halt. Sitze da neben der scheiß Zapfanlage und vor dem scheiß Spiegel und bin am scheiß Nachdenken. Dass ich zum Beispiel auch gerne so nett wäre wie der Ringelspacken. Dass ich quasi hier reinkäme und einer sagt, Hi Fränki. Hi Fränki, wie gehts, und dann setzt der sich für ne Weile neben mich und so. Ach, der Fränki und so, dass ich dich auch mal wieder hier treffe. Und ich würde vielleicht auch zwischendurch mal den Hocker wechseln, einfach um n bisschen mit dem und dem zu quatschen. Das wär ja theoretisch möglich, aber irgendwie krieg ich das nicht auf die Reihe.

Man müsste einfach mal rauskriegen, was die anderen Leutchen so denken. Dass man die also quasi mal annem total ehrlichen Abend erwischt und die erzählen einem alles. Dass die sich zum Beispiel viel zu groß finden und seit zwanzig Jahren den gleichen Pullover anziehen und so. Oder so Ischen, dass die sich voll nicht trauen, zu irgendwem rüberzukucken. So, Fränki, klar hätt ich den Drink von dir genommen, aber ich hab dann Schiss bekommen und so. Und so richtig gekuckt hast du ja auch nicht, da ist der Moment eben vorbeigegangen. Dass man das einfach mal einschätzen könnte, wie das mit Menschen so läuft. Oder dass eben wirklich mal jemand sagt, den Fränki find ich nett. Weil der hat die richtigen Ansichten übers Leben und quatscht einem nicht die Hucke voll. Und der kann mit Holz umgehen und so.

Das wär halt schön. Das wär so schön, da könnt ich heulen. Einfach mal son bisschen heulen, so richtig mit Tränen und so. Logo nicht zu lang, aber schon, dass man quasi für ne Weile garnicht mehr aufhören kann. Und dass einen der Ringelspacken innen Arm nimmt, so, Komm, Fränki, is ja gut. Und der alte Holger stellt einem n Bier hin, Geht aufs Haus, Fränki.

Hundertpro, dass sich das jeder manchmal wünscht, und da ist auch nix Schwules dran und so. Und am nächsten Tag kommt man dann ins Kosmos rein und ist quasi Teil von der großen Familie, so, Ah, der Fränki, war schlecht drauf gestern, geht dem besser heute.

Ich will ja nicht mit den Leuten ins Bett oder so. Nur nochn Bier eben, und nicht so ganz alleine saufen. Weil irgendwie ist das ja so, je mehr Leute um einen rum sind, desto mehr ist man bei sich selber. Und bei sich selber sein ist wohl was komplett anderes als alleine sein.

Ich weiß es echt nicht.

Ich weiß nur, dass ich wirklich gerne ne Freundin hätte. So eine, mit der man zum Beispiel mal spazieren gehen kann. So im Wald oder so, Wildschweine kucken. Oder nen Kuchen backt. So völlig sinnlos, nen blöden Kuchen eben. Und den dann den Wildschweinen hinfüttern, und wir müssen da voll drüber lachen.

Das wär so schön, da könnt ich schreien.

Aber krieg ich nicht, ne Freundin. Und auch kein Bier mehr. Der Holger stellt die Hocker hoch, und jammern ist sowieso das Letzte.

Ist echt nicht mein Tag heute.